Casa Familia

W0288529

Coh

Nathalie Pagie bij Boekerij:

De toneelclub
De campus
Paradijsvogels
Casa Familia

www.boekerij.nl

Nathalie Pagie

Casa Familia

De zinderende zon aan de Costa
legt meer bloot dan je lief is

Boekerij

ISBN 978-90-225-7792-9
ISBN 978-94-023-0780-1 (e-book)
NUR 305

Omslagontwerp: b'IJ Barbara
Auteursfoto: © Artstudio23.com
Zetwerk: CeevanWee, Amsterdam

© 2017 Nathalie Pagie en Meulenhoff Boekerij bv, Amsterdam

Niets uit deze uitgave mag openbaar worden gemaakt door middel van druk, fotokopie, internet of op welke andere wijze ook, zonder voorafgaande schriftelijke toestemming van de uitgever.

Have you come here for forgiveness
Have you come to raise the dead
Have you come here to play Jesus
To the lepers in your head
U2 – 'One'

Sometimes dead is better
Stephen King – *Pet Sematary*

Tien jaar eerder

Die laatste zondag van juli begon even zorgeloos als de dagen ervoor. Het was vroeg warm, de ramen en deuren van het huis stonden open en de kinderen speelden met emmers water in de tuin. Pier zou over een week pas terugkomen van het booreiland en zelf was Kat van plan die dag de gordijnen af te halen om de rooklucht van Piers pijptabak eruit te wassen, maar iets hield haar tegen. Door haar slaapkamerraam staarde ze al minutenlang naar haar drietal in de tuin. Zoals altijd spande de tweeling samen tegen hun oudere zus. Tommy dreef haar met de tuinslang in de richting van Lex, die met een volle emmer klaarstond om Matte nat te gooien. Toen zij struikelde over een van de scheerlijnen van het tentje midden op het veld, greep Lex zijn kans. Onder luid gejoel van de jongens en enthousiast geblaf van Ollie gutste het water over Matte heen. Die sprong snel op, greep de tuinslang en rende op haar beurt achter de jongens aan.

Ze besefte het niet, maar later, toen deze dag voorgoed in haar geheugen stond gegrift, wist ze dat het toen al niet goed voelde. Er hing iets in de lucht, een haast tastbare spanning, die maakte dat er die ochtend niets uit haar handen kwam. Het was in de keuken, na haar derde kop koffie, toen ze schrok van de deurbel. De vrouw voor haar deur had ze nooit eerder gezien: mager, pluizig zwart haar en een bleek gezicht. Vanachter haar bril met transparant montuur keek ze Kat strak aan. Even leek ze te wachten op een vraag of opmerking van Kat, maar toen die niets zei, stak ze abrupt haar arm naar voren. De foto in haar hand toonde een zwart-wit tafereel dat Kat op een vreemde manier bekend voorkwam. Vertwijfeld zette ze een stap naar voren om het beeld beter te bekijken. Het tentje leek op het exemplaar dat haar kinderen in de tuin hadden opgezet. Uit de ingang staken twee benen met net zulke schoentjes als die van Lex en de hond in het gras naast de tent leek op Ollie. Een lichte paniek bekroop haar, maar ze wilde er nog niet aan toegeven. Ze keek de vrouw niet-begrijpend aan.

'U ziet het goed, mevrouw,' sprak de vrouw, met een accent dat Kat zo snel niet kon thuisbrengen. 'Dit is een foto van uw tuin, ik heb hem net gemaakt. De kinderen hebben we in de tent gelegd. We moesten ze iets geven, anders...'

Meer hoorde Kat niet. Ze stoof door de gang en de woonkamer naar de openslaande tuindeuren, die uitzicht boden op het gazon. Ze was altijd tevreden geweest met haar tuin, maar nu vervloekte ze de grootte ervan. De afstand tot het tentje was zo'n honderd meter en als ze haar ogen toekneep zag ze de schoentjes van Lex eruit steken. Ze lagen net zo stil als op de foto en ook Ollie bewoog niet meer.

Volledig in paniek sprintte ze het terras over. Dat er een dikke kale man in de weg stond, zag ze wel, maar het drong niet tot haar door. Zelfs toen hij haar tackelde, op haar sprong en een hand op haar mond drukte, wilde ze hem niet zien. Als een wild dier klauwde ze om zich heen en probeerde ze zich om te draaien. Tevergeefs. De man verstevigde zijn druk en klemde haar muurvast tegen de tegels van het terras. Met ogen als knikkers staarde Kat hem aan. Haar brein registreerde dat hij flink zweette, dat hij loenste en stonk, maar het deed haar niets. Ze had slechts één doel voor ogen en zodra ze doorhad dat hij haar bovenlichaam in bedwang had maar haar benen vrijliet, trok ze haar knieën naar zich toe om die zo hard ze kon in het kruis van haar belager te planten. Het lukte deels, haar knieën raakten eerst zijn forse buik. Hij gromde en liet zijn lijf op Kat zakken, zodat ze geen kant meer op kon. Boven haar verscheen het gezicht van de vrouw die haar de foto had laten zien.

'Verzetten heeft geen zin,' sprak ze fel. Ze boog zich over Kat heen en keek haar dwingend aan. 'Nu goed luisteren, ja?'

Kat knikte. De hand op haar mond benam haar de adem en door haar neus kreeg ze onvoldoende lucht binnen. Haar hele ziel en zaligheid schreeuwde om haar kinderen, maar ze was machteloos. In doodsangst probeerde ze te begrijpen wat de vrouw zei.

'Als u meewerkt, is alles zo voorbij. Uw kinderen zijn enkele uren verdoofd, daar merken ze straks niets meer van. We nemen u mee naar onze bus in de straat. Werk mee en wees stil, dan is er weinig aan de hand. Begrijpt u dat?'

Kat knikte opnieuw, maar zodra de man van haar af rolde om te gaan staan, sprong ze op en rende de tuin in. De vrouw was onverwacht snel. Ze wierp zich op Kat zodat ze opnieuw op de grond viel en sloeg haar hard in haar gezicht.

'Meewerken, zei ik!' Vloekend hees ze Kat overeind en duwde haar in de armen van haar compagnon. Met een verbeten gezicht griste de vrouw een rol tape uit haar jaszak, scheurde er een stuk af en plakte het ruw over Kats mond. Daarna gebaarde ze naar het huis. Onmiddellijk sleurde de man Kat het terras over. De tranen stroomden over haar wangen. Ze kon niet bevatten wat er gebeurde, voelde enkel dat ze steeds verder weg werd gevoerd van de tent met haar verdoofde kinderen. Waarom verdoofd? En hoe dan? Waren ze bedwelmd met een vloeistof of hadden ze een prik gekregen?

Wat moesten ze bang geweest zijn. Ze kermde, haar maag kromp voelbaar ineen. Hoe bestond het dat ze niets had gezien of gehoord?

De voordeur stond nog open en nu pas zag ze het zilvergrijze busje, geparkeerd in het gras langs de laan voor haar huis. De vrouw liep vooruit om de achterdeuren te openen. Het pad naar de weg was een meter of dertig lang. In theorie zou ze nu gezien kunnen worden, maar het huis aan de overkant stond al maanden leeg en de buren links en rechts van haar vierden vakantie. Ze hadden haar gevraagd de planten water te geven en de post uit de brievenbus te halen en zouden nog zeker twee weken wegblijven. Toch speurde ze de weg af, zoekend naar wie dan ook, een postbode, een wandelaar, iemand die haar helpen kon. Er was niemand en plots overviel haar een vreemd soort gelatenheid. Alsof dit niet haar nachtmerrie was, maar die van een ander en zij van een afstand toekeek. Wat haar in het busje wachtte, wist ze niet, maar ze moest het doorstaan om daarna bij haar kinderen te zijn. Ze zouden haar nodig hebben. Zonder zich verder te verzetten liet ze zich meevoeren naar de achterzijde van de bus, waar de vrouw haar tussen de kieren van twee zwarte gordijnen opwachtte. Kat stapte naar binnen en hoorde hoe de deuren achter haar werden dichtgegooid.

1

Half verscholen achter een stevige boom genoot Tara Linders van een sigaret. Ze had zich afgezonderd van de groep uitzinnige collega's die even verderop met een op het oog onbegrijpelijke oefening bezig was. Op elkaars schouders schoven ze een zware balk langs een geknoopt touw. Er werden instructies over en weer geschreeuwd en om de paar minuten klonk er een luid gejuich. Dat samenwerking de sleutel tot succes was, mocht inmiddels duidelijk zijn. Alle opdrachten in het programma waarmee ze die ochtend waren gestart, konden alleen met vereende krachten worden opgelost. Wat dat betreft had dit weekend teambuilding in de Belgische Ardennen zijn doel al bereikt: journalisten en vormgevers van dagblad *De Dageraad* stonden schouder aan schouder met hun nieuwe collega's van *De Gazet* uit Vlaanderen. Nu de fusie, na maanden van onderhandelingen, formeel een feit was, stond een teambuildingsactiviteit voor alle medewerkers bovenaan de wensenlijst van de directie. Deelname verplicht, en dus waren Tara en haar directe collega Diego Martinez die ochtend voor dag en dauw naar La Roche-en-Ardenne gereden, in de provincie Belgisch Luxemburg.

Na drie opdrachten was Tara er klaar mee; aan samenwerken had ze een broertje dood. Haar hele leven voer ze al haar eigen koers en ze was niet van plan die te wijzigen. Ze zou niet eens weten hoe. Om Benno een plezier te doen was ze dit weekend zonder protest meegegaan en had ze tijdens de eerste opdrachten haar beste beentje voorgezet. Maar er zat een grens aan haar vermogen tot sociale omgang en die was nu bereikt. Ze keek naar haar chef die als een bezetene zijn nieuwe collega's stond aan te moedigen. Zijn paarse wangen vloekten met het weinig flatterende oranje trainingspak. Tara glimlachte. Hoewel ze het nooit zou toegeven, was Benno een van de weinige mensen voor wie ze een zwak had. Eerst en vooral omdat hij haar de baan bij *De Dageraad* had gegeven, waarmee ze haar leven na een zwarte periode weer op de rit had gekregen. Zonder zijn vertrouwen had ze geen nieuwe start kunnen maken en was het maar de vraag wat er van haar terechtgekomen zou zijn. Daarnaast liet hij haar vrij. Hij begreep dat Tara het beste werk leverde als hij haar haar gang liet gaan. Dat lukte niet altijd; in vijf jaar tijd waren er meerdere aanvaringen geweest. Toch was er wederzijds respect ontstaan.

Hoe anders was dat voor Diego, de enige collega met wie Tara wel kon en wilde samenwerken. De relatie tussen hem en Benno was ronduit explosief. Diego's felle karakter, afkomstig van zijn Mexicaanse voorouders, en zijn hang naar vrijheid botsten bijna wekelijks met het strakke regime dat Benno hem oplegde. Waar hij bij Tara de teugels liet vieren, leek hij daar bij Diego niet toe in staat. Steeds was de financiële nood waarin de krant jarenlang verkeerde, reden genoeg om Diego strak te houden. Salarisverhoging was onbespreekbaar, thuiswerken niet aan de orde en voor een klus naar het buitenland reizen geen optie. Toen Tara vorig jaar in ruil voor een smak advertentiegeld toch op reportage naar Aruba werd gestuurd, waren de rapen gaar. De ruzie met Benno had Diego bijna zijn baan gekost. Tara hoopte dat de fusie met *De Gazet* het voortbestaan van beide dagbladen verzekerde en dat het voortdurende tekort aan financiën voorbij was. Ze had het naar haar zin bij de krant en wilde er graag nog een tijdlang door.

'Hier ben je!' klonk het plots achter haar. Ze draaide zich om en keek in het stralende gezicht van Diego. Er kleefde zand aan zijn bezwete voorhoofd en zijn donkere ogen glommen. Als fanatiek hardloper voelde hij zich in deze sportieve omgeving volledig in zijn element. 'Doe je niet meer mee?'

Tara nam een laatste trekje en drukte de peuk tegen de boom. 'Ik heb genoeg gedaan. Volgens mij staat er een lunch op het programma,' zei ze terwijl ze haar capuchon af trok en de zon haar rode haar een mooie gloed gaf. Ze had het aan één kant op laten scheren, en aan de andere kant vielen haar lokken tot op haar schouder. Samen met haar donkerbruine ogen, de standaard zwarte capuchontrui, skinny jeans en kistjes gaf het haar het stoere voorkomen dat bij haar paste. Haar tengere gestalte deed soms anders vermoeden, maar Tara Linders was geen katje om zonder handschoenen aan te pakken.

'Klopt,' zei Diego. 'En vanmiddag de runs. Ik doe de vijftien. Jij?'

Tara trok een grimas. Met haar conditie zat het goed. Ze was wekelijks in de boksschool te vinden en dolf in de ring zelden het onderspit. Maar om nu met zesendertig onbekenden over een modderig parcours te rennen, dat zag ze niet zitten. Ze zuchtte diep en wilde net antwoorden toen een woeste brul haar onderbrak. Geschrokken keken ze in de richting van de groep, waar enkele collega's haastig de zware balk optilden en even verderop lieten vallen. Op de grond lag Benno met een van pijn vertrokken gezicht. Zijn scheenbeen stak dwars door de linkerpijp van het oranje trainingspak.

2

Nadat de ambulance Benno met gillende sirenes had afgevoerd, was de stemming in de groep bedrukt. Tijdens de lunch in het restaurant van het bungalowpark, waar ze voor het weekend waren neergestreken, werd medegedeeld dat iedereen die middag zijn eigen gang kon gaan en dat het programma de volgende dag zou worden hervat. Diego had zijn zinnen gezet op de vijftien kilometer en wist een paar collega's zover te krijgen na de lunch met hem mee te gaan. Vlak voor vertrek hield Tara hem tegen.

'Mag ik je auto lenen, vanmiddag?'

'Waarom? Waar ga je heen?' vroeg hij plagerig. 'Is dit niet het moment om je nieuwe collega's beter te leren kennen? Gezellig samen theedrinken of een wandelingetje maken?' Hij moest lachen toen hij Tara's chagrijnige blik zag. Als geen ander wist hij hoeveel moeite het haar kostte om in groepen te functioneren. 'Het is al goed,' stelde hij haar gerust, terwijl hij zijn autosleutels overhandigde. 'Rijd gerust een rondje, het is hier mooi.'

Dat was het zeker. Op slechts een paar uur van Nederland bevonden ze zich in een totaal andere wereld. Tientallen charmante dorpen leken als speldenknopjes tussen het naaldbomenwoud geprikt. In de late septemberzon waren de eerste herfstkleuren al zichtbaar en dat gaf het landschap een sprookjesachtige aanblik. Tara voelde de frisse lucht door het open raam van Diego's Volvo op haar wangen tintelen. Ze hield van dit weer; hier kon ze ademhalen, in tegenstelling tot warmere oorden waar ze met haar bleke huid niet bestand was tegen de felle zon. Met spijt in haar hart dacht ze aan Marieke, die ondanks haar drugsverslaving en de verkeerde mensen om zich heen, op Aruba wilde blijven wonen. Tara had geprobeerd haar oudste en enige vriendin over te halen terug naar Nederland te komen, maar dat was niet gelukt. De kans dat ze elkaar op korte termijn zouden zien, was nihil. En dat drukte extra zwaar op Tara's eenzame bestaan. Ze woonde samen met Huub, een rottweiler die ze jaren geleden als pup uit het asiel had geplukt. Samen redden ze zich prima, maar leuk was het niet altijd.

Op een plein in Lavacherie parkeerde ze de auto naast een kleine supermarkt, waar ze een krant kocht en zes pakjes sigaretten. Buiten stak ze er een op. Een paar straten verder vond ze een bankje met uitzicht op een vallei waar een kudde schapen graasde. De rust zou compleet zijn geweest als niet al na een paar minuten drie jongens van een jaar of vijftien ruziënd de straat in kwamen. Een van de jongens beende met stevige pas en met zijn blik op oneindig voor de anderen uit. Zijn halflange haar bedekte deels zijn gezicht en zijn spijkerjack en gympen waren tot op de draad versleten. De twee achtervolgers riepen hem dingen toe in een rap Frans dialect dat Tara niet verstond. Opeens schoot een van de volgers naar voren en trapte de voorste jongen hard in zijn rug. Hij kreunde en viel op zijn knieën, maar stond direct weer op, om het op een rennen te zetten. De twee anderen zetten ook aan, maar hadden geen rekening gehouden met een roodharig grietje dat op het bankje zat te roken. Ze ging wijdbeens voor de jongens staan en versperde hun de weg. De jongens stopten abrupt en keken haar verbaasd aan. Een van de twee riep iets in het Frans. Tara verstond het niet, maar zag aan zijn brutale smoelwerk dat het geen vriendelijke begroeting was. In plaats van een antwoord schonk ze hem een ijzige blik en schudde ze haar hoofd langzaam van links naar rechts. Haar boodschap was duidelijk, maar de jongens leken niet onder de indruk. De langste van de twee stapte dreigend naar voren en haalde uit naar Tara's gezicht. Sneller dan hij verwachtte dook ze weg en plantte haar vuist zo hard ze kon tegen zijn nieren. De jongen sloeg dubbel van de pijn.

'Oprotten!' riep Tara. 'Of wil je er nog een?' Ze wist niet of ze haar konden verstaan, maar de betekenis van haar woorden was glashelder. De achterste jongen trok zijn vriend met zich mee, terug naar waar ze vandaan kwamen. Tara keek hen na en voelde de adrenaline door haar lijf razen. Als ze getuige was van onrecht kon ze zich niet inhouden en twee tegen één was hoe dan ook oneerlijk. Ze speurde de weg af naar de weggevluchte jongen, maar die was nergens te bekennen. Met haar krant en sigaretten liep ze terug naar Diego's auto. Het leek haar verstandig te vertrekken, voordat de jongens hulptroepen zouden inschakelen en verhaal kwamen halen.

3

In de rij voor het buffet had Diego die avond het hoogste woord. Zijn vijftien kilometer had hij in een razend tempo afgelegd en dat stemde hem vrolijk. Hij maakte grapjes en complimenteerde de kok met de heerlijk geurende lasagne, die hij in grote hoeveelheden op zijn bord schepte. Tara zag hoe hij geanimeerd een praatje maakte met verschillende collega's in het restaurant, voordat hij met een tevreden zucht tegenover haar plaatsnam.

'Zo. Smakelijk,' zei hij met een vorsende blik op Tara's bord, waar twee pizzapuntjes koud lagen te worden. 'Eet je niet?'

'Ik heb genoeg aan mijn lunch,' zei Tara. Ze nam een grote slok koffie en vertelde hem over de ruzie die ze die middag had gestopt.

'Goeie zet,' zei Diego, die aandachtig had geluisterd, 'maar toch moet je voorzichtig zijn met zulke dingen. Je weet niet wat er speelt en zulke gastjes kunnen makkelijk wapens dragen. Voor je het weet, heb je een mes tussen je ribben.'

Tara haalde haar schouders op. 'Daar ben ik te snel voor. En niets doen terwijl ik er met mijn neus bovenop zit, kan ik niet.'

'Weet ik,' knikte Diego. 'Nog iets over Benno gehoord?'

'Tjalling vertelde dat zijn been in het gips is gezet en dat hij vanavond naar huis wordt gebracht. Die zien we niet meer dit weekend.'

'Oké, toch jammer.'

'Jammer?' snoof Tara. 'Sinds wanneer ben jij Benno's beste vriend?'

'Dat ben ik zeker niet,' zei Diego verontwaardigd, 'maar ik vind dit een tof weekend en ik gun niemand een gebroken been.' Hij nam de tijd om een grote hap lasagne weg te werken. 'Ik denk dat die fusie het beste is wat ons kon overkomen. De druk is van de ketel, er zijn weer dingen mogelijk. Kijk maar naar Benno, lijkt het niet alsof hij wat rechter loopt?' Hij grinnikte. 'Nou ja, voorlopig niet, maar de last is van zijn schouders. Een nieuwe club mensen geeft energie, ik kijk ernaar uit om met de hele groep twee kranten te maken.'

'Twee kranten,' herhaalde Tara, 'dat wordt nog harder werken, let maar op.'

'Ik denk het niet. Alleen zullen we meer moeten reizen om een Nederlands en een Vlaams dagblad te vullen. Dat vind ik geen enkel probleem, sterker nog, daar heb ik ontzettend veel zin in.'

Tara zweeg. Ze vermoedde dat de financiële zorgen van beide kranten met de fusie niet zonder meer verdampt waren, maar wilde het vrolijke humeur van Diego niet verpesten. 'Hoe is het met Nona en Max?' vroeg ze.

Meteen trok er een schaduw over Diego's gezicht. 'Goed,' zei hij stug. Toen Tara hem vragend aan bleef kijken, zwichtte hij. 'Met de tweeling is alles oké, met Yvonne en mij gaat het minder. Er zijn te veel ruzies, steeds over hetzelfde, ik ben er te weinig, ik werk te veel, ik doe het nooit goed.' Hij zuchtte. 'Daarom heb ik volgende week die week vakantie opgenomen, dan gaan we met z'n vieren naar Turkije, zo'n all-inclusive toestand. Even wat tijd samen, dat hebben we nodig.'

Dat laatste kwam er zo geforceerd uit dat duidelijk bleek dat de vakantie niet het idee van Diego was geweest. Tara wist niet goed wat ze moest zeggen. Van tijd tot tijd vroeg ze zich af hoe het zou zijn om een gezinsleven te hebben, altijd mensen om je heen. Soms verlangde ze ernaar, maar vaker zag ze ook de voordelen van haar kluizenaarsbestaan.

'Het valt vast mee,' stak ze haar collega een hart onder de riem. 'Ga zwemmen met je kinderen. Voor je het weet ben je terug, kunnen we weer veel te hard werken.'

4

Die nacht kon Tara de slaap niet vatten. De twee Vlaamse collega's in de kamer naast haar lagen al uren plat. Hun zware ademhaling was hoorbaar in het hele huisje, dat ze bij aanvang van het weekend met z'n vijven toegewezen hadden gekregen. Twee al wat rijpere dames van de Vlaamse redactie Kunst en Cultuur hadden de ruimste slaapkamer met badkamer in beslag genomen. Hennie en Tobias, vormgevers bij *De Dageraad*, waren neergestreken in een hok met stapelbed en dat liet de kamer met tweepersoonsbed over voor Tara.

Hennie en Tobias had ze sinds het avondeten niet meer gezien, maar ze wist haast zeker dat ze met de meeste anderen te vinden waren in de kantine naast de frituur. Diego zat er ook en had haar per app gevraagd een borrel te komen drinken. Tegen beter weten in, want dat ze niet zou komen, wisten ze allebei. Tara was een einzelgänger en als ze íets vreselijk vond was het een ruimte vol mensen die hun best deden het gezellig te maken. In plaats daarvan had ze een wandeling gemaakt en een boek uitgelezen. Nu was het kwart voor twee en snakte ze naar een sigaret. Ze gooide de kaart van de Ardennen, die ze in haar nachtkastje gevonden had en uitgebreid had bestudeerd, op de grond en trok snel wat kleren en haar kisten aan. Geruisloos liep ze naar buiten waar de kou haar vingers deed tintelen. Rillend stak ze een sigaret op.

Al na een paar tellen werd haar aandacht getrokken door

een geluid dat ze niet direct kon thuisbrengen. Het kwam van links, dieper het bos in. Ze kneep haar ogen tot spleetjes, maar het was te donker. De buitenlampen aan de vier bungalows verderop verlichtten enkel een deel van de gevels. Ze deed de zaklamp in haar telefoon aan en volgde het slingerpad dat de huisjes met elkaar verbond. Na een paar meter stopte ze om opnieuw te luisteren. Even was het stil, tot een zacht gekerm haar blik naar rechts trok, waar ze een glijbaan en een klimtoestel ontwaarde. Met de telefoon voor zich uit sloop ze verder tot ze naast het toestel stond en er schuin achter kon kijken. Haar hart sloeg over toen ze recht in de geschrokken ogen van Tobias keek. Hij leunde met zijn rug tegen het klimtoestel en liet zijn handen rusten op het hoofd van een blondine die op haar knieën voor hem zat. Tara herkende haar als een van de nieuwe Vlaamse collega's. Zacht kreunend bewoog ze haar hoofd op en neer, zich niet bewust van de toeschouwer die plots was opgedoken. Vertwijfeld liet Tobias haar hoofd los. Even leek hij niet te weten wat te doen, maar toen legde hij gedecideerd een vinger op zijn lippen ten teken dat Tara stil moest blijven. Stoïcijns hield ze zijn blik gevangen, tot ze achteruit stapte en het speeltuintje verliet.

Hij kon het niet gezien hebben want haar emoties toonde ze zelden, maar inwendig kookte ze. Nog geen drie maanden geleden had hij huilend op de redactie gezeten, omdat hij zo'n verdriet had om zijn scheiding. Hij was verliefd geworden op een ander en dat maakte een einde aan zijn huwelijk van tien jaar. Zijn nieuwe vriendin en haar kinderen waren bij hem ingetrokken en zijn eigen kinderen zag hij alleen nog om het weekend. Hij twijfelde eraan of hij de goede keuzes had gemaakt en lag er nachten wakker van. Tara stond erbij toen Diego hem troostte en was zelfs koffie voor hem gaan halen. En dan dit. Ze liet haar peuk vallen en stampte erop. Weer een bewijs dat je niemand kon vertrouwen en dat je in je eentje beter af was. Ze liet haar hoofd achterover zakken en staarde naar de pikzwarte sterrenhemel. Wat deed ze hier in godsnaam? Waarom was ze niet thuis bij Huub? Met een steek in haar hart dacht ze aan haar trouwe kameraad, die ze dit weekend thuis had achtergelaten. Verkleumd van de kou slofte ze terug naar de bungalow. Daar kroop ze met kleren en al onder het dekbed, om pas tegen de ochtend in een rusteloze slaap te vallen.

5

De volgende ochtend was de stemming in de kantine zo uitgelaten dat Tara niet wist hoe snel ze met een mok koffie naar buiten moest vluchten. De hemel kleurde strakblauw. Het was fris, maar met twee capuchontruien onder haar leren jack en een sjaal om haar nek was het te doen. Ze genoot van de geur van koffie en dennennaalden die in haar neus omhoogkroop. Het vage voornemen om dit weekend te laten voor wat het was en de eerste trein naar huis te nemen, liet ze varen. Haar werk was haar leven, daar had ze veel voor over, zelfs een survivalweekend. Ze besloot dan ook mee te doen aan de dropping die na het ontbijt op het programma stond.

Een taxibusje bracht de nieuwbakken collega's in groepjes naar diverse plekken in de omgeving. Slechts met een kompas als hulpmiddel moesten ze hun weg terugvinden naar het bungalowpark, waar de winnaars een gigantische slagroomtaart wachtte. Diego ging met twee mannen voorop en leidde hen langs de rivier de Ourthe een schilderachtig plaatsje in, waar marktlui fluitend hun kramen in elkaar zetten. Er stond een treintje dat in het hoogseizoen toeristen rondreed, maar nu geen dienst had. De groep doorkruiste het centrum toen Tara een bekend gezicht zag. Boris, een van de survivalinstructeurs die hen de vorige ochtend begeleid had, snelde aan de overkant van de straat een café in. Hij keek niet op of om en zijn gezicht stond op onweer. Tara checkte haar collega's. De dames waren druk in gesprek en Diego en zijn vrienden hadden enkel oog voor het kompas. Waarom zou Boris zo kwaad zijn? Gisteren was hij al gespannen, ze herinnerde zich zijn strak opeengeklemde kaken. En toch had hij een oprechtere indruk gemaakt dan de twee andere instructeurs, met hun geforceerde high fives.

Ze stak de straat over om door de ramen van de kroeg te spieken. Boris stond achter de bar met zijn rug naar haar toe te praten met een man in een schort en een vlassig staartje in zijn nek. Het zwakke licht in de zaak maakte het lastig scherp te zien, maar het had er alle schijn van dat de man bang was. Hij leek Boris ergens van te willen overtuigen en streek herhaaldelijk door de lange pieken haar, die over zijn bijna kale schedel gedrapeerd lagen. Opeens trok Boris zijn elleboog naar achter en haalde uit. Zijn vuist raakte de barman vol op zijn kaak. De man stortte tegen een flessenrek en zakte ineen. Boris hief zijn knie en maakte twee felle trapbewegingen. Daarna draaide hij zich om, stormde het café uit en rende langs Tara de straat op, waarna hij in een zijstraat verdween. Het was in een paar tellen gebeurd. Tara zag dat haar collega's niets van het voorval gemerkt hadden. Ze zou aan moeten sluiten om met hen het bos in te gaan, maar dat kon ze niet. Na een laatste blik op de zijstraat waarin Boris was verdwenen, liep ze het café in.

Binnen rook het muf en uit de televisie aan de wand klonk het schelle scheuren van racewagens. De wedstrijd werd nauwlettend gevolgd door een bejaarde man in een rolstoel, die ze zojuist niet had gezien. Ze hield even in, maar toen de oude man taal noch teken gaf, haastte ze zich achter de bar. De barman lag uitgestrekt op de vloer en leek buiten bewustzijn. Snel griste ze een handdoek van een haakje, doopte hem in de spoelbak en boog zich voorover om zijn zwellende kaak te deppen. Langs zijn schedel stroomde een straaltje bloed, dat veroorzaakt moest zijn door de gebroken flessen uit het rek. Een stevige whiskylucht sloeg op haar adem en deed haar hoesten. De man reageerde niet. Zacht tikte ze met haar vlakke hand tegen zijn wang.

'Hallo, wakker worden!' Tevergeefs. Ze viste haar telefoon uit haar jaszak toen de man opeens begon te murmelen. Hij had zijn ogen iets geopend en staarde haar aan. Tara boog zich naar hem toe en spitste haar oren.

'Wie... wie...' stamelde hij.

'Ik zag wat er gebeurde,' zei Tara kort, 'u heeft hulp nodig. Blijf liggen, ik bel een dokter.'

Daar dacht de man anders over. Kreunend probeerde hij overeind te komen, maar toen dat niet lukte liet hij zich met een gepijnigde grimas weer op de vloer zakken.

'Blijf liggen,' herhaalde Tara. Ze schrok toen de man plots haar pols greep. Hij trok haar zo dicht naar zich toe dat ze het spinnenweb aan rode adertjes in zijn ogen duidelijk kon zien.

'Weg...' fluisterde hij, en toen Tara hem vragend aan bleef kijken, sprak hij met luidere stem: 'Je hebt hier niets te zoeken, weg!' Hij duwde haar arm van zich af en gebaarde fel naar de deur. Verbaasd stond Tara op, ze zette een paar passen achteruit, maar bleef naar de man kijken. Achter haar klonken de racewagens. De bejaarde man in de rolstoel had geen vin verroerd. Uit zijn mondhoek droop een spoortje spuug.

6

Boris Rokx had zijn hele leven al een kort lontje, maar het leek of dat met de jaren alleen maar erger werd. Steeds meer dingen die hem vroeger licht irriteerden, dreven hem de laatste tijd tot waanzin: de buren die hun volle containers op zijn stoep parkeerden, de kattenpis in zijn tuin van het nest van de achterbuurvrouw, werkroosters die op het laatste moment werden omgegooid, defecte apparatuur in de sportschool, een chronisch tekort aan zijn favoriete muesli in de buurtsuper en de almaar stijgende prijs van voedingssupplementen. Een paar uur intensief trainen bracht hem meestal weer tot rust, maar dat was er niet meer bij. Zelfs nu hij zijn trainingsschema had opgeschroefd tot drie uur per dag en vijf in het weekend, stond hij voortdurend op knappen. Bij de minste ergernis moest hij zichzelf dwingen weg te lopen, om te voorkomen dat hij agressief werd. Hij was op zijn werk al een paar keer flink door het lint gegaan en dat mocht niet weer gebeuren; het salaris van Survival Ardennen kon hij niet missen. Zonder een handvol tranquillizers in zijn broekzak ging hij de deur niet uit.

In de keuken van zijn bescheiden benedenwoning hield hij een kompres tegen de knokkels van zijn rechterhand. Niet tegen de pijn, zijn strak getrainde lijf kon veel hebben, wel tegen de blauwe plekken, waarmee hij niet op zijn werk wilde verschijnen. Die avond zou hij een grottentocht begeleiden en in de vroege ochtend daarna stond er weer een mountainbikeploeg op hem te wachten. Tussendoor slapen was er niet bij, ook het klaarzetten en controleren van de fietsen hoorde tegenwoordig tot zijn taken. Toen hij twee jaar geleden begon als instructeur ging dat wel anders. Er waren meer dan genoeg collega's om de taken over te verdelen. Toen de economische crisis toesloeg, zag hij hen een voor een vertrekken. Het aantal bedrijfsuitjes, teambuildingsactiviteiten en vrijgezellenweekenden in de Ardennen nam drastisch af en dus was er minder werk. En hoewel toeristen en avonturiers hun weg naar dit gebied de laatste maanden weer leken te vinden, was er voor extra collega's nog geen geld. De branche had op zijn gat gelegen en moest weer vlees op de botten krijgen. Met als gevolg dat de instructeurs die de crisis hadden overleefd zich uit de naad werkten om aan de toenemende vraag te kunnen voldoen.

Voor Boris was dat geen probleem, hij deed het werk graag en zette zich volle bak in. Alleen met het werk 'naast het werk' had hij moeite. De opdrachten waarvoor hij betaald kreeg buiten zijn loonstrook om, baarden hem steeds meer zorgen. Het mocht niet, het was niet goed, daar bestond geen twijfel over, maar de kick was bijna te lekker, te zoet. Het deed hem verlangen naar veel meer en dat vrat aan hem. Elke stoot of trap die hij uitdeelde voelde als een bevrijding, een ontsnapping uit het keurslijf waarin hij jarenlang had geleefd. En hoewel een deel van hem nog tegensputterde, voelde hij dat het niet lang meer zou duren voor hij klaar was voor de volgende stap. Hij gooide het kompres in de spoelbak en staarde in de spiegel erboven. Zijn sterke kaaklijn, stevige jukbeenderen, zwarte haar en blauwe ogen hadden heel wat deuren voor hem geopend, ook tijdens nachtelijke escapades. Zijn knappe looks, waaraan hij ooit zoveel aandacht besteedde, interesseerden hem de laatste tijd steeds minder. Hij keek liever niet meer naar zichzelf. De verbeten trek om zijn droge lippen en de duivelse blik in zijn ogen maakten hem bang.

Langzaam liep hij naar de woonkamer waar hij bleef staan voor het portret van een oude vrouw. Haar strenge blik ontwijkend stak hij het waxinelichtje in de houder onder de foto aan. Voorzichtig trok hij de houten rozenkrans van het fotoframe. Hij boog zijn hoofd, sloot zijn ogen en begon te bidden.

7

Het kostte wat overredingskracht, maar voor de tweede keer dit weekend lukte het Tara de auto van Diego te lenen. Na de dropping en de lunch sloeg ze de gezamenlijke mountainbiketocht over om terug te rijden naar het dorp waar ze die ochtend geweest waren. Op de kaart had ze nagezocht dat dat Amberloup moest zijn. Ze vond een parkeerplaats bij de rivier en liep drie straten door. Het was druk in het kleine centrum; een antiekmarkt trok veel belangstelling. Tussen de kraampjes met opgepoetste brandweerwagens, vlekkerige knuffelbeesten, schilderijen in houten lijsten, pannensets, serviesgoed, meubels en plaatselijke delicatessen, schuifelden mensen speurend naar koopjes. Na een paar minuten filelopen zag ze in de verte het uithangbord van Taveerne Pols, het café waarin Boris zich eerder had misdragen. Ongeduldig schoof ze tussen twee kraampjes door om langs tientallen voorraaddozen naar het café te slalommen. Dat was dicht. Door het raam zag ze nog minder dan eerst, het licht was uit en dat veranderde de ruimte in een donker hol.

Ze draaide zich om, glipte tussen de rommelmarktbezoekers naar de overkant en zocht haar weg naar de zijstraat waarin Boris was verdwenen. Die vond ze al snel, maar de moed zonk haar in de schoenen toen ze de tientallen kraampjes zag die ook hier stonden opgesteld. Ze had gehoopt op een lege straat waar ze doorheen kon wandelen om Boris te zoeken. Mogelijk ontdekte ze in een van de portieken zijn naambordje. Wat ze zou doen als ze het gevonden had, wist ze niet. Haar nieuwsgierigheid had haar hierheen gevoerd. Dat, en het gebrek aan zin in een mountainbiketocht. Nu het café gesloten bleek en ze een zoektocht naar het huis van Boris kon vergeten, stierf haar geïmproviseerde middagprogramma een vroege dood. Even liet ze zich meevoeren in de mensenstroom, terug in de richting van de parkeerplaats, tot ze op een kleine kiosk stuitte. Ze trok een van de Nederlandstalige kranten uit het rek en legde hem op de toonbank om af te rekenen, toen ze tot haar verbijstering zag wie er achter de toonbank stond. Zijn kalende schedel was bedekt door een zwarte baret en hij droeg geen schort, maar hier stond onmiskenbaar de barman van Taveerne Pols. Een dikke laag crème maskeerde zijn blauwe kaak, maar de zwelling was er niet minder om. Tara zag hoe vertwijfeling kort door zijn ogen trok, voor hij die samenkneep en haar argwanend bespiedde. Hij griste de krant van de toonbank en tikte hard op de toetsen van zijn ouderwetse kassa.

'Anders nog?' vroeg hij met een hese stem.

Tara schudde haar hoofd. Ze wist dat vragen stellen nu geen zin had en rekende zwijgend af. Met een laatste blik op zijn gezwollen kaak verliet ze de kiosk en ging ze weer op in de menigte. Bij een bocht in de weg hees ze zich op een elektriciteitskastje. Over de hoofden van de marktbezoekers heen kon ze de kiosk goed zien. Een tweede deur had ze in het kleine gebouwtje niet ontdekt, dus de barman zou langs de voorzijde moeten vertrekken en daar wilde ze best op wachten. Als hij dacht dat zijn vijandigheid haar afschrok, had hij het mis; haar vastberadenheid om te ontdekken wat hij verborgen hield, nam met de minuut toe.

Lang hoefde ze niet te wachten, al na drie kwartier verliet

een zwarte baret de kiosk om direct aan de zijkant ervan uit Tara's zicht te verdwijnen. Snel sprong ze van het kastje af. Ze haastte zich terug naar de kiosk en sloeg de hoek om. Een smalle straat liep uit op een vierkante binnenplaats tussen een aantal huizen. Als hij een van de houten achterpoorten was binnengegaan, kon ze het schudden, maar misschien had ze geluk en was hij het steegje ingeschoten dat naar de volgende straat leidde. Ze rende het steegje door en zag nog net hoe de man in een tweedeurssportwagen voorbijscheurde. Vloekend rende ze naar de parkeerplaats waar ze Diego's Volvo had geparkeerd om even later de achtervolging in te zetten. Veel wegen waren er niet, de borden leidden haar over de brug het stadje uit, waar ze bij een splitsing moest kiezen voor rechtsaf bergop, of linksaf het dal in. Bergop bleek de juiste beslissing: vanuit een haarspeldbocht zag ze de metallic sportwagen drie bochten verderop rijden. Als ze niet tegen de vangrail wilde eindigen, was gas bijgeven geen optie. Ze reed zo hard ze kon en ving af en toe een glimp van haar voorganger op.

Na een klein half uur trapte ze opeens hard op de rem. Het zandpad dat ze zojuist passeerde, viel bijna niet op, maar de bandensporen en het omgewoelde zand maakten duidelijk dat er kortgeleden een auto had gereden. Ze nam de gok, draaide het pad op en kon een grijns niet onderdrukken toen ze een eind verderop een paar strepen metallic lak tussen de herfstbladeren door zag schitteren. Ze parkeerde de Volvo naast het pad en sloop tussen de bomen door naar de auto. Die was leeg. Het pad strekte zich voor haar uit en werd na een paar meter zo smal dat er geen auto meer door kon. Aan een van de bomen langs het pad bungelde een oud bordje aan een roestige spijker. Het opschrift was nauwelijks leesbaar. Tara trok het recht en kon het met moeite ontcijferen: CORREZE LA SENIORIE, PRIVÉKLINIEK.

8

Tot voor kort zou ze zonder meer het pad zijn ingeslagen, maar na haar onvrijwillige opname in een Arubaanse gevangenis was Tara voorzichtiger geworden. Ze trok haar telefoon uit haar broekzak en tikte een kort bericht naar Diego. Het apparaat kostte een klein vermogen, maar dat had ze er dubbel en dwars voor over gehad; de smartphone was stootvast, waterdicht en werkte zelfs bij een zwak signaal. Onmisbaar als ze wilde appen, want aan bellen had ze een grondige hekel. Schrijven was haar altijd al beter afgegaan dan praten. Aan koetjes en kalfjes deed ze niet, het liefst kwam ze meteen to the point en het verwarde haar als anderen dat niet deden.

Ze schakelde het geluid uit en haastte zich het pad op. De bomen stonden steeds dichter op elkaar en al snel overwoekerden ze het pad bijna volledig. Het viel haar op hoe stil het was, van de autoweg achter haar was niets meer te horen. Maar ook van de privékliniek kwam geen geluid. Na een paar minuten begreep ze waarom. Het pad stopte abrupt bij een uitgestrekt grasveld, waarop zo'n vijftig meter voor haar een indrukwekkend pand verrees. De drie verdiepingen, de hoge ramen en de marmeren zuilen aan weerszijden van de entree gaven het gebouw een statige uitstraling, al was het duidelijk al tijden niet meer in gebruik. Het deed eerder denken aan een eeuwenoude kostschool op het Engelse platteland dan aan een zorgcentrum. De blauwgeverfde luiken hingen scheef in hun scharnieren naast de ramen, waar stof en spinrag het bijna onmogelijk maakten naar binnen te gluren. Toch kon Tara de verleiding niet weerstaan. Een snelle controle van de omgeving leerde dat van de barman geen spoor te bekennen was. Ze trok een sprintje naar de entree, sprong achter een van de marmeren zuilen en keek opnieuw de tuin rond.

Nu pas viel haar op dat het veld keurig was gemaaid. Kennelijk werd het terrein wel onderhouden, al stond het pand leeg. Met de zijkant van haar hand veegde ze het stof van een ruit naast de zware houten deur. Meer dan een lege ruimte met tegels op de vloer en de leuning van een gigantische trap kon ze niet onderscheiden. Ze probeerde het nog eens bij twee andere ramen, maar werd niet veel wijzer. Zonder geluid te maken liep ze langs het laatste raam naar de zijkant van het pand om voorzichtig om het hoekje te kijken. Een eindje verderop stond een bijgebouw van twee verdiepingen en schuin daarachter zag ze een houten schuur. Ze inspecteerde de deuren en ramen van beide gebouwen, maar zag niets bijzonders. Peinzend keek ze rond, wat had de man hier te zoeken? Alles zat op slot en er was niemand te bekennen. Zou hij degene zijn die het terrein hier zo netjes onderhield?

De schrille kreet van een vogel sneed door de stilte waarin het terrein gevangen leek. Tara voelde kippenvel op haar armen en kon zich net op tijd tegen de schuur drukken om uit het zicht van de barman te blijven, die plots in beeld verscheen. Met grote passen verliet hij de bosrand achter de schuur, een houten krat in zijn armen geklemd. Tara wachtte tot hij weg was en rende toen naar de plek waar de man vandaan kwam.

In de schaduw van de bosrand inspecteerde ze de grond. Er was geen pad, maar een paar vage voetafdrukken leidden haar tussen de bomen door het bos in. De geur van dennennaalden prikkelde haar neus en ze kneep hem dicht om niet te hoeven niezen. Speurend naar voetafdrukken liep ze verder, maar ze kon er geen meer ontdekken. Waarom was hij hiernaartoe geracet? Wat zocht hij hier? En wat zat er in dat krat? In gedachten doolde ze rond tot ze een open plek bereikte. Tara keek om zich heen, maar zag niets bijzonders. Bomen, takken, een paar dennenappels, een sigarettenpeuk... Ze rilde kort toen ze de peuk oppakte en voelde dat het uiteinde nog vochtig was. Hij was hier geweest. Ze tuurde naar boven, maar kon niets afwijkends ontdekken; geen vlonder of boomhut waar je houten kratten zou kunnen stallen. Ze zakte door haar knieën en wreef met haar handen over de grond. Zo werkte ze de open plek af tot ze op iets hards stuitte en haar hart sloeg over van opwinding. Eerder dan ze het zag, voelde ze onder een laagje zand een metalen ring in haar hand. Als vanzelf greep ze hem beet en trok eraan, maar hij gaf niet mee. Met twee handen begon ze te graven. Als de man nu terugkwam was ze de pineut, maar daar wilde ze niet aan denken. Er lag hier iets en ze moest weten wat het was. Na een paar minuten zakte ze hijgend achteruit en wiste het zweet van haar voorhoofd. Voor haar lag, tussen hopen zand, een vierkant houten luik met in het midden de metalen ring.

9

Met twee handen trok ze het luik open dat met stevige scharnieren in een houten frame was bevestigd. Haar adem stokte in haar keel toen ze een smalle ijzeren trap zag, die recht naar beneden in het duister verdween. Opnieuw stuurde ze een kort bericht naar Diego, inclusief een foto van het openstaande luik en de coördinaten van haar locatie. Ze zag dat hij haar nog niet zo lang geleden had geappt; hij was met de mountainbikeploeg weer terug op het bungalowpark. Straks zou ze hem uitgebreid verslag doen, maar niet voordat ze had gezien wat de barman van Taveerne Pols te verbergen had. Ze reikte voorover en voelde aan het ijzer van de trap: die leek stevig gemonteerd. Daarna viste ze haar telefoon uit haar zak en probeerde ze bij het licht van de zaklamp te zien waar de trap eindigde. Dat ging niet; als ze meer wilde zien, moest ze naar beneden. Voorzichtig liet ze zich in het gat zakken. Even overwoog ze om het luik achter zich te sluiten, voor het geval de man terug zou komen, maar die gedachte liet ze varen. Met de telefoon in haar ene hand en de andere stevig om de sporten van de trap, daalde ze af in het duister. Al snel werd het kouder en drong een geur van natte aarde zich aan haar op. Ze telde de treden en voelde na sport veertien dat ze beneden was.

Het was er zo pikzwart dat het licht uit haar telefoon te iel was om goed rond te kunnen kijken. Met haar arm gestrekt voor zich uit schuifelde ze door een ruimte die hoog genoeg was om niet te hoeven bukken. Ze hield haar adem in toen haar hand onverwacht iets raakte, en blies opgelucht uit toen het een wand bleek te zijn van houten planken. Voorzichtig schoof ze verder tot ze weer op iets stuitte, dit keer met haar voet. Ze bukte zich en scheen bij met de telefoon. Tegen de wand stonden naast een ouderwetse petroleumlamp en een doos kaarsen, twee grote zaklampen. Ze knipte een van de lampen aan en werd direct verblind door een felwit licht. Haar adem stokte, ze zakte als een lappenpop ineen en voelde nog net hoe haar lichaam schokte, voordat alles donker werd.

Haar moeders stem klonk opgewonden, ze had al een paar keer geroepen en Tara rende op het geluid af. Op de sandaaltjes die ze voor haar zesde verjaardag had gekregen snelde ze door het natte gras van de tuin. Het had flink geregend die ochtend en nu de bui eindelijk gestopt was, kon ze niet wachten om de verrassing te zien die haar moeder in het tuinhuis had verstopt. Haar moeder hield van verrassingen en bedacht de leukste dingen voor Tara en haar vader. Een spontane picknick in de woonkamer op een regenachtige dag, een puppy onder de kerstboom, of een filmmiddag met popcorn en de gordijnen dicht. Nu klonk haar stem vanuit het tuinhuis. Tara zag hoe ze zwaaide in de deuropening, zich omdraaide en verdween. 'Mama!' riep ze, zo hard zo kon. 'Niet weggaan, mama, ik kom eraan!' Hijgend rende ze verder, haar sandaaltjes nat van de druppels in het gras, maar dichter bij het tuinhuis kwam ze niet. Het leek alsof het houten huisje verder van haar afdreef en haar moeder met zich meenam. Tara bleef rennen tot ze struikelde en neerviel. Met tranen in haar ogen zag ze hoe het tuinhuis steeds verder van haar weggleed. Ze werd doodsbang en zwaaide wild met beide armen in de lucht. 'Mama!' Ze probeerde haar moeder achter een van de ramen te onderscheiden, maar zag haar niet. Haar moeder zwaaide niet meer, ze was verdwenen.

10

Minutenlang lag ze op haar rug te staren naar de witte bundel van licht op het plafond voor ze zich realiseerde waar ze was. En toen ze het wist, maakte ze geen aanstalten om op te staan. Het was lang geleden dat haar epilepsie haar had geveld en daar moest ze van bijkomen. Het felwitte licht in haar ogen had de aanval getriggerd, maar kennelijk had de spanning in haar lijf zich al langer opgebouwd. De exacte oorzaak van de aandoening konden de artsen niet traceren, daarvoor was er nog te weinig over bekend, maar het stond vast dat het verband hield met een overmatige blootstelling aan stress. Er was haar al vaker verteld dat ze zich koest moest houden en dat was lange tijd aardig gelukt. Ook boksen hielp om woede en frustratie letterlijk van zich af te slaan. Toch was het nu weer raak. De golf van verdriet die haar plots overspoelde was overweldigend en ze kon niet anders dan blijven liggen en haar tranen de vrije loop laten. Ze huilde zoals ze al jaren niet gedaan had. De herinnering aan haar moeder, haar ouders die overleden toen ze tien jaar was, sloeg haar volledig lam. Ze was eraan gewend geraakt om alleen te zijn. Ze had geleerd zich af te schermen van de mensen om haar heen, pleeggezinnen, studenten, buren, collega's. Het leverde het voordeel op dat niemand zich met haar bemoeide en daar voer ze meestal wel bij. Maar dat veranderde. Sinds ze terug was van haar opdracht op Aruba, en haar beste vriendin daar had achtergelaten, leken de nadelen van haar pantser de overhand te krijgen. Ze zuchtte en wreef haar tranen met haar mouwen weg. De verleiding om dit hol te verlaten, naar huis te racen en met Huub op de bank te gaan liggen was erg groot, maar ze hield zich in en troostte zich met de gedachte dat het survivalweekend bijna voorbij was en ze over een paar uur met Diego naar huis zou rijden.

Ze stond op, pakte de zaklamp opnieuw beet en zorgde ervoor niet in haar ogen te schijnen. Met haar rug tegen de houten muur liet ze het licht de ruimte vullen. Ook de wand tegenover haar, op een meter of vier afstand, was met hout bekleed, net als het plafond, dat ze kon aanraken als ze zich strekte. Op de grond was een stuk zeegroen zeil gelegd en in de hoek stonden drie houten kisten, gelijk aan de kist die de man naar buiten had gedragen. Deze waren leeg, de deksels lagen ernaast. Behalve de ijzeren trap, de lampen en een doos kaarsen was er verder niets in de ruimte. Tara bescheen de houten planken, inspecteerde het zeil en keek nog eens in de kisten, maar kon niets ontdekken. Pas toen ze haar voet op de onderste traptrede zette om weer naar boven te klimmen, zag ze het: een doorgang, achter de trap. In het halfduister was het haast niet te zien, maar achter de trap liep de wand niet door. Er was een manshoog gat dat het begin leek van een tunnel. Met bonzend hart stak ze de zaklamp tussen de traptreden door. Als ze haar arm helemaal uitstrekte, reikte het licht maximaal drie meter ver. Ze trok de lamp weer terug en plaatste hem op de grond. Om de tunnel in te gaan moest de trap opzij of omhoog; geen mens was zo klein om tussen de sporten door te kunnen klimmen. Wat gesjor aan het ijzeren frame bewees haar gelijk: het onderste deel van de trap was naar boven te draaien, waar het met een vernuftig haakje aan de muur kon worden bevestigd. Dit liet voldoende ruimte om – weliswaar gebukt – de tunnel te betreden. Even twijfelde ze, maar zoals wel vaker won haar nieuwsgierigheid het van haar verstand. Met de lamp voor zich uit sloop ze naar binnen.

Buiten de krans van licht was het pikdonker. Ze nam kleine pasjes, spitste haar oren op elk verdacht geluid en probeerde zich ondertussen te oriënteren. Als ze zich niet vergiste, liep ze nu in de richting van de kliniek. Van buitenaf leek het alsof die niet meer in gebruik was, maar was dat zo? Terwijl verschillende scenario's over geheime bedrijvigheid in de kliniek door haar hoofd spookten, voerde ze haar tempo flink op. Pas op het laatste nippertje hield ze in, net op tijd voor een plotse verlaging van het pad. Ze ging op de klamme grond zitten en strekte haar rechterbeen zo ver mogelijk naar beneden. Met de punt van haar schoen raakte ze de grond. Ze sprong in de kuil, waar ze in het licht van de zaklamp een stevige houten deur ontwaarde. Met bonzend hart legde ze haar oor tegen het hout. Het bleef doodstil. Voorzichtig bewoog ze haar hand naar de greep en trok de deur een paar centimeter naar zich toe. Met haar lamp scheen ze door de kier en liet ze de bundel over tientallen dozen, potten en traliekooien glijden. Ze wilde net naar binnen gaan om de boel nader te inspecteren, toen twee grote starende ogen haar de adem benamen. De korte gil uit Tara's mond echode nog lang na.

11

Diego's ogen puilden uit van ongeloof. 'Hoeveel zei je?'

Tara trok haar schouders op. 'Ik heb ze niet geteld, maar er stonden zeker vijftig opgezette vogels. Ik zag uilen en adelaars, in de dozen zaten kleinere dieren, hermelijnen en vosjes, een hele dierentuin. Er lagen zelfs schilden van schildpadden, volgens mij zo illegaal als wat. Vijf stellingkasten vol opgezette beesten, in een ondergrondse opslagruimte in het bos? Daar klopt niks van.' Ze stak een sigaret op, inhaleerde diep en keek hoe de rook in de avondschemering verdween. Leunend tegen de Volvo had ze Diego zojuist verslag uitgebracht. Onderweg naar huis waren ze bij een tankstation gestopt voor koffie en sandwiches. De koffie was op, de broodjes lagen nog onaangetast op het dashboard.

'Bizar,' concludeerde Diego. In zijn stem klonk bewondering door, maar om zijn mond lag een chagrijnige trek. 'Dat soort dingen ontdek je blijkbaar als je niet meedoet met het programma. Als je buiten de lijntjes kleurt en je afzondert van alles en iedereen.'

Tara negeerde zijn opmerking. Hij was de hele weg al kortaf en ze weet dat aan het feit dat hij de mountainbiketocht had verloren van een Vlaamse collega die een dikke minuut eerder de finish had bereikt.

'Ik wist dat er iets niet klopte aan die man,' zei ze. 'Wie weigert er hulp als je tegen de grond wordt geslagen? Dat doe je toch alleen als je iets te verbergen hebt? Nu weet ik wat dat is, maar hoe komt hij aan die beesten en wat moet hij ermee? Verkoopt hij ze? Ik kan me voorstellen dat er aardig wat mee te verdienen valt.' Ze keek Diego vragend aan. 'Op internet is bar weinig over die Pols te vinden. Hij staat vermeld als kroegbaas en hij is eigenaar van een van de survivalbedrijven hier, Adventure Games. De kiosk waar ik hem gezien heb, wordt nergens genoemd.' Ze nam opnieuw een hijs en dacht na in stilte.

'Je redenering klopt niet,' zei Diego na een tijdje. Hij ging voor Tara staan. 'Waarom zou hij denken dat jij het magazijn ontdekt, als je een dokter voor hem belt in zijn café? Dat is niet logisch. Hij had geen reden om aan te nemen dat jij hem zou volgen. Er moet een andere verklaring zijn voor zijn gedrag toen hij bloedend op de grond lag. Nog meer geheimen dus. Interessant baasje.'

Tara knikte instemmend. Ze wierp haar peuk op de grond en trapte hem uit.

'Er is nog iets.' Uit de buidel van haar capuchontrui haalde ze een kleine glazen pot tevoorschijn die ze zonder verdere uitleg aan haar collega gaf.

Diego hield hem vlak voor zijn gezicht en verbleekte op slag toen hij besefte wat hij zag. De alcohol had de hand goed geconserveerd, maar de geelbruine kleur toonde aan dat hij al lange tijd in de pot lag. Hij was van een klein formaat, waarschijnlijk van een kind, de nagels ontbraken en de gebogen vingers leken tegen de wand van het potje te tikken.

Het ongeloof op Diego's gezicht deed haast kinderlijk aan. 'Dit... hoe...' stotterde hij.

Tara nam de pot over en stopte hem resoluut terug in haar trui. 'Ik ben niet lang genoeg gebleven om te zien of er meer menselijke resten waren opgeslagen. Er zit een sticker met een handgeschreven nummer op de onderkant: 050129VSS-F. Ik weet niet wat dat betekent, maar ik wil erachteraan.'

'Tara!' Meer kon Diego even niet uitbrengen. Zoekend naar woorden keek hij verbijsterd naar de buidel in haar trui, waarin de pot lag verborgen. 'Dit kan niet. Dit is... dit is een kinderhand! Die kun je echt niet verborgen houden. Je moet ermee naar de politie.'

Tara haalde haar schouders op. 'Dat doe ik ook. Over een week. Die hand is nu al zo lang kwijt dat een paar dagen langer niets meer uitmaakt. Ik wil er meer van weten en daarom ga ik straks weer terug.' Ze opende het portier, nam plaats op de passagiersstoel en trok de deur dicht.

Diego wist niet hoe snel hij om de auto heen moest lopen om achter het stuur plaats te nemen. 'Hoezo terug? Naar de Ardennen?'

Tara knikte. 'Ik heb een week bijgeboekt op hetzelfde bungalowpark. Omdat ik Huub niet zo lang alleen kan laten, haal ik hem op, maar dan wil ik meteen terug. De vakantie-uren die ik nog moest opnemen, komen nu goed van pas. En Benno is er toch niet om me tegen te houden, mocht hij dat willen. Ik stuur onze tweede chef Luc wel een mailtje.'

Met een grimas op zijn gezicht liet Diego zich terugzakken in zijn stoel. Hij vloekte hartgrondig en hief meteen zijn hand ter verontschuldiging. 'Klote Turkije.'

12

De tas was al drie keer naar een andere plek verhuisd, toen Diego hem voor de vierde keer pontificaal op de keukentafel plaatste. De kleren die hij dat weekend gedragen had, lagen in de wasmand en de tas was alweer gevuld met een schone set. Alleen wist Yvonne dat nog niet. De tas fungeerde als stok achter de deur, als kapstok om zijn verhaal aan op te hangen, maar Diego zag op tegen de confrontatie. Het was heerlijk zijn vriendin en de tweeling weer te zien. Yvonne had de hele nacht dicht tegen hem aan gelegen en Nona en Max gilden van plezier toen hij ze 's ochtends wakker had gemaakt en met hen stoeide op de vloer. De aanblik van hun opgetogen gezichtjes sneed dwars door zijn ziel, want hij wist dat het allemaal van korte duur was. De drang om op pad te gaan was niet tegen te houden. Het gevoel van rusteloosheid liet hem niet los, hij drentelde door het huis, dronk zijn koffie maar half op, schonk een glas water in, verplaatste wat spullen en zette ze weer terug, tot Yvonne er genoeg van kreeg.

'Wat is er aan de hand?' vroeg ze, toen ze de keuken binnenkwam en de weekendtas opnieuw op tafel zag staan. Hij hoorde dat ze moeite deed niet geïrriteerd te klinken, maar de argwaan in haar ogen kon ze niet verhullen.

'Hoe bedoel je?' vroeg Diego. Dit ging pijn doen en hij wist het, maar hij voelde zich niet in staat het tij te keren. Hij dronk zijn koud geworden koffie op en spoelde het kopje af. Met zijn rug naar zijn vriendin wachtte hij op de volgende vraag, maar die bleef uit. In plaats daarvan hoorde hij hoe Yvonne de tas openritste.

'Schone kleren en een laptop in een weekendtas,' zei ze vlak. 'De koffer voor de kinderen is al gepakt. De onze ligt op bed, mijn spullen zitten erin, die van jou moeten er nog bij. Je zwembroek en je slippers voor onze vakantie naar Turkije. De vakantie die we samen hebben geboekt.' Ze slikte en bleef lange tijd stil. Langzaam vulde haar verdriet de ruimte. 'Je gaat niet mee, hè?'

Diego draaide zich om en staarde naar de grond om haar blik te ontwijken. 'Misschien kunnen we de vakantie even uitstellen,' hoorde hij zichzelf zeggen. 'We zijn in de Ardennen op een verhaal gestuit dat echt iets kan zijn. Iets groots, net als op Aruba. De bonus die ik toen kreeg, kunnen we goed nog een keer gebruiken.' Hij keek op en zag de woede in de ogen van zijn vriendin.

'We?' herhaalde ze met scherpe stem. 'We zijn jij en ik, Diego, en de kinderen. Een gezin, weet je eigenlijk wel wat dat is? Wat dat betekent?' Ze stapte dichterbij en priemde met een vinger in zijn borst. 'Als jij "we" zegt, gaat het over iemand anders. Over Tara. Je hebt je tas opnieuw gepakt, omdat je met Tara op stap wilt. Je komt net terug van een weekend met dat rare wijf en nog geen dag later sta je alweer te springen om met haar mee te gaan. Weet je wat? Zoek het lekker uit. Ga weg en blijf weg. Hier hoef je niet meer terug te komen.' Haar stem sloeg over en haar ogen gloeiden als kolen in haar lijkbleke gezicht.

Diego probeerde zijn hand op haar schouder te leggen, maar die sloeg ze wild weg. 'Doe nou niet zo,' probeerde hij halfslachtig. 'Het spijt me van de vakantie, maar die houden we gewoon tegoed. Het is...' De keukenstoel schampte zijn schouder en viel met een klap naast hem op de grond. Een van de poten brak af. Yvonne had de tweede stoel al te pakken en tilde hem trillend van woede omhoog.

'Niet doen!' riep Diego. Hij pakte de stoel beet voordat ze kon gooien en trok hem met kracht uit haar handen.

Ze klapte achterwaarts met haar rug tegen de tafel en zakte door haar knieën, haar gezicht van pijn vertrokken. 'Klootzak,' brulde ze door haar tranen heen.

Geschrokken zette hij de stoel terug en zakte naast Yvonne neer. 'Stil maar,' suste hij, maar dat had geen effect. Hij kon haar niet meer bereiken. Ze sloeg haar handen voor haar gezicht en huilde met schokkende schouders. Diego stond op en keek radeloos om zich heen. Zijn oog viel op een rol keukenpapier. Hij scheurde er een stuk af en duwde het in Yvonnes handen. Dat de deur openging, hoorde hij niet. Pas toen hij een stemmetje 'mama' hoorde zeggen, draaide hij zich om. Met grote ogen staarde de tweeling naar hun moeder op de keukenvloer. Lamgeslagen zag Diego zijn kinderen staan, hun knuistjes in elkaar verstrengeld.

13

Nadat Tara de post en de huissleutel uit haar brievenbus had gevist, zoals afgesproken met Carlo van de boksschool die haar hond dat weekend had uitgelaten, wist ze niet hoe snel ze de trap naar haar etage op moest rennen. Huub lag al voor de deur op haar te wachten en piepte als een puppy toen ze de sleutel in het slot stak. Ze duwde de deur open en liet zich enthousiast begroeten door de reusachtige rottweiler, die door haar buren niet zelden met argusogen werd bekeken. Ze knuffelde hem flink, vulde zijn bak bij met voer en raapte de post bij elkaar die ze in de hal uit haar handen had laten vallen. Bij de laatste envelop verstijfde ze van schrik. De zwarte blokletters herkende ze inmiddels uit duizenden. De letters waren exact even groot, alsof iemand ze al schrijvend met een liniaal had afgemeten. Een postzegel ontbrak. Deze brief was persoonlijk bezorgd, door de brievenschrijver zelf, of door iemand die daarvoor was ingeschakeld.

Met haar kaken strak op elkaar liep ze naar de kast in de woonkamer. Achter een van de deurtjes stond een schoenendoos zonder deksel. De enveloppen in de doos zagen er precies hetzelfde uit als die in haar hand, alleen waren ze opengescheurd. Met de doos en de nieuwe envelop ging Tara op de bank zitten. Ze gooide de brief het liefst meteen het raam uit en wilde niet weten wat de onbekende afzender nu weer had bedacht, maar de journalist in haar stond dat niet toe. Ze stak de punt van een balpen in het hoekje van de envelop en scheurde hem voorzichtig open. Haar adem stokte toen ze de achterkant van een foto zag, tussen het dubbelgevouwen vel papier. Dit was anders. Al vier keer had ze een brief gekregen van dezelfde anonieme afzender, maar nooit eerder was er een foto toegevoegd. Met trillende vingers haalde ze de brief uit de envelop. De foto viel op de grond met de afbeelding naar beneden. Ze liet haar ogen over de regels glijden. Net als de vorige keren waren het flarden onsamenhangende tekst:

> DOODSTIL WAS HET GEEN ZUCHTJE IN DE TWIJGEN GEEN ENKEL GERUCHT VAN DE WEG OPEENS VOELDE IK HOE EENZAAM IK DAAR LAG VERLATEN VAN DE WERELD VAN ALLE MENSEN WAT JE ZAAIT ZUL JE OOK OOGSTEN

Tara herlas de regels een paar keer en herkende de stijl uit de vorige brieven. Ook hier ontbrak de interpunctie, werden woorden aaneengeregen zonder herkenbare logica. Ze begreep het niet en vond dat nog vervelender dan de dreigende ondertoon, die haar eerder kwaad maakte dan bang. Dit was de vijfde brief die ze in een periode van drie maanden had ontvangen en elke keer schrok ze, stopte ze de brief in de doos en probeerde er niet meer aan te denken. Iets wat niet lukte uiteraard, daar was ze te nieuwsgierig voor. Erachteraan gaan, zoals ze in haar werk dagelijks deed, durfde ze niet. Verhalen over anderen, hoe gruwelijk ook, kon ze verdragen. Als er iets niet klopte, stopte ze niet voordat ze de onderste steen boven had gehaald. Maar dit verhaal ging over haarzelf, haar naam stond op de envelop. De vreemde teksten waren voor haar bedoeld en daar stokte haar actiebereidheid. De ervaring leerde dat het pijn deed zodra het over haar ging. Het verlies van haar ouders op jonge leeftijd, de vele pleeggezinnen en een zwarte periode in een kraakpand hadden een pantser om haar hart gesmeed dat koste wat kost intact moest blijven. Als ze nu ging spitten in haar verleden wist ze niet wat er met het pantser zou gebeuren, het enige wat haar overeind hield. Ze stak haar kop in het zand, maar nam dat voor lief. Negeren leek de beste optie. Tot nu.

De foto op de grond liet zich niet negeren. Ze voelde een klomp in haar maag toen ze de polaroid van de grond pakte en omdraaide. Het beeld van haar moeder en haarzelf als klein meisje in de tuin kende ze maar al te goed. Ze had de foto ontelbare keren bekeken en zelfs een paar maanden onder haar kussen bewaard, tot ze hem terug had gestoken in het fotoalbum waar ze de kostbare herinneringen aan haar ouders bewaarde. Verlamd door paniek dwong ze zichzelf op te staan en naar haar slaapkamer te lopen. Het album lag nog steeds in het krat naast haar bed. Ze opende het boek en bladerde naar de pagina waar haar moeder de foto ooit had ingeplakt. De vier transparante hoekjes zaten er nog, maar de foto was verdwenen.

14

Pas op de snelweg terug naar de Ardennen voelde Tara dat ze wat kalmeerde. Huub lag achter in haar Volkswagenbusje te ronken en een tas met hondenvoer, schone kleren, laptop en sigaretten stond naast haar, de schoenendoos met de brieven en het fotoalbum erbovenop. Het liep tegen middernacht en ze had beter kunnen wachten tot de volgende ochtend, maar de brief en de foto dreven haar het huis uit. Er was iemand in haar slaapkamer geweest, haar dierbare fotoalbum was besmet door de aanraking van een onbekende. Het maakte haar woest en verdrietig tegelijk. Het knaagde aan haar dat ze niet wist wie het op haar voorzien had. Ze draaide het raampje open, zoog haar longen vol frisse lucht en dwong zichzelf aan andere dingen te denken. Zaken waar ze wel grip op had, of die tenminste zou kunnen krijgen: het ondergrondse magazijn met opgezette dieren, de kinderhand op sterk water, het nummer onder op het potje, de barman van Taveerne Pols en diens conflict met survivalinstructeur Boris. In gedachten verzonken reed ze verder, tot ze diep in de nacht bij het park arriveerde. Een slagboom belette haar direct naar de bungalow te rijden, waarvan de sleutel al in haar zak stak. Ze parkeerde op de algemene parkeerplaats voor de receptie en wandelde met Huub naar huisje 364, haar onderkomen voor een week.

Het was al bijna middag toen het signaal van een binnenkomend bericht op haar telefoon haar wakker maakte. Ook

Huub ontwaakte en was meteen alert. Hij sprong van het bed af en liep de kamer uit. Het kostte Tara meer tijd zich te oriënteren, ze had die nacht nog lang liggen piekeren. Met dikke ogen probeerde ze de letters op het scherm te ontcijferen: Ik ben onderweg, kun je me over een half uur oppikken op het station van Saint-Hubert?

Verbaasd las ze de regel nog een keer, om daarna haar bed uit te rollen en de douche op te zoeken. Een half uur later kwam ze met Huub, nat haar en een grote beker koffie aan op het station van Saint-Hubert, haar ogen verstopt achter een stevige zonnebril. Ze spotte Diego op hetzelfde moment dat hij haar zag. Hij stond op van het bankje en zwaaide een weekendtas over zijn schouder. In zijn andere hand droeg hij een rugzak, waar een opgerold matje uitstak. Hij kwam naar haar toe en bleef zwijgend voor haar staan.

'Het is hommeles,' constateerde Tara.

Diego knikte. Hij hield zijn rugzak omhoog. 'Ik heb mijn tent meegenomen. Er is een trekkersveldje op het bungalowpark. Waar staat je bus?'

Tara wees in de richting van het parkeerterrein en liep zwijgend voorop. Huub volgde haar op de voet. Ze had Diego niet eerder zo meegemaakt. Hij had een opgeruimd karakter, werd snel kwaad, maar herstelde zich doorgaans ook vlug. Nu zei hij niet meer dan het hoognodige en hij had een lege blik in zijn ogen. Ze besloot hem niet lastig te vallen met vragen. Hij moest zich eerst maar installeren, misschien konden ze daarna samen de raadsels doornemen die ze hier op het spoor gekomen was. Ze aaide Huub stevig over zijn kop en trok een sprintje naar de bus. Huub snelde haar blaffend voorbij. De week zag er opeens een stuk zonniger uit.

15

Boris wreef het zweet uit zijn ogen en dronk zijn waterfles leeg. De maandagochtend was zijn enige vrije ochtend in de week en die bracht hij doorgaans in de sportschool door. Na een pittige bootcamp was zijn honger niet gestild en beulde hij zich af in de fitnessruimte. Pas toen hij bloed in zijn mond proefde, hield hij ermee op. In de spiegelwand ving hij de blikken van twee mooie meiden die al zeker een half uur om hem heen cirkelden, maar die hij tot nu toe volkomen had genegeerd. Zijn blik deed het ene meisje blozend wegdraaien, maar de ander bleef hem aankijken, terwijl ze langzaam met haar tong langs haar lippen gleed. Haar boodschap was helder en een paar jaar geleden was hij er direct op ingegaan. Nu niet.

Hij liep langs haar de kleedkamers in en vulde zijn waterfles opnieuw. Seks gaf hem geen voldoening meer, geen opluchting, zoals zijn pillen dat wel deden. In zijn locker vond hij zijn voorraad pillen en met een paar slokken water spoelde hij twee tabletten melatonine weg. Langzaam trok de ontspanning door zijn spieren. Ook de druk op zijn hoofd nam af. Net toen hij ging zitten op de houten bank midden in de kleedruimte, ging de deur open. Hij hield zijn ogen dicht en probeerde zich af te sluiten. Dit moment zonder stress duurde maar even en daar wilde hij optimaal van genieten. De klap op zijn schouder kon dan ook niet rekenen op een warm welkom.

Woest sprong hij op, zijn vuisten gebald, om te zien wie het waagde hem te storen.

'Hé, hé, kalm aan!' De man voor hem paste niet in het plaatje van de gemiddelde sportschoolbezoeker. Met zijn lange, slungelige lijf, de tientallen vlechtjes die zijn kroeshaar in bedwang hielden, het strakke leren motorpak en de gouden ringen om zijn duimen had hij meer weg van een acteur uit een tweederangs actiefilm. Hij stapte over de bank en ging voor Boris staan. Zijn brede glimlach leek gemeend, maar Boris wist beter.

'Eddie,' zei hij gelaten, 'wat doe jij hier?'

Eddies wenkbrauwen schoten omhoog. 'Wat doe jij hier? Is dat een manier om een collega te begroeten?' Hij sloeg Boris nogmaals op zijn schouder en dit keer liet hij zijn hand liggen. Hij plantte zijn vingers stevig in het vlees. 'Je wordt steeds groter, Rokx. Als je nog meer traint, verven we je groen, dan kun je invallen voor de Hulk.' Hij grinnikte lang om zijn eigen grap.

Boris voelde hoe de irritatie hem naar de strot vloog. Met moeite forceerde hij een flauwe glimlach. 'Kom, Eddie, ik moet verder. Vertel waarom je hier bent.'

Het grinniken stopte abrupt. Eddie liep naar voren, zijn blik werd kil. 'Ik kom met een boodschap van de baas. Je laatste waarschuwing heeft niet geholpen. Pols gaat gewoon door. Hij is weer gespot bij de herberg en schijnt zelfs met de makelaar te onderhandelen. Als we niet uitkijken, stampt hij zo weer een bedrijf uit de grond en daar wordt de baas niet blij van.' Hij maakte een smakkend geluid met zijn lippen. 'En ik ook niet.'

Boris trok een grimas. 'Wat willen jullie dan? Ik heb hem knock-out geslagen in zijn eigen zaak, hij weet dondersgoed wat de bedoeling is. Kan ik het helpen dat hij niet luistert?'

Eddie hield zijn blik gevangen, maar zei niets. Langzaam nam hij twee passen naar achteren. Hij ritste zijn motorpak tot zijn middel open en trok het leer iets opzij. In een schouderholster stak een zwart glimmend pistool. Boris voelde hoe zijn mond droog werd. De twee oudere heren die plots de kleedkamer binnenliepen, keken verbaasd op naar Eddie en liepen toen door naar een ander deel van de ruimte. Het pistool hadden ze niet gezien, dat zat alweer veilig verstopt in Eddies motorpak.

'Verzin er maar iets op. Hij moet stoppen, vandaag nog. Anders geen geld en geloof me, dat is niet je grootste probleem.' Na een laatste blik op de oudere heren, die schijnbaar niets van het gesprek hadden meegekregen, verliet Eddie de kleedkamer. Boris bleef even besluiteloos staan, maar griste toen zijn tas uit zijn locker en rende hem achterna.

16

‘Ik wil het er niet over hebben.’ Diego’s stem klonk zwaarder dan anders. Hij zat in het gras voor het eenpersoonstentje dat hij in een paar minuten had opgezet. Met een kort bericht liet hij Yvonne weten waar hij was. Hij kon zien dat ze het gelezen had, maar een reactie bleef uit. Bedrukt stak hij de telefoon terug in zijn broekzak. Hij stond op en wees naar het begin van een wandelpad, dat door het bos om het bungalowpark heen leidde.

‘Lopen dan maar?’

Tara knikte en samen liepen ze het bos in, waar Huub direct op onderzoek uit ging. Zwijgend liepen ze over het met herfstbladeren bedekte pad. Andere wandelaars kwamen ze niet tegen. In de schoolvakanties was het hier een drukte van jewelste, maar nu was amper de helft van de huisjes bezet.

‘Luc heeft mijn vakantie goedgekeurd,’ begon Tara, na een kilometer drukkende stilte. ‘Hij had het liever eerder geweten, vooral omdat jij ook al een week weg bent, maar toen ik zei dat de kans groot was dat ik met een verhaal zou terugkomen, draaide hij meteen bij.’ Ze blikte kort opzij. ‘Wat doe jij na deze week?’

Diego schudde zijn hoofd. ‘Ik weet het niet... misschien neem ik wel ontslag. Alles is nu toch kapot.’

‘En dan?’ vroeg Tara geprikkeld. Als ze ergens niet tegen kon was het slachtoffergedrag. ‘Ga je de rest van je leven in een tent wonen en op een houtje bijten?’

Diego haalde zijn schouders op. 'Voor ik bij *De Dageraad* begon heb ik jaren gereisd. Backpackend door Midden- en Zuid-Amerika, met hier en daar een klusje om van rond te komen. Beviel me best. Misschien ga ik dat wel weer doen.'

'Tuurlijk,' schamperde Tara, 'de wereld rond zonder een cent op zak, lijkt me een strak plan. Ik wil niet op de zaken vooruitlopen, maar je zult hoe dan ook financieel moeten bijdragen aan de opvoeding van je kinderen. Kortom, je hebt geld nodig. Ik zou deze week gebruiken om bij zinnen te komen. Op de redactie denken ze toch dat je op vakantie bent. Bedenk wat je wilt en hoe je voor je kinderen kunt blijven zorgen. Neem nu geen overhaaste beslissingen, oké?' Ze stopte midden op het pad en bleef demonstratief staan.

Diego liep vertwijfeld een stuk door, stond stil voor een boom en bonkte er met zijn hoofd tegenaan. Zijn schouders schokten hevig en na een paar tellen kon ze ook horen hoe zijn verdriet zich een weg naar buiten vocht. Zo overstuur had ze hem nog nooit meegemaakt en het kwam aan als een stomp in haar maag. Ze liet hem begaan. Pas na een paar minuten liep ze naar hem toe en legde ze voorzichtig haar hand op zijn arm. Hij greep hem vast en veegde met zijn shirt de tranen van zijn gezicht. Zacht trok ze hem het pad weer op. Huub had ongeduldig staan wachten en schoot er nu als een speer vandoor. Tara zag dat hij genoot van de nieuwe omgeving en nam zich voor deze week dagelijks een lange wandeling met hem te maken.

'De barman, Boris, die beesten, dat handje, waar moeten we beginnen?' vroeg Diego na een tijdje. 'Ik zie het even niet meer.'

'Geeft niet, ik wel.'

Opgelucht dat de somberte iets leek opgeklaard, maakte Tara haar collega deelgenoot van het plan dat ze die nacht had bedacht.

17

Het actieplan van Tara was precies wat Diego nodig had om weer wat grond onder zijn voeten te voelen. Ze had alle verdachte sporen op een rij gezet en de taken verdeeld. Om te beginnen ging Tara achter de barman aan en zou Diego de gangen van Boris nagaan. Wat was de connectie tussen de twee? En welke rekening hadden ze te vereffenen? Had het iets te maken met de opgezette dieren in de ondergrondse opslag? Of met de kinderhand op sterk water? Diego wilde er maar wat graag zijn tanden in zetten, al was het alleen voor de afleiding die het werk hem bood, maar niet voordat hij een bezoek zou brengen aan de plaatselijke bibliotheek. Als onderzoeksjournalist was hij gewend zich grondig voor te bereiden en in te lezen voordat hij op iemand afstapte en vragen ging stellen. Hij wilde meer weten over de omgeving en de plaatselijke geschiedenis. Met internet als voornaamste bron kwam hij een heel eind, maar lang niet alle archieven waren gedigitaliseerd. Zo had een eerste zoekopdracht naar de verlaten kliniek waar Tara was geweest niet bijster veel opgeleverd. Hij hoopte er in de registers van de Bibliothèque Communale de La Roche-en-Ardenne meer over te kunnen vinden. Ze hadden afgesproken een volle week voor het onderzoek uit te trekken en als het niets opleverde de kinderhand bij de politie in te leveren, compleet met de gps-coördinaten van de ondergrondse opslag. Na die week moest Tara terug naar de redactie. Wat hij zelf zou doen, wist hij nog niet. Hij weigerde er vooralsnog over na te denken.

Al na een paar uur speuren was hij een stuk wijzer. De bibliotheek bevond zich in een verouderd gebouw, maar de bibliothecaris was behulpzaam en de informatie verrassend up-to-date. Toen Diego vroeg naar de archieven van het lokale nieuwsblad wees de man hem op een van de computers waarin de laatste twintig jaargangen van twee regionale kranten waren opgeslagen. Ook over Correze la Seniorie waren voldoende naslagwerken voorhanden. Een fotoboek toonde prenten van het rusthuis in volle glorie van nog geen tien jaar geleden. Vooraanstaande families uit de wijde omgeving brachten hun ouders naar de Seniorie, voor een rustige oude dag in een prachtige omgeving. Een faillissement, veroorzaakt door een directielid dat het met de belastingregels niet zo nauw nam, zorgde voor een abrupt einde. Bewoners en personeel moesten vertrekken en het pand werd ontruimd. Sindsdien stond het leeg en werd enkel het omliggende terrein, de tuinen en een groot stuk bos, onderhouden door de dienst bosbeheer.

Het pand stamde uit het begin van de vorige eeuw, zo meldde een licht vergeeld boek, en deed afwisselend dienst als klooster, weeshuis en internaat. Tijdens een groot deel van de Tweede Wereldoorlog gebruikten Duitse soldaten het als uitvalsbasis. Diego verloor zich in een uiteenzetting over de Slag om de Ardennen, het laatste grote offensief van het Duitse leger. De slag werd gewonnen door de geallieerden en luidde het einde van de oorlog in, maar had aan beide zijden veel levens geëist. Nog elk jaar werd de slag in Bastenaken herdacht. Als een spons zoog Diego de informatie in zich op, tot de bibliothecaris met een subtiel kuchje duidelijk maakte dat het einde van zijn werkdag erop zat. Versuft zakte Diego achterover in zijn stoel. De klok aan de muur gaf acht uur aan, de tijd was omgevlogen. Opeens voelde hij dat hij trek had. Hij sprong op en schoof een stapel prints en kopieën in zijn tas. Hij kon niet wachten om zijn bevindingen met Tara te delen en was benieuwd of zij verder was gekomen.

Het stemmetje in zijn achterhoofd, dat zich hardop afvroeg hoe het met zijn tweeling ging, probeerde hij te negeren. Dat lukte niet.

18

Het eerste wat ze zag was een kauwgumpje. Eerst als een wazige, witte vlek en later iets scherper, rechthoekig, vlak voor haar gezicht op de grijze betonplaten van de weg. Als ze haar tong zou uitsteken, kon ze er waarschijnlijk net bij. Ze probeerde het niet, iets zei haar dat ze moest wachten. Nog een paar tellen en dan zou het komen: het besef van waar ze was en waarom. Net als 's ochtends, soms, als ze vroeg wakker werd en heel even niet wist welke dag het was, of wat er op het programma stond. Dan wachtte ze tot de mist optrok en haar vragen werden beantwoord. Maandag: werken en boksen, top. Zaterdag: boodschappen doen en series kijken, triest. Dit keer leek de mist meer moeite te hebben haar hoofd te verlaten, de antwoorden lieten lang op zich wachten. Ergens vond ze dat niet erg, op een vreemde manier was het best prettig hier te liggen staren in onwetendheid, het had iets geruststellends.

Pas toen ze met haar tong langs haar lippen likte, wist ze dat er iets niet klopte. Haar lippen waren niet glad, het leek of een grote korst haar bovenlip bedekte. En er was ook iets mis met haar tong. Die voelde anders, alsof hij meer ruimte had om door haar mond te bewegen. Ze concentreerde zich en schrok toen het kwartje viel. Haar voortanden waren weg. Ze lag op straat met haar gezicht op de stoep. Dat witte ding was geen kauwgumpje, het was een tand. In paniek wilde ze overeind springen, maar dat bleek onmogelijk. Zodra ze bewoog explodeerde de pijn in haar achterhoofd. Hijgend bleef ze liggen. Ze kneep haar ogen stijf dicht en dwong zichzelf na te denken. Wat was er gebeurd? Waarom lag ze hier?

Voorzichtig bewoog ze haar hand naar haar hoofd. Een deel van haar schedel voelde beurs en haar vingertoppen werden nat. Een gat in haar kop, wist ze. Zacht kermend ging ze de rest van haar ledematen na. Haar armen en benen kon ze bewegen, maar opstaan was geen optie, de pijn in haar hoofd stond het niet toe.

Na een paar minuten was de eerste paniek gezakt en kreeg ze haar ademhaling onder controle. Tegelijkertijd voelde ze zichzelf verzwakken. Ze speurde de straat af in de hoop iemand te zien die haar kon helpen. Het beeld werd steeds waziger en toen de straat begon te draaien en ze misselijk werd, moest ze haar ogen sluiten. Hoeveel bloed ze al kwijt was, wist ze niet, maar dat er snel hulp moest komen, was glashelder. Bellen! Dat ze daar niet eerder aan dacht. Zo snel de pijn het toestond bewoog ze haar hand naar haar zak. Leeg. Tegen beter weten in voelde ze in de andere zak, maar ook daar geen telefoon. Hij was weg, ze kon niemand waarschuwen. Paniek vlamde in alle hevigheid op.

'Help!' schreeuwde ze. De pijn in haar hoofd nam nu de regie over en na nog een zwak 'hier...' gingen alle lichten uit.

Even verderop hoorden drie jongens de wanhoop in haar stem. Een van hen kon er niet om lachen.

19

Beladen met een zak friet en een paar frikadellen belde Diego bij Tara's bungalow aan. Er scheen geen licht door de ruiten en dat vond hij vreemd. Hij was laat uit de bieb vertrokken, het was al schemerig in het park en het zou niet lang duren voor het echt donker werd. Bovendien stond Huub te piepen achter de voordeur. Kennelijk was ze in haar eentje op zoek gegaan naar de barman. Diego zette de zak op de grond en beende om de bungalow heen. Taal noch teken van Tara en alle ramen zaten dicht, hij kon er niet in. Terug bij de voordeur begon Huub te blaffen. Met sussende geluiden probeerde Diego hem te stoppen. Dat werkte averechts, Huub zette er een tandje bij en maakte het hele park deelgenoot van zijn ongenoegen. Snel keek Diego op zijn telefoon. Tara had hem niet gebeld en toen hij haar nummer intikte, kreeg hij meteen haar voicemail. Hij sprintte naar de receptie om een loper te vragen en had geluk: buiten het hoogseizoen was de receptie rond deze tijd al gesloten, maar vandaag was de beheerder er nog. Hij fronste bij Diego's verhaal, maar liep toch mee om zelf het huisje te openen. Meteen spurtte Huub naar buiten om een boom uit te zoeken, terwijl de twee mannen binnen poolshoogte namen. Tara was er niet en ook haar rugzak en telefoon ontbraken.

'Mogelijk staat ze ergens met panne langs de weg,' opperde de beheerder. 'Ik zal eens informeren. Als ik iets hoor, laat ik het weten.'

Diego knikte naar hem, maar wist wel beter. Als Tara ergens stond met autopech had ze dat zeker laten weten. In gedachten verzonken aaide hij Huub die, nu hij geplast had, interesse toonde in de geurende zak naast de voordeur. Diego pikte hem voor zijn neus weg, gaf hem binnen een bak voer en ververste zijn water. Daarna at hij zelf de frikadellen op en gooide de friet in de prullenbak. Tara had de barman twee keer gespot: de eerste keer sloeg Boris hem tegen de grond en weigerde hij hulp en de tweede keer sjouwde hij met opgezette dieren, op een plek waar niemand nog iets te zoeken had. Was er vanmiddag een derde ontmoeting geweest? Er waren er twee die dat konden weten en aan Tara kon hij het niet vragen. Diego sprong op, hij wist wat hem te doen stond. Snel zette hij het raam van de slaapkamer op een kier, liet een lampje aan voor Huub en trok de deur achter zich dicht.

20

Het was niet druk in Taveerne Pols. Aan een tafeltje waren vier mannen in een kaartspel verwikkeld en aan een tweede zat een vrouw met een paar verveelde pubers aan de cola. Een zwijgende grijsaard aan het einde van de bar keek even op toen Diego een kruk pakte, om daarna weer diep in gedachten te verzinken. De man die hem vanachter de bar vragend aankeek, voldeed exact aan Tara's beschrijving. Niet alleen matchte het vlassige staartje, ook de onnatuurlijke kleuring van de kaak was onmiskenbaar. Achter hem prijkte een foto van de man in jonger jaren aan de wand. Het staartje had hij al en in zijn hand hield hij een grote kartonnen sleutel, waarop in kapitalen KROEGBAAS POLS was gekalkt. De foto moest bij de opening van het café gemaakt zijn. Diego bestelde een tonic met citroen en constateerde dat er van de trots en blijdschap op de foto niet veel over was.

Enkele uren later, ver na middernacht, moest Diego zich vasthouden om niet nog een keer van zijn kruk te lazeren. De grijsaard aan de bar bleek toch minder zwijgzaam dan gedacht. Al vrij snel na binnenkomst was hij naast Diego gaan zitten en had hij twee pinten besteld. Binnen de kortste keren lag zijn volledige levensverhaal op tafel, weliswaar in gebrekkig Nederlands met een zwaar Frans accent. Diego luisterde, dronk en voelde de spanning uit zijn lijf trekken. En zonder enige terughoudendheid deed ook hij een boekje open over Yvonne en de kinderen en zijn eeuwige strijd tussen een gesetteld gezinsleven en de hang naar vrijheid en avontuur. Het voelde heerlijk zijn hart te luchten bij een wildvreemde man die leek te luisteren zonder te oordelen. Die enkel knikte, hem op de schouder sloeg en zorgde voor meer bier. Als twee oude vrienden vulden ze elkaar aan en waren ze het hartstochtelijk eens: vrouwen bleven onbegrijpelijke wezens bij wie je het nooit goed kon doen en dus had je vrienden nodig om gelukkig te zijn.

Pas toen Pols de lichten aanknipte en de televisies uitdeed, realiseerde Diego zich vaag dat er een reden was waarom hij deze kroeg bezocht. Terwijl hij toekeek hoe zijn nieuwe vriend wat biljetten op de bar neertelde en vervolgens zonder omkijken vertrok, wist hij het opeens weer. Wankelend liep hij naar de barman, die de glazen van de zojuist vertrokken kaartclub ophaalde. Er was verder niemand meer.

'W-wat ik nog vragen w-wou...' begon hij met dubbele tong, 'ik zoek mijn collega... Je w-weet wel, die is hier geweest...'

Met een nors gezicht bracht Pols de glazen naar de bar, waar hij ze onderdompelde in de spoelbak. 'Je bent me nog twintig euro schuldig.'

'Ja, dat w-weet ik...' mompelde Diego, terwijl hij naar zijn portemonnee greep en er twee briefjes van tien uit probeerde te vissen. 'Geen enkel probleem... maar l-luister nou eens...' Hij draaide mee met Pols, die van achter de bar naar de voordeur liep om hem demonstratief open te houden voor zijn laatste gast.

'Tara, dat is mijn c-collega, klein grietje, rood haar...' begon hij opnieuw. Vertraagd registreerde zijn brein de reactie van de kroegbaas: hij boog zijn hoofd als een stier die een aanval beraamt, sprong naar voren en griste de biljetten uit Diego's hand. Daarna sleurde hij hem aan zijn arm mee naar de deur en duwde hem naar buiten.

‘Wegwezen,’ zei Pols met vlakke stem. ‘Jullie zijn niet welkom. Als ik jou of die madame hier nog een keer zie, zul je het berouwen. Dan vertrek je via de achterdeur.’

Verbouwereerd liet Diego zich tegen de gevel zakken. Hij zag dat Pols de deur op slot draaide en het licht uitdeed. Nog niet in staat te begrijpen wat er zojuist gebeurd was, begon Diego te lopen. Hij zou er op weg naar huis eens goed over nadenken. Misschien was Tara er al, lag ze gewoon in bed. Hij versnelde zijn pas, stak een paar straten over en verdwaalde hopeloos.

21

Vanuit een portiek aan de overkant van de straat zag Boris hoe de journalist het café uitgesmeten werd. Hij herkende Diego als een van de fanatiekste deelnemers van het afgelopen weekend en zorgde ervoor dat hij onzichtbaar bleef. Boris stond al een paar uur te posten en voelde zich bijna euforisch toen het moment waarop hij wachtte eindelijk was aangebroken. Zodra Pols de lichten doofde en de deur sloot, spurtte hij de straat uit en een steegje door, om via een zandpad de achteringang van het café te bereiken. Pols' metallic sportwagen stond geparkeerd naast een oude eik. Boris verschool zich achter de boom en wachtte opnieuw. In gedachten nam hij het plan een laatste keer door. Het was perfect. Alles kwam aan op de juiste timing, maar dat moest geen probleem zijn. Hij ademde rustig in en wist dat hij de situatie volledig beheerste. Dit waren zijn momenten, hier deed-ie het voor. Een roeping, een andere verklaring was er niet. De misdaad riep hem, lonkte en verleidde, net zolang tot hij eraan toegaf. Tot die tijd voelde hij zich opgefokt en had hij pillen nodig om te functioneren. Nu niet. Dit was zijn territorium, hier kende hij de wetten en de regels en voelde hij zich thuis.

Jarenlang had hij zich verzet. Vooral uit liefde voor zijn oma, Carmelita, die na het ongeluk jaren voor hem had gezorgd. Voor haar had hij zijn school afgemaakt, al lagen ook toen al de verleidingen op de loer. Ze was maar wat trots toen hij zijn diploma kon laten zien en als sport- en survivalinstructeur aan de slag ging. Maar het was niet tegen te houden, het rechte pad telde te veel kruispunten en steeds weer sloeg hij af. Carmelita wist niets van de opdrachten die Boris naast zijn gewone werk uitvoerde, maar ze was niet gek. Op haar sterfbed pakte ze zijn handen en bad ze voor een liefdevolle en eerlijke toekomst voor haar enige overgebleven kleinzoon. Het sneed hem door zijn ziel en nog steeds voelde hij zich schuldig als hij haar foto zag.

Een knarsend geluid maakte een einde aan zijn overpeinzingen. Pols sloot het café af en knipte op afstand zijn bolide van het slot. De oplichtende autolampen gaven Boris de gelegenheid de afstand tot Pols goed in te schatten. Toen de kroegbaas hem passeerde en het portier opende, stapte Boris achter de boom vandaan. Hij sloeg zijn linkerarm als een bankschroef om de hals van Pols en zette met zijn rechterhand een pistool tegen diens slaap. De kroegbaas verstijfde op slag.

'Jij luistert niet,' zei Boris op kalme toon. 'Je bent gezien bij de herberg. Dat willen we niet en dat weet je.'

Pols begon te trillen en maakte aanstalten om iets te zeggen, maar Boris trok zijn arm nog steviger aan en benam hem daarmee de adem.

'Ik dacht dat mijn boodschap vorige keer helder was. Ik heb me vergist. Kennelijk ben je nogal hardleers. Daarom gaan we het nu anders doen.'

Pols kreunde. De druk op zijn keel werd hem bijna te veel. Hij probeerde zijn hoofd te draaien om naar lucht te happen, maar Boris was te sterk. Zijn ogen puilden uit en na een plotse stuiptrekking werd zijn lichaam slap en hing hij als een pop in Boris' linkerarm. Boris liet los en keek verbijsterd toe hoe Pols' levenloze lichaam op de grond viel. Zo hard had hij niet aangezet en ook zeker niet te lang. Het was niet de eerste keer dat hij een nekklem uitvoerde en hij beheerste de techniek. En nu legde Pols in minder dan een halve minuut het loodje?

'Fuck!' Het zweet brak hem uit. Gefrustreerd trapte hij Pols in zijn ribben, hopend op een reactie. Toen die uitbleef, zakte hij door zijn knieën en legde zijn vingers in de hals van de kroegbaas. Geen hartslag. Boris schoot omhoog, draaide zich om en trapte hard tegen de eik. Dit was niet volgens plan. Hij moest de kroegbaas enkel een lesje leren. Pols was ondanks herhaaldelijke waarschuwingen gesignaleerd bij de herberg, een prachtige locatie in de bossen waar een oud cafetaria met acht gastenverblijven gesloopt zou worden om plaats te maken voor een nieuw adventure-terrein. Survival Ardennen had een flink aandeel in de plannen en duldde er geen concurrenten, zoals Pols, de eigenaar van Adventure Games.

Boris keek om zich heen en borg zijn pistool op. Er was niemand te bekennen, maar over niet al te lange tijd werd het licht. Pols kon hier niet blijven liggen, maar waar moest hij heen? Rustig blijven en nadenken, sprak Boris zichzelf toe. Hij sloot zijn ogen en ademde diep in en uit. Na een paar minuten voelde hij de paniek zakken en nog wat later verscheen er een voorzichtige glimlach om zijn lippen. Hij bukte zich, tilde het lichaam op en duwde het via de open deur naar de passagiersstoel. Het duurde even voor Pols rechtop zat, in de gordel en tegen het portier. Voorzichtig drukte Boris de starende ogen dicht en startte hij de auto. Rustig reed hij het zandpad af en het dorp door.

Als er iemand gekeken had, zouden ze twee mannen hebben gezien, een achter het stuur en de ander slapend ernaast. Niets aan de hand. Zo voelde Boris het ook, dingen liepen soms anders dan gepland, maar hij bleef heer en meester over de situatie. Dat had hij nu bewezen. Het was de eerste keer, zijn eerste moord, en ergens verbaasde het hem hoe makkelijk het hem afging. Een flinke knokpartij was lastiger. Hij keek opzij en grinnikte zacht. Had die ouwe Pols hem toch even laten schrikken. Hij lachte nu voluit, draaide het raampje open, snoof de frisse lucht op en voelde zich bevrijd. Het was alleen nog een kwestie van opruimen, en daar wist hij precies de juiste plek voor.

22

De leren bank voelde koud aan tegen haar blote benen. Er lag een geruite plaid over haar heen, maar die was te klein om haar hele lichaam te bedekken. Haar voeten staken eronderuit. Waar waren haar schoenen? Ze keek om zich heen. Deze kamer kende ze niet; de ronde salontafel, het leren bankstel, de vloerbedekking en de staande klok had ze nooit eerder gezien. Ze stak haar hand onder de plaid en voelde een ruim T-shirt en een boxershort. Niet van haar, ze droeg nooit boxers. Net toen ze op wilde staan, hoorde ze iemand de kamer binnenkomen. Ze deed alsof ze sliep en zag tussen haar wimpers door hoe een jongen een kom dampende soep op de tafel zette. Hij legde er een lepel naast en verdween. Tara kwam overeind om te zien waar de jongen was gebleven, maar zakte meteen schuin tegen de bank. Slechts een keer eerder had ze zich zo duizelig gevoeld. In de boksring was het haar sparringpartner Julia gelukt Tara's hoofd te raken, juist toen ze tegen de regels in zonder hoofdbescherming vochten. Een plens water bracht haar toen bij haar positieven, maar het draaimolengevoel in haar hoofd en maag bleek hardnekkig. Dat was nu precies zo.

Pas na een paar minuten trok de duizeligheid weg en ze ging weer voorzichtig liggen. Ze was gevallen, ze wist nog dat ze op straat lag. Twee voortanden waren afgebroken, haar hoofd bloedde en haar telefoon was weg. Die laatste gedachte raakte haar nog het meest en ze moest zichzelf dwingen rustig te blijven om een paniekaanval te voorkomen. Iemand had haar van de grond geraapt en naar deze kamer gebracht. Maar wie, en waarom? Ze snoof en kokhalsde bijna van de dampende soep. Plots geïrriteerd sloeg ze de plaid van zich af. Dit had lang genoeg geduurd.

'Hallo?' riep ze. 'Kom eens terug. Ik wil weten waar ik ben!' Het volume van haar stem leek de kamer op te schrikken, alsof die niet gewend was aan lawaai. In de verte klonk gestommel en even later kwam de jongen tevoorschijn. Opeens wist Tara dat ze hem eerder had gezien. Die schichtige blik achter dat halflange haar kende ze ergens van.

'Wie ben jij?' vroeg ze, terwijl ze zichzelf dwong door haar mond te ademen om de soep niet te hoeven ruiken.

De jongen stond midden in de kamer en hield zijn hoofd gebogen, zodat zijn haar voor zijn gezicht viel. Toch zag Tara de puistjes op zijn wangen. Ze schatte hem een jaar of vijftien.

'Tom,' zei hij met zachte stem.

'Is dit jouw huis?'

Hij knikte.

'Waarom ben ik hier?'

Tom friemelde aan zijn afgekloven nagels en stak toen zijn handen in de zakken van zijn spijkerbroek. 'Ze hebben u neergeslagen met een schep. Ik moest ook meedoen, maar dat wilde ik niet. Toen ze weggingen, heb ik u naar de arts gebracht. Die heeft u gehecht en een verband om uw hoofd gedaan. Hij vroeg of u ergens heen kon.' Met een blos op zijn wangen keek hij haar aan. 'Ik dacht dat u hier wel kon liggen, om op te knappen.'

Ineens wist ze waar ze hem van kende. Dit was de jongen die ze een paar dagen eerder had gered van zijn belagers. Die twee pestkoppen zou ze onmiddellijk herkennen, maar Tom had ze maar heel kort gezien.

'Ben ik geslagen door diezelfde jongens die jou achternazaten? Die jongens die ik heb tegengehouden?'

Tom zuchtte en liet zijn hoofd nog verder zakken. 'Ze wilden u terugpakken. Eigenlijk moest ik het doen, maar dat kon ik niet. We zagen u bij de pinautomaat en zijn u gevolgd. In een tuin lag een schep, die hebben ze meegenomen.' Hij slikte en zijn stem werd zachter. 'Ze wachtten tot er niemand in de buurt was. Toen hield Jeffrey me vast en Gio sloeg u vanachter met de schep. U viel op de stoeprand en... bewoog niet meer.'

'Waarom heb je niet geroepen?' vroeg Tara, die haar woorden direct in wilde slikken toen ze zag hoe de jongen ineenkromp.

'Het spijt me zeer, maar dat durfde ik niet,' piepte hij. De tranen stonden in zijn ogen. 'Die twee moeten me altijd al hebben...' Hij veegde met zijn mouw langs zijn gezicht. 'De arts heeft de wond gehecht. Hij zei dat u een lichte hersenschudding heeft en dat u het een week rustig aan moet doen. U mag pijnstillers nemen. Die heb ik, als u wilt.'

'Ja, graag. En zeg maar je. Heb je ook mijn telefoon?'

Bedremmeld schudde Tom zijn hoofd. 'Nee, ik denk dat de jongens die hebben gestolen.'

Tara zweeg. Na de boswandeling met Diego was ze op zoek gegaan naar Pols. Toen ze hem in zijn café en de kiosk niet aantrof, was ze rondjes gaan rijden, in de hoop zijn auto ergens te spotten. In Lavacherie deed ze wat kleine boodschappen en had ze gepind. Daarna werd haar geheugen troebel. Van de aanval herinnerde ze zich niets. Een schreeuw van Tom had de hele boel kunnen voorkomen en dat nam ze de jongen kwalijk. Nu lag ze met een gat in haar kop en moest ze zich een week lang koest houden. En toch voelde ze ook medelijden. De eenzaamheid droop van hem af en daarin herkende ze zichzelf, op meerdere momenten in haar leven. Na de dood van haar ouders, in de pleeggezinnen, maar ook in haar studententijd kon de eenzaamheid verstikkend werken. Dat was deels aan haarzelf te wijten, want de muur die ze optrok schrok veel mensen af. Noodgedwongen ging ze haar eigen gang en na een tijdje wist ze niet eens meer hoe het moest: contact leggen, spontaan een praatje maken, het ging niet meer. Ze keek naar Tom en haar hart brak. Ze nam zich voor hem te helpen, zodra ze kon.

Een plotse kreun ergens in het huis bezorgde Tara kippenvel. Ook Tom schrok en zonder nog naar Tara om te kijken, liep hij snel de kamer uit.

'Waar ga je naartoe? Wie was dat?' riep Tara hem na. Een antwoord bleef uit en opnieuw nam de stilte zijn intrek in de kamer.

23

Het liep tegen het einde van de middag toen Diego wakker werd van de bel. Nog half verdoofd rolde hij het bed uit en wankelde hij naar de voordeur. Met zijn hand voor zijn ogen, om ze tegen het daglicht te beschermen, zag hij eerst alleen de onderste helft van de man voor de deur.

'Goedemiddag, ik kom informeren of uw vriendin al terecht is. De wegenwacht heeft in deze regio niet recent een vrouw met een Volkswagenbus geholpen.'

Diego herkende de stem en liet zijn hand zakken. De afkeurende blik van de beheerder deed hem beseffen hoe hij eruit moest zien. De terugtocht van de kroeg naar het bungalowpark had hem uiteindelijk drie uur gekost. De zon was nog net niet op, toen hij door het raam van Tara's bungalow naar binnen was gestapt en met kleren aan op bed ging liggen. Aan zijn eigen tentje had hij geen moment gedacht. Hij voelde zich geradbraakt en betwijfelde wat erger was: de kater in zijn hoofd of de kegel uit zijn mond.

'Mijn collega bedoelt u...' begon hij met schorre stem. 'Eh... nog niet, maar ik weet zeker dat ze wel weer opduikt. Bedankt voor uw hulp en... fijne dag nog.' Hij knikte vriendelijk, sloot de deur en rende naar de wc om de overdosis bier van gisteravond de ruimte te geven. Een deel belandde op zijn overhemd en een ander deel op de vloer. Hij spoog het laatste restje uit, liep naar de kamer en zakte neer op de bank. In sneltreinvaart trokken de gebeurtenissen van de vorige avond aan hem voorbij: de praatgrage man, het bier, Pols en de speurtocht door het dorp, wat een ellende. En nog steeds geen teken van Tara. Hij checkte zijn telefoon: twee berichten van Luc, de nieuwe baas, verder niets. Zuchtend keek hij om zich heen. Waar was Huub eigenlijk? Die moest op knappen staan, als hij niet al ergens in huis had geplast. Met moeite hees hij zichzelf overeind om de bungalow te inspecteren. De hond was nergens te bekennen. Zou hij door het open raam zijn ontsnapt? Ook dat nog... Tara vergaf het hem nooit als er iets met haar grote liefde was gebeurd.

Hij liep naar de badkamer en stak zijn hoofd onder de kraan. Het ijskoude water deed pijn, maar hij hield het vol tot de mist achter zijn ogen langzaam wegtrok. Hij nam een paar grote slokken en boerde flink. In een ander leven was hij nu op de bank gaan liggen om rustig te herstellen, maar dat gunde hij zichzelf niet. Hij moest Huub en Tara vinden. Tara was verdwenen toen ze Pols' gangen naging. Recht op de kroegbaas afstappen had na gisteravond geen zin. Pols had heel duidelijk gemaakt dat hij geen pottenkijkers duldde en zou hem niets vertellen. Dat liet voorlopig twee mogelijkheden. Op zoek gaan naar Boris, misschien probeerde Tara meer te weten te komen over de ruzie tussen Pols en Boris en wist Boris waar ze was. Of een kijkje nemen in het ondergrondse dierenmagazijn. Mogelijk was ze er weer naartoe gegaan en kon ze er niet meer uit. Voorlopig leek Boris de beste optie. Vastberaden stapte Diego naar buiten om te beginnen aan alweer een lange wandeling. Na een minuut of tien begon het te miezeren en niet veel later was hij tot op de huid toe doorweekt.

24

Ze moest een paar uur weggedommeld zijn, want toen ze haar ogen opende was het een stuk donkerder in de kamer. Het voelde alsof haar schedel in brand stond, maar de tinteling in haar gezicht was verdwenen. Ze duwde haar tong in het gat tussen haar tanden en de woede, die in haar slaap was weggezakt, stak opnieuw de kop op. Met kronen was veel op te lossen, daar ging het niet om, maar dat twee minderjarige etterbakken haar dit hadden aangedaan, kon ze niet verkroppen. Het liefst ging ze hen meteen te lijf.

Ze keek naar de tafel en zag dat de soep, die ze niet had aangeraakt, was vervangen door een glas water en een schaaltje gele vla. Met moeite lukte het haar het glas te pakken en ze dronk het in een keer leeg. Ook de vla ging er goed in. Ze was hier nu een nacht en een dag en het was al even geleden dat ze gegeten had. Mooi, trek was meestal een teken van herstel. Hoe eerder ze weg kon, hoe beter. Ze riep Tom en als een duveltje uit een doosje kwam hij aangerend.

'Heb je nog wat te eten voor me?'

Tom verdween snel om even later terug te komen met een broodje kaas en een glas melk. 'Misschien wil je weten waar je kleren zijn,' zei hij verlegen. 'Die heeft de arts me in een tasje meegegeven. Wat je aanhebt, heeft de zuster je aangetrokken, omdat je eigen kleren onder het bloed zaten. Die heb ik gewassen, ze zitten in de droger.'

Tara knikte en viel aan op het broodje. 'Waarom zitten ze achter je aan?' vroeg ze met haar mond vol.

'De jongens?' Tom zakte in een van de leren fauteuils. 'Dat gaat in feite niet om mij, maar om mijn werk. Het is een ruzie tussen drie survivalbedrijven in deze omgeving. Ze vechten om de klanten en zitten elkaar zo veel mogelijk dwars. Fietsen stelen of vernielen, kano's lek steken, touwen doorsnijden, dat soort dingen. Jeffrey en Gio hebben een bijbaantje bij Buitensport BE, daar werkte ik eerst ook, maar sinds een jaar klus ik bij Survival Ardennen, de grootste van de drie. Toen is het pesten begonnen. Het laatste bedrijf heet Adventure Games, dat is bijna failliet geloof ik.'

'Ik heb net zo'n weekend gedaan bij Survival Ardennen,' vertelde Tara. 'Niet mijn ding, maar het was goed georganiseerd. Een van de instructeurs is behoorlijk agressief. Ene Boris. Ken je hem?'

Tom verschoot van kleur en kuchte verlegen. 'Boris Rokx, dat is mijn neef.'

'Je neef?'

'Ja, een zoon van de zus van mijn moeder. Aan hem heb ik mijn bijbaantje bij Survival Ardennen te danken. Hij kan snel boos worden, maar het is een toffe gast, hij helpt ons vaak.'

'Wie bedoel je met ons?'

Opnieuw leek Tom in verlegenheid gebracht. 'Mijn moeder en mij. We wonen hier met z'n tweeën. Mijn vader...' Hij stokte zijn verhaal toen er uit een van de andere kamers gestommel klonk.

'Waar is je vader?' vroeg Tara snel.

'Die werkt op een booreiland,' zei Tom terwijl hij Tara's lege bord en glas van tafel pakte. 'Ga maar slapen, ik breng straks nog pijnstillers en water. En eh... niet verschieten als je vannacht geschreeuw hoort. Mijn moeder slaapt nogal onrustig.'

25

Met een bak yoghurt met muesli ter grootte van een fruitschaal nam Boris plaats aan tafel. Een flinke biefstuk was lekkerder geweest, maar daarvoor moest hij boodschappen doen en dat ging niet; het geld was op. Hij zou zich een paar dagen moeten redden met wat hij in huis had, voordat zijn volgende salaris werd gestort. Niets nieuws, op eieren en worst uit blik had hij het wel vaker een tijdje uitgehouden.

De euforie van de vorige nacht, toen Pols onverwacht het loodje legde, was verdwenen. Zodra hij het lichaam had verstopt, het sportwagentje de rivier in had gereden en thuis de deur achter zich dichttrok, begonnen de twijfels. Had echt niemand hem gezien? En wat zou er gebeuren, als mensen in de gaten kregen dat Pols weg was? De politie zou zeker gaan zoeken. Was zijn DNA nog in de auto of op het lichaam van Pols te vinden? Het gepieker hield hem de rest van de nacht uit zijn slaap. Het was half zeven toen hij op de stoep van de sportschool stond en nog een half uur moest wachten voor een van de gastvrouwen arriveerde. Ze begroette hem monter en bijna had hij haar de glazen deur doorgeduwd, maar hij wist zich te beheersen tot ze binnen was en zijn pasje voor de scanner hield. Na een stevige krachttraining en een uur roeien gutste het zweet van zijn lichaam en leken de zenuwen bedwongen. Dat duurde alleen niet lang, onder de douche begon het gepieker opnieuw. Hij slikte drie tranquillizers en worstelde zich door zijn werkdag. De kano- en mountainbiketocht boden net voldoende afleiding. En nu was hij thuis, doodop en bang voor de nacht die voor hem lag.

Een plotse beweging voor zijn raam wierp een schaduw in de kamer. Boris sprong op, liet zich plat op de vloer vallen en schoof zichzelf de keuken in. Visite kreeg hij niet, als hij afsprak was dat nooit in eigen huis en het bordje AAN DE DEUR WORDT NIET GEKOCHT deed tot nu toe prima dienst. De kans dat deze gluurder een onwelkome gast was, achtte hij dan ook heel groot. Binnen een mum van tijd stond Boris buiten en rende hij via zijn achtertuin om het huizenblok heen. Op de hoek hield hij halt en keek hij voorzichtig naar de donkerharige man voor zijn huis. De schemering beperkte het zicht, maar hij kwam hem vaag bekend voor. De man belde, klopte hard op het raam en zette zijn handen tegen het venster om beter naar binnen te kunnen kijken. Zonder geluid te maken liep Boris op hem af, zijn gebalde vuisten strak langs zijn lichaam, klaar om uit te halen als dat nodig was.

26

Pas op het laatste moment hoorde Diego dat er iemand achter hem kwam staan. Hij draaide zich met een ruk om en deinsde achteruit toen hij de blik in Boris' ogen zag.

'Eh, hallo,' stamelde hij, 'wij kennen elkaar. Ik ben Diego en heb dit weekend een survival bij je gedaan.' Het leek beter Boris niet te lang in het ongewisse te laten, hij was duidelijk niet van onverwacht bezoek gecharmeerd. Diego zag hoe Boris hem als een roofdier observeerde en leek te wachten op verdere uitleg.

'Ik ben journalist en werk aan een reportage. Ik wilde je wat vragen,' hoorde Diego zichzelf zeggen. Hij klonk zelfverzekerd, maar voelde de zenuwen in zijn keel.

Boris blikte kort naar links en rechts. Er was niemand in de straat. 'Hoe kom je aan mijn adres?'

'Dat heb ik opgevraagd bij de receptie van Survival Ardennen,' antwoordde Diego vlot. Zijn grootste schrik ebde weg en hij rechtte zijn rug. 'Ik heb gezegd dat ik afgelopen weekend een paar schoenen van je heb geleend. Niet waar natuurlijk, maar anders had ik je adres niet gekregen. Mag ik even binnenkomen?'

Boris schudde nee, maar leek zich te bedenken en wenkte kort. 'We moeten achterom.' Hij ging Diego voor en samen liepen ze via de achtertuin het huis binnen. Diego's hersenen kraakten en de adrenaline raasde door zijn lijf. Hij besefte maar al te goed dat hij op zijn tellen moest passen en het was die alertheid die voorkwam dat hij reageerde toen hij hoorde hoe Boris de achterdeur op slot draaide. Nonchalant liep hij door de keuken de woonkamer in, waar hij door een openstaande deur de hal en voordeur spotte. Hij posteerde zich midden in de kamer en draaide zich om. Boris ging voor hem staan en keek hem dreigend aan.

'Wat wil je van me weten?' vroeg Boris. De ondertoon in zijn stem was niet mis te verstaan.

Diego stapte achteruit en dacht koortsachtig na. 'Geen reden om boos te worden,' suste hij. 'Ik wil alleen maar wat vragen en ben zo weer weg. Je herkent me toch wel van afgelopen weekend? Allemaal collega's van de krant?'

'Wat doe je hier?' vroeg Boris opnieuw, terwijl hij naar voren stapte. 'Ik hou er niet van mezelf te herhalen.'

'Oké, oké.' Diego stak afwerend zijn handen omhoog en schatte in hoe ver hij nog van de voordeur verwijderd was. Als die niet op slot zat, kon hij in een paar tellen buiten staan. Hij was waarschijnlijk sneller dan Boris verwachtte. Maar eerst moest hij vaststellen of Boris wist waar Tara was. 'Ik zoek mijn collega, Tara, zij was er ook bij dit weekend. Gisteren ging ze op onderzoek uit en sindsdien heb ik haar niet meer gezien.'

Boris luisterde aandachtig. 'Wat voor onderzoek?'

'We maken samen een reportage over horeca in de Ardennen,' schudde Diego uit zijn mouw. 'We bezoeken restaurants en cafetaria's, interviewen uitbaters en klanten, dat soort werk. Ik weet dat Tara naar de taveerne wilde, hier even verderop, en daarna heb ik haar niet meer gezien.'

'Welke taveerne even verderop?'

Diego voelde zijn mond droog worden en zette zich schrap. 'Pols heet het, geloof ik,' zei hij zo nonchalant mogelijk. Hij zag hoe de blik van Boris zich vernauwde.

'En waarom kom je dan naar mij?'

'Een van onze collega's was afgelopen weekend in dat café en vertelde dat de uitbater een akkefietje had met een kerel. Hij herkende jou als een van onze instructeurs. Ik dacht dat Tara je misschien had opgezocht – ze is vaak veel te nieuwsgierig – om te vragen naar de reden van de ruzie.'

Boris werd lijkbleek, er verschenen zweetdruppels op zijn voorhoofd en hij moest zich vasthouden aan de leuning van een van de eettafelstoelen om niet te gaan wankelen. Die reactie had Diego niet verwacht. Verbaasd keek hij toe hoe Boris een pil uit zijn zak haalde en in zijn mond stak. Hij kauwde met gesloten ogen en toen hij weer opkeek leken zijn ogen bloeddoorlopen.

'Luister goed, want dit moet duidelijk zijn: schrijf jij je verhaaltje gerust, maar laat mij erbuiten. Ik weet niet waar je collega is en dat houden we zo. Ik wil jou en je collega hier nooit meer zien, anders stamp ik je de grond in. Hoor je dat?'

Diego slikte en gaf een korte knik.

'Dit is menens. Als ik je nog een keer zie, ben je er geweest. En als je naar de politie gaat, geldt hetzelfde. Begrepen?'

Opnieuw knikte Diego. 'Begrepen.' Hij sidderde toen Boris hem de gang in duwde en de deur opentrok. Een laatste por en hij stond buiten.

27

Tara kon niet slapen. De pijn in haar hoofd maakte haar moe, maar niet genoeg om in slaap te vallen. Er was te veel om over na te denken, bovendien was ze het liggen beu. Een klein schemerlampje aan de muur verspreidde een zacht licht, verder was het donker in de kamer. Ze wilde terug naar de bungalow, maar wist dat het daarvoor nog te vroeg was. Ze hees zichzelf omhoog en ging rechtop zitten. Dat lukte zonder duizelig te worden. Voorzichtig stond ze op en steunend op de wandelstok die Tom voor haar had klaargezet, liep ze naar de wc. Een paar keer eerder had Tom haar hiernaartoe begeleid, maar ze was blij dat ze het weer zelf kon. Zittend zag ze dat er aan een van de muren van de toiletruimte ooit een foto moest hebben gehangen. Er zat een klein spijkergaatje en in een rechthoek eronder leek de verf wat lichter dan op de rest van de muren. Opeens bedacht ze dat er in de woonkamer evenmin foto's stonden. Vreemd. Maar nog niet half zo bijzonder als het feit dat Toms moeder zich nog niet had laten zien. Op wat gekreun en gestommel na bleek uit niets dat er buiten Tom nog iemand in het huis woonde. Ze spoelde door en schuifelde terug naar de bank. In plaats van te gaan liggen, liep ze langs de bank door de toog naar de aangrenzende kamer, waar een tweede schemerlampje een eettafel verlichtte. Door een openstaande deur was een kleine keuken zichtbaar en een tweede deur leidde naar een badkamer. In de beker op de wastafel stond een tandenborstel en over de radiator hing een handdoek. Van Tom, dacht ze, dus moest er boven nog een badkamer zijn.

De arts zou het beslist afraden, maar nu ze eenmaal op speurtocht was, wilde ze naar boven ook. De open trap begon naast de badkamer en leidde in een bocht naar de eerste verdieping. Ze liet de stok op de vloerbedekking vallen en hees zich aan de leuning omhoog. Het kostte moeite en ze werd wat licht in haar hoofd, maar haar nieuwsgierigheid dwong haar naar boven. Op de bovenste trede gaf ze zichzelf even de tijd om op adem te komen. Aan de overloop grensden drie gesloten deuren en een tweede trap voerde naar de zolder, waar een geur van wasmiddel vandaan kwam. Voorzichtig legde ze haar oor tegen de eerste deur en toen ze niets hoorde, bewoog ze de klink langzaam omlaag. In het maanlicht dat door het open raam naar binnen viel, onderscheidde ze een kinderkamer, met een voetbal op de vloer en in de hoek een poppenhuis. Het stapelbed en de slaapbank boden ruimte aan drie kinderen, maar de muffe geur die in de ruimte hing, maakte duidelijk dat deze kamer al heel lang geen kinderen had gezien. Zacht deed Tara de deur weer dicht.

Ook achter de tweede deur bleef het doodstil. Hier viel geen maanlicht binnen en dus knipte Tara heel even het licht aan en uit. Meer dan een bed, een kledingkast en een tafeltje met stoel kon ze niet ontdekken, een logeerkamer misschien. Ze sloot de deur en voelde een zweem van spanning in haar buik. Met gesloten ogen concentreerde ze zich op mogelijk geluid vanachter de derde deur en hoorde een rustige ademhaling. Ze drukte de klink omlaag en gluurde door de deuropening naar binnen.

In het volle licht van een plafonnière, twee staande schemerlampen en een reeks kaarsen in de vensterbank, lag een vrouw te slapen in een oud hemelbed. Ze was naakt en lag op haar zij, met haar gezicht naar de muur. Haar haast doorschijnende huid trok strak over het magere lichaam, waarin haar botten zich scherp aftekenden. Lange blonde haren verhulden haar gezicht. Lakens en dekens ontbraken, maar aan weerszijden van de vrouw waren kussens gedrapeerd, als om een val te voorkomen. Wat ze verwacht had, wist Tara niet, maar dit beeld van de slapende vrouw in het volle licht verraste haar. Ze bleef staan en zag hoe de buik van de vrouw bij elke ademhaling rustig op en neer bewoog. Er daalde een ongekende zachtheid in Tara neer en ergens voelde ze het verlangen om naar de vrouw toe te lopen en haar hand op de buik te leggen.

Net toen ze de deur weer wilde sluiten, leek de ademhaling van de vrouw te veranderen. Het zachte zuchten ging over in een licht, haast dierlijk, grommen. Onverwacht fel sloeg de vrouw met haar hand tegen de muur, om daarna weer doodstil te blijven liggen. Geschrokken keek Tara naar de zwarte wollen sok, die de hand bedekte en bij de pols met een elastiek was vastgezet. Nu ze beter keek, zag ze dat ook om de andere hand een sok was vastgezet. Het grommen stopte en als aan de grond genageld wachtte Tara op wat komen ging. Al na een paar tellen bewoog de hand opnieuw omhoog en landde met kracht tegen de muur. En nog eens. Steeds sneller sloeg de vrouw en na iedere klap klonk een luide kreun door de kamer. Bij gebrek aan betere ideeën rende Tara naar haar toe en greep ze haar arm vast. Wild krijsend kwam de vrouw overeind en pas toen zag Tara haar afschrikwekkende gezicht. Rode korsten bedekten het grootste deel van haar wangen, neus en voorhoofd, de vellen hingen aan de stukgebeten lippen en in haar ogen lag zo'n rauwe doodsangst dat Tara het er ijskoud van kreeg.

Vanuit het niets stormde Tom de kamer binnen. Ruw duwde hij Tara opzij. Hij greep een kussen van de grond en drukte het zonder pardon over het gezicht van de vrouw. Het krijsen stopte acuut.

28

Een half uur later zat Tara weer beneden op de bank. Met een natte theedoek probeerde ze haar hoofd, waar de hechtingen in brand leken te staan, te koelen. Stoïcijns negeerde ze de beschuldigende blik van Tom, in de fauteuil tegenover haar. Zodra de vrouw de nodige kalmeringsmiddelen had ingenomen en in slaap was gevallen, had hij alle kamers gecontroleerd. Tara hoorde hoe hij deuren opende en weer sloot en baalde van haar eigen actie. Het was niet de eerste keer dat haar nieuwsgierigheid anderen in problemen bracht. Hoe dit huishouden in elkaar zat, begreep ze niet, en evenmin wat er met de vrouw, waarschijnlijk de moeder van Tom, aan de hand was. Maar dat een jongen van vijftien jaar de verantwoordelijkheid droeg voor dit huis en voor een psychiatrisch patiënt, klopte van geen kant.

'Sorry,' begon ze, 'ik wilde haar niet bang maken.'

Tom reageerde niet. Hij had zijn knieën opgetrokken en klemde ze met zijn armen stevig tegen zijn borst, alsof hij bescherming zocht en die alleen bij zichzelf kon vinden.

'Is dat je moeder?' vroeg Tara.

Tom knikte langzaam. Zijn ogen stonden triest.

'Wat is er met haar aan de hand?'

Hij haalde zijn schouders op en wendde zijn blik af, maar kon niet voorkomen dat Tara zag dat hij geluidloos huilde.

'Het geeft niet,' zei Tara zacht, 'ik heb geen vader of moeder meer, maar ik kan me voorstellen dat het heel moeilijk is om voor een ouder te zorgen die ziek is.'

Tom wreef met zijn hand zijn wangen droog en staarde met waterige ogen naar het plafond. 'Zo is ze niet altijd geweest,' zei hij met schorre stem, 'ik herinner me haar lachende gezicht, maar dat is lang geleden. Toen mijn vader nog voor haar zorgde, kwam ze buiten en werkte ze soms in de tuin. Dat gaat niet meer. Ik heb mijn vader al een dik half jaar niet gezien. Sinds hij weg is, loopt het steeds vaker uit de hand. Ze kan niet tegen het donker, verdraagt ineens geen kleding meer aan haar lijf en ze verwondt zichzelf. Je zag het, haar hele gezicht ligt open. Daarom doe ik sokken om haar handen en krijgt ze slaappillen. Overdag slikt ze tranquillizers, dan gaat het wel... de nachten zijn het ergst.'

Tara luisterde ademloos toe en moest zich inhouden om geen tien vragen tegelijk aan Tom te stellen. Ze wilde hem niet afschrikken, nu hij eindelijk zijn verhaal deed.

'Is ze niet onder behandeling van een arts?'

'Nee, dat wil ze niet meer.' Tom schudde beslist zijn hoofd. 'Van mijn vader weet ik dat ze meerdere artsen hebben bezocht. Ik denk ook wel dat mijn moeder bij een zenuwarts is geweest, maar daarover wilde mijn vader nooit veel zeggen. Alleen dat het allemaal niet mocht baten. Ze kunnen niet ontdekken wat er mis is. Aan haar lijf mankeert ze niks, het zit tussen haar oren.' Hij zuchtte diep en legde zijn hoofd op zijn opgetrokken knieën. Zo ineengedoken zag hij er kwetsbaar uit, een tiener nog maar, met een veel te zware last op zijn schouders.

Tara stond op, liep naar de fauteuil en zakte voor Tom neer. Voorzichtig legde ze een hand op zijn arm. 'Ik vind het rot voor je dat je dit allemaal alleen moet dragen,' zei ze zacht. 'Is er niemand die je kan helpen?'

'Mijn neef Boris komt een paar keer per week. Van hem krijgen we de pillen die mijn moeder nodig heeft. Die kan ik zelf niet betalen. Verder is er niemand.' Hij haalde luidruchtig zijn neus op. 'Nou ja, mijn vader dan, misschien komt die binnenkort nog...'

Tara hoorde de wanhoop in zijn stem en werd kwaad op de man die zijn gezin zo faliekant in de steek liet. Als geen ander wist ze hoe het voelde om als kind gekwetst te worden. Negen pleeggezinnen waren haar thuis geweest en steeds liep het mis. Een paar keer vanwege haar eigen obstinate gedrag, maar ook vaak genoeg omdat de gastouders andere keuzes maakten. Die periode had haar vertrouwen in de mensheid voorgoed genekt.

'Kun je hem niet bellen?' vroeg ze, iets te fel. Tom dook verder ineen en sloot zijn ogen. 'Sorry,' zei Tara snel. Ze ging op de salontafel zitten zodat ze Tom recht aan kon kijken. 'Ik verwijt jou helemaal niets, jij doet wat je kunt. Maar wat doet je vader? Hij kan toch niet zomaar uit jullie leven verdwijnen?'

Opnieuw haalde Tom zijn schouders op. 'Hij zorgt ervoor dat we hier kunnen blijven wonen. Hij werkt en betaalt de hypotheek en de rekeningen voor water en elektriciteit. Als hij hier is, stopt hij geld in het potje en daar haal ik de boodschappen van. Het is nu al heel lang leeg...' Dat laatste mompelde hij, alsof hij zich schaamde voor de manier waarop zijn vader tekortschoot.

Tara knikte begrijpend. 'Ga je daarom niet naar school?'

Een lichte blos gleed over Toms wangen. 'Ik ging wel, maar dat kan nu niet meer. Sinds het laatste bezoek van mijn vader is ze zo veel slechter geworden. Op school denken ze dat ik ziek ben, maar ik werk zo vaak ik kan en verder zorg ik voor mijn moeder. Samen met Boris. Wie moet het anders doen?'

29

Met de plaid om haar schouders zag Tara hoe het buiten langzaam licht werd. Na hun gesprek was Tom uitgeput naar bed gegaan. Tara had hem nog veel meer willen vragen, maar gunde de jongen zijn slaap. Ze kon wachten en wilde nadenken. In korte tijd was er veel gebeurd. Maandagmiddag liep ze nog met Diego door het bos en spraken ze af welk spoor ze zouden volgen om de raadselachtige praktijken die ze hadden aangetroffen op te helderen. Diezelfde avond werd ze aangevallen en nu lag ze al anderhalf etmaal bij Tom op de bank. Diego zou zich onderhand wel afvragen waar ze bleef. Zelf was hij achter Boris aangegaan, de man vol tegenstrijdigheden. Beukte zonder pardon een barman tegen de vlakte, maar was tegelijkertijd zo lief om voor zijn zieke tante en neef te zorgen. Zou Diego al meer over hem te weten zijn gekomen?

Ze moest hem bellen, al lag hij waarschijnlijk nog te slapen. Ze liep naar de eetkamer waar ze de vorige avond op een laag dressoir een ouderwetse telefoon had gezien. Als Toms vader inderdaad de rekeningen betaalde, zou de telefoon het moeten doen. Ze stak haar wijsvinger in de schijf en draaide Diego's nummer. Het duurde erg lang voor hij opnam en ze een hees gehijg hoorde.

'Diego? Hallo?' zei ze, zo hard als ze durfde. Ze paste ervoor Tom en zijn moeder een tweede keer in hun slaap te storen.

'Tara, ben jij dat?' Diego's stem klonk vreemd, alsof iemand anders zijn stem imiteerde en daar net iets te hard zijn best voor deed. Tara pakte de telefoon op en liep er, zover de draad het toestond, mee naar de woonkamer.

'Waar ben je?' vroeg ze dwingend.

'Lang verhaal. Ik heb onze vrienden Pols en Boris gezien en beiden waren niet zo blij met me.' Hij lachte kort. 'Die Boris is echt niet lekker, hij heeft me bedreigd en jou ook trouwens. Hij wil ons niet meer zien, anders, en ik citeer: 'Stampt hij ons de grond in.'

'Dat meen je niet?'

'Zeker wel. Een duidelijke waarschuwing dat we ons niet met zijn zaken moeten bemoeien.'

Te laat, dacht Tara, maar ze hield haar mond.

'Precies wat Pols tegen me zei, alsof ze het afgesproken hadden,' lachte Diego schamper.

'En waar ben je?'

'Ik ben bijna terug bij het bungalowpark,' zei Diego en ineens dacht hij aan Huub. Zou hij al teruggekomen zijn? Hij besloot niets tegen Tara te zeggen voor hij zeker wist of de hond echt weg was. 'Maar waar zit jij dan? Ik kan je bus goed gebruiken. Ik heb voorlopig wel genoeg gelopen, ik ben kapot en de blaren staan op mijn voeten.'

Tara wilde beginnen over Tom, maar een klik in de lijn verbrak abrupt de verbinding. Verbaasd hoorde ze hoe een langgerekte zoemtoon het einde van het gesprek aangaf.

'Zo, dus jij bent Tara,' zei een mannenstem vlakbij. In een reflex draaide ze zich om, haar vuisten gebald voor haar gezicht. De snelle beweging maakte haar duizelig en in een waas zag ze een grote donkerharige man naast het dressoir. Met moeite lukte het haar te blijven staan.

'Je wordt gezocht,' zei hij spottend, 'en nu heb ik je gevonden.'

30

Vloekend klom Diego door het open raam van Tara's bungalow. Hij voelde zich ellendiger dan ooit. Door de blaren op zijn voeten deed elke stap pijn en hij was nog steeds niet hersteld van de kater van de vorige nacht. Zodra hij binnen was, plofte hij op bed om zijn schoenen en sokken uit te trekken. Terwijl hij zijn blaren inspecteerde, klonk het geluid van een binnenkomend bericht op zijn telefoon. Dat moest Tara zijn, om te verklaren waarom ze zo abrupt had opgehangen en te vertellen waar ze zat. Maar het was Yvonne. Zijn hart sloeg over toen hij haar nummer zag en met trillende vingers opende hij het bericht. Geen tekst, alleen een foto: Nona en Max met stralende snoetjes in het zwembad. Het beeld kwam harder aan dan de bedreiging van Boris, het schuldgevoel werkte verlammend. Hij moest water drinken, paracetamol slikken, douchen, eten, Tara zoeken en Huub opsporen. Doodstil bleef hij zitten op het bed, starend naar de foto van zijn dochter en zoon, zo gelukkig zonder hem en zo ver weg.

Na wat een eeuwigheid leek, stond hij op om te plassen. Het stonk in de wc, braaksel kleefde aan de bril en aan de vloer. In plaats van schoon te maken, zette hij het raampje open. In de keuken viste hij de zak friet uit de prullenbak. Staand tegen het aanrecht at hij de zak leeg, waarna hij het maaltje wegspoelde met een groot glas water. Hij proefde niets. Het was alsof hij zichzelf van een afstandje aanschouwde en naar een vreemde keek. Hij had geen grip meer, zijn leven ontglipte hem langzaam maar zeker en hij was niet in staat het tij te keren. Het was een feitelijke constatering, met een ontnuchterend effect. Soms moet je goed op je bek gaan om in te zien dat je verkeerd zit. Dat je ergens een afslag neemt die de jouwe niet is. Je past je aan en voor je het weet, leid je het leven van een ander. Van iemand die wel in het hokje past en daar zelfs gelukkig van wordt. Maar ik niet, wist hij ineens met zekerheid. En daarmee viel alles op zijn plek.

Uit de rugzak in zijn tent haalde hij een schoon shirt en een paar slippers. Hij nam een snelle douche in de bungalow, kleedde zich aan en trok de deur achter zich dicht. De envelop aan de voordeur, met Tara's naam in zwarte blokletters erop, stak hij achteloos in zijn achterzak. Naast de receptie stond een scooter in de fietsenstalling. Tijdens het survivalweekend, dat in een ander leven leek te hebben plaatsgevonden, had hij gezien hoe de bestuurster ervan de sleutel onder het zadel had verstopt. Niet veel later reed hij vastberaden het terrein af.

31

'Ik ben hier op uitnodiging. Tom wilde me helpen omdat ik hem ook geholpen heb. Geen reden voor je dreigementen of agressie. Waag het niet.' Tara sprak rustig en duidelijk, maar stond ondertussen op scherp. Als Boris aanviel, zou ze het ouderwetse telefoontoestel tegen zijn hoofd smijten en hard in zijn kruis trappen. Dat gaf haar hopelijk genoeg tijd om zich uit de voeten te maken. Het enige punt van zorg was de mist voor haar ogen die haar coördinatie beïnvloedde. Ze hield zich vast aan de muur en concentreerde zich op Boris' staalblauwe ogen.

'Vrouwen sla ik niet. Mijn oma heeft me goed opgevoed, maak je geen zorgen.' Gespeeld nonchalant liep hij langs haar de woonkamer in. 'Is Tom nog niet wakker? Ik heb een klusje voor hem.'

Leunend tegen de muur draaide Tara met hem mee. Opeens zag ze het onverwachte bezoek van Boris als een kans om meer te weten te komen over zijn neefje en tante. 'Hij zal nog slapen. Zijn moeder had een onrustige nacht.'

Er gleed een schaduw over het gezicht van Boris. 'Heb je Kat ontmoet?'

Tara knikte, maar zei niets. Als ervaren journalist wist ze dat het laten vallen van een stilte vaak de beste manier was om een ander aan het praten te krijgen. Boris liet zich echter niet zomaar uit de tent lokken en dus gooide Tara er een schepje bovenop. 'Het slaan en krabben wordt erger en de medicijnen zijn op.'

'Nu al?' Zijn gezicht verstrakte en hij begon te ijsberen door de kamer. Tara hield hem nauwlettend in de gaten. De waas voor haar ogen mocht dan langzaam wegtrekken, stabiel op haar benen stond ze nog niet. Het grootste risico op een aanval leek voorbij, kennelijk had Boris andere dingen aan zijn hoofd, maar ze herinnerde zich ook hoe hij Diego had bedreigd. De gedachte aan haar collega gaf haar nieuwe energie.

'Ik denk dat Toms vader terug moet komen. Het is niet verantwoord om een minderjarige jongen voor zijn zieke moeder te laten zorgen.'

Boris trok al ijsberend zijn schouders op. 'Denk je dat we dat niet geprobeerd hebben? Aan Pier hebben we nog nooit iets gehad, die slappe zak.'

'Zijn er dan geen andere familieleden die kunnen bijspringen? De broer en zus van Tom?' Het was een gok, maar de kinderkamer boven had Tara op het idee gebracht dat dit gezin meer kinderen telde dan Tom alleen. Of in ieder geval, had geteld.

Boris hield halt. 'Heeft Tom je over Lex en Matte verteld?' vroeg hij verbaasd. Zijn stem klonk zachter, bijna breekbaar.

Opnieuw knikte Tara. Dit keer bleek haar zwijgen voldoende. Boris zakte neer op de bank en leek in gedachten mijlenver weg.

'Lex is er gewoon nooit overheen gekomen. Het is verschrikkelijk om te zien hoe hij leeft, een kasplantje, meer is het niet. Je mag het niet zeggen, maar dan is Matte misschien toch beter af. Al had ze de keuze nooit mogen maken. Zo ontzettend zonde...' Hij legde zijn hoofd in zijn handen en prevelde wat onverstaanbaars.

Tara's hersenen draaiden op volle toeren. Om Boris aan te

sporen verder te praten, waagde ze nog een gokje. 'Kat heeft het ook nog niet verwerkt.'

Boris zuchtte diep. 'Iedereen lijdt, eerst mijn ouders en broers en toen Kat en haar gezin... allemaal vervloekt, en waarom? Wist ik het maar.' En weer prevelde hij iets wat Tara niet kon volgen.

'Wat heeft dit alles dan veroorzaakt?' vroeg Tara, oprecht benieuwd. 'Kat is wanhopig van verdriet, er moet iets vreselijks gebeurd zijn.'

Boris keek haar aan. Nu hij over zijn familie sprak, leek hij in niets op de agressieve man die Tara eerder had gezien. Zijn kaaklijn verzachtte en de onrust in zijn ogen maakte plaats voor ernst en verdriet. 'Dit jaar is het tien jaar geleden dat de kinderen door een onbekende man en vrouw gedrogeerd zijn tijdens het spelen in hun achtertuin. Ze hebben er uren gelegen voor Kat het alarmnummer kon bellen en ze met ambulances zijn afgevoerd. Pas in het ziekenhuis werden ze wakker. Lichamelijk in orde, maar daar is alles mee gezegd.' Bij die laatste woorden kreeg hij een brok in zijn keel. 'Matte was acht jaar, Lex en Tommy nog maar vijf. Zelfs de hond was uitgeschakeld, wie doet er zoiets? We zullen het nooit weten. De politie heeft gezocht, maar die man en vrouw zijn nooit gevonden.'

Tara luisterde met stijgende verontwaardiging. In haar werk hoorde ze voortdurend verhalen over volwassenen die elkaar het leven zuur maakten en dat deed haar weinig. Ze kon er objectief verslag van doen. Maar zodra kinderen en dieren onrecht werd aangedaan, kon ze niet neutraal blijven, dan werd ze link en smolt haar professionaliteit als sneeuw voor de zon. Zonder nog acht te slaan op haar zwakke gesteldheid en het risico dat Boris mogelijk kon vormen, liep ze op hem af. Met haar armen over elkaar bleef ze voor hem staan.

‘En waarom deed er dan niemand iets? Waar was Kat? Ook gedrogeerd?’

Boris schudde zijn hoofd. ‘Ze is meegenomen naar een busje in de straat. Dat is wat ze in het ziekenhuis aan de politie heeft verteld. Meer kon ze zich niet herinneren, dus we weten niet wat er in dat busje is gebeurd. Geen sporen van seksueel geweld, gelukkig, en ook niet van het verdovingsmiddel dat bij de kinderen is gebruikt. Dat is alles wat ik ervan weet. Na die dag leek Kat een tijd in orde, ze zorgde voor het huishouden. Ik ben er vaak geweest en heb niets gemerkt. Goed, ik was ook pas tien en als kind zie je niet alles. Tot Matte... ze heeft het tot haar twaalfde uitgehouden, maar zag geen andere uitweg meer. Het schuldgevoel was kennelijk te groot en ze maakte een einde aan haar leven. Kat vond haar in bad, en vanaf toen ging het met Kat ook mis.’

‘Schuldgevoel?’ herhaalde Tara zacht.

‘Matte heeft het nooit kunnen verkroppen dat ze haar broertjes niet heeft beschermd. En dat Lex het trauma niet te boven kwam en moest worden opgenomen. Natuurlijk was zij daar niet verantwoordelijk voor, een kind van acht jaar, hoe kon zij zo’n georganiseerde overval voorkomen? Maar zo voelde ze het wel, ze heeft het zichzelf nooit vergeven.’ Hierop boog hij zijn hoofd en vouwde hij zijn handen. Hij prevelde een gebed en dit keer ving Tara wat woorden op die ze wél verstond. Boris bad in het Spaans.

32

Diego parkeerde de scooter op dezelfde plek als waar Tara zijn Volvo een paar dagen eerder had neergezet. Dankzij de coördinaten die Tara hem had geappt was het niet moeilijk privékliniek Correze la Seniorie te vinden. Of hij Tara hier zou tegenkomen, betwijfelde hij sterk. Maar, nutteloos of niet, een andere actie kon hij op dit moment niet bedenken. En hij wilde wat doen. In de bungalow op Tara wachten had al helemaal geen zin. Bovendien bood dat geen afleiding voor de beelden van Nona en Max, die onophoudelijk door zijn hoofd spookten, en voor de bijbehorende knoop in zijn maag.

Nieuwsgierig nam hij de omgeving rondom de kliniek in zich op. Het was precies zoals Tara beschreven had: een majestueus pand, verscholen in het bos, niet eens zo ver van de bewoonde wereld, maar desondanks volkomen geïsoleerd en stil. Alsof de bomen de geluiden van de omliggende dorpen bewust op afstand hielden. Net als Tara gluurde hij door de ramen voordat hij langs het bijgebouw het bos in liep. Met zijn telefoon met de coördinaten in zijn hand, vond hij al snel de lege plek tussen de bomen. Op handen en knieën bewoog hij tussen het zand en de bladeren op en neer tot hij de metalen ring voelde die de ingang naar de tunnel markeerde. Zijn hart sloeg over toen hij het luik opende en zich naar beneden liet zakken, bijgelicht door de zaklamp in zijn telefoon. De adrenaline dreef zijn verdriet naar de achtergrond en ook het gebrek aan slaap en gezonde voeding leek mijlenver weg. Hier was hij in zijn element: op onderzoek, gedreven de onderste steen boven te krijgen, ongeacht de risico's en gevaren.

Hij draaide de trap omhoog en zocht zijn weg door de tunnel. Aan het einde ervan sprong hij in de kuil en liet de lichtbundel over de houten deur glijden, waarachter het dierenmagazijn was ingericht. Tot dusver klopte Tara's omschrijving van de tunnel exact. Hij legde zijn oor tegen de deur en toen het stil bleef, duwde hij hem voorzichtig een stukje open. Meteen drong een sterke geur zijn neus binnen. In een reflex sloeg hij zijn hand voor zijn gezicht. Na een paar keer kokhalzen herpakte zijn verstand de regie en ademde hij door zijn mond. Hiervoor had Tara hem best even mogen waarschuwen. Al die dieren bij elkaar in een afgesloten ruimte beïnvloedden kennelijk de atmosfeer.

Met het licht voor zich uit stapte hij de kamer in en hij keek zijn ogen uit. Tara had niets te veel gezegd: met de dieren in de dozen en kooien kon je een hele dierentuin inrichten. Vooral de grote roofvogels boven op de rekken vond hij indrukwekkend. Enkele waren opgezet met gespreide vleugels en hadden een spanwijdte van minstens tweeënhalve meter. Geluidloos liep Diego tussen de stellages door. Hij bewonderde de vogels, maar bleef alert. Als Pols juist vandaag uitkoos om weer een doosje dieren op te halen, bekeek Diego dat liever vanaf een veilig punt bovengronds. Zolang het stil bleef, waande hij zich veilig. Hij nam de tijd om de rekken van onder tot boven te inspecteren en verschoof tientallen dozen tot hij achter een kist met opgezette fazanten vond wat hij zocht: twee glazen potten met in iedere pot een okergeel gekleurde hand op sterk water, een linker- en een rechterhand. Dit keer niet van een kind, maar van een of meer volwassenen, en weer met een genummerd etiket op de onderzijde. Opgewonden stak hij de potten in de rugzak die hij speciaal hiervoor had meegenomen. Hij kon niet wachten ze aan Tara te laten zien.

Hij liep terug naar de deur, die iets was dichtgegaan en bleef stijf van schrik staan toen hij achter de deur twee schoenen opmerkte. Ze stonden niet maar lagen op de grond en als hij goed keek, zag hij in een van de schoenen het begin van een kous. Met een paar passen was hij achter de deur. En waar het eerder bij kokhalzen bleef, kon hij nu zijn plotse misselijkheid niet binnenhouden. De naar binnen gepropte friet baande zich met kracht een weg naar buiten en landde deels op het opgeblazen lichaam van kroegbaas Pols.

33

Lijkbleek en dodelijk vermoeid wachtte Diego naast het openstaande luik op de politie. De potten met de handen had hij afgeveegd en teruggezet achter de kist met de fazanten. De politie mocht ze vinden, maar niet in zijn rugzak. Nu Pols dood was, vermoedelijk vermoord gezien de plek waar hij was neergelegd, bereikte het verhaal een heel ander level. De historie van de Seniorie nagaan was één ding; uitzoeken waarom er afgehakte handen in potten werden bewaard, werd al dubieuzer, maar met een lijk in het spel was de grens van hun journalistieke research echt overschreden. Ze hadden afgesproken er één week aan te geven en de boel dan over te dragen aan de politie. Bij dat punt waren ze nu helaas eerder aanbeland. En nog steeds zat er een geweldig verhaal in voor de krant. Als de politie hem wat informatie gunde, schreef hij vandaag een eerste artikel. Wist zijn nieuwe baas meteen wat voor vlees hij in de kuip had. Bovendien, als Tara terecht was, konden ze nog altijd achter de handen aan. Tijdens zijn onderzoek in de bibliotheek van La Roche-en-Ardenne was hij op interessante gegevens gestuit die hij graag met zijn collega wilde delen.

Loeiende sirenes maakten een einde aan zijn overpeinzingen. Hij stond op en liep naar het grasveld om de agenten te wijzen waar ze moesten zijn. Als snel verschenen ze aan weerszijden van de oude Seniorie. Ze wezen naar hem en gebaarden dat hij moest gaan liggen. Nee, dat was onzin, hoe kon hij ze dan zeggen wat er was gebeurd? Door de telefoon had hij zijn verhaal al gedaan, maar toen was hij nog zo ontdaan geweest, dat hij lang niet alle details had genoemd. Hij wenkte de agenten met zijn arm en wees achter zich naar het luik. 'Hierheen!' schreeuwde hij over het grasveld.

Daarna ging alles zo snel, dat hij het later niet kon navertellen. Twee agenten voor hem stonden stil en richtten hun pistolen, terwijl meerdere andere agenten van links en rechts op hem af renden. Ze schreeuwden dingen in verschillende talen, hij verstond het nog niet half. Toen het besef doordrong dat hij zijn handen in de lucht moest steken en op zijn knieën moest gaan zitten, hadden de agenten van links en rechts hem al bereikt. Ze duwden hem hard tegen de grond en in een mum van tijd werden zijn handen achter zijn rug geboeid door een politieman die Diego met een knie als een boomstam in bedwang hield. Diego wist niet wat hem overkwam en kon niet anders dan blijven liggen. Als in slow motion zag hij tientallen agenten kriskras over het grasveld rennen. Hun stemmen klonken laag en langgerekt en de betekenis van hun woorden bereikte hem niet. Hij schreeuwde dat ze het mis hadden, dat ze hem niet moesten hebben, maar niemand leek te luisteren. Getergd hield hij zich stil. De overmacht was te groot, hier kon hij niet tegenop.

34

De opgewarmde witte bonen in tomatensaus smaakten ronduit smerig, maar toch lepelde Tara ze naar binnen. Ze wilde naar buiten vandaag, en daarvoor was het nodig alle energie te pakken die ze krijgen kon. Ze klokte een glas jus d'orange weg en duwde haar tong in het gapende gat tussen haar tanden. Een bezoek aan een tandarts stond bovenaan haar to-dolijstje. Ook wilde ze naar de bungalow en naar Huub. Ze wist zeker dat Diego haar hond prima zou verzorgen, maar ze miste hem en wilde met eigen ogen zien dat het goed met hem ging. Verder had ze acuut een nieuwe telefoon nodig. Ze voelde zich onthand zonder en wilde zo snel mogelijk naar haar bus. Als hij niet gestolen was, en daar ging ze vanuit, stond die nog op de parkeerplaats bij de pinautomaat. Tom schatte de loopafstand op een minuut of twintig en dat moest, met stok, net lukken. De dokter zou vast niet toestaan dat ze met haar hersenschudding en hechtingen ging autorijden, maar ze was niet van plan het hem te vragen.

Tom en Boris waren zojuist vertrokken. Het was aandoenlijk hoe blij Tom reageerde toen hij beneden kwam en zijn neef zag. Hij vloog hem net niet om de hals, maar zijn stralende gezicht sprak boekdelen. Zonder vragen volgde hij Boris naar buiten, schijnbaar bereid tot elke klus die hem werd opgedragen. Tara keek hen na en hoopte dat Boris het netjes hield. De jongen was geen vechtersbaas, maar kon het met voldoende verkeerde invloed makkelijk worden. Of Boris die verkeerde invloed was, durfde ze niet te zeggen. Boris bezat vele persoonlijkheden en ze wist niet welke daarvan hij aan zijn neefje liet zien.

Ze at een laatste hap bonen en schoof het bord van zich af. Ze wilde nog één ding doen, voor ze dit huis verliet. Ze had er lang over nagedacht, maar haar besluit stond vast. Ze moest het proberen. Ze spoelde haar bord, bestek en glas om en nam de trap naar boven. Haar stok lag nog bij de bank, maar zolang ze zich aan de trapleuning vasthield, ging het goed. Ze klopte op de deur van Toms moeder en liep naar binnen. Kat zat in een grote leunstoel in de hoek van de kamer. Een dikke, witte crème bedekte de rode korsten op haar gezicht. Er lag een deken op haar schoot en over haar schouders was een laken gedrapeerd. Op die manier hoefde ze geen kleding te dragen en koelde ze toch niet te sterk af, begreep Tara. Ze ging tegenover Kat in kleermakerszit op de grond zitten en wachtte af. Kat staarde voor zich uit, maar leek niets te zien. De tranquillizers waren daar uiteraard debet aan, maar ook de vele onrustige nachten putten haar langzaam maar zeker uit.

Toen Tara zacht begon te neuriën reageerde ze niet meteen. Neuriën was wat Tara's moeder deed als ze haar dochter wilde troosten. Het had altijd een geruststellend effect, en nu Tara tegenover deze beschadigde vrouw zat, een moeder die hulp nodig had, kwam het neuriën als vanzelf. Ze voelde hoe het haarzelf kalmeerde en meende de ontspanning ook in Kat te zien: haar schouders zakten wat en haar mond trok minder strak. Kat sloot haar ogen en liet zich meedrijven op de melodie. Toen Tara stopte, opende ze haar ogen en leek ze wat alerter uit haar ogen te kijken. Daar had Tara op gewacht.

'Hallo Kat,' zei ze rustig.

Kat ving haar blik, maar zei niets.

'Ik ben Tara, een vriendin van Tom. Het gaat goed met Tom, dat is fijn.' Ze sprak in korte zinnen en hield Kats gezicht scherp in de gaten, maar bespeurde geen reactie. Dat zijn moeder niet veel sprak, had ze van Tom al vernomen. Maar als ze niet buiten kwam en vaak alleen thuiszat, kreeg ze ook maar weinig gelegenheid om te praten.

'Hoe gaat het met je?' vroeg ze.

Dat had effect: Kats wenkbrauwen schoten omhoog en haar handen verschoven op de leuningen van de stoel. Ze schraapte haar keel voor ze antwoord gaf: 'Ik ben heel moe, dank u. Het is lang geleden dat iemand me dit vroeg.' Ze was schor en het kostte zichtbaar moeite om te praten, maar haar ogen stonden vriendelijk en ze leek te wachten op een volgende vraag. Daar hoefde Tara niet lang over na te denken.

'Ik wil je helpen. Jou en Tom. Hij is pas vijftien jaar, Kat, hij moet naar school. Het is niet goed dat hij thuisblijft om voor jou te zorgen. Dat kan ook anders. Vind je het goed als ik iemand zoek die voor je zorgt?'

Kats ogen vulden zich met tranen. Ze wendde haar blik af en huilde in stilte. 'Tom is alles wat ik nog heb,' snikte ze na een tijdje. 'Eerst Livia, toen Matte en Lex. Nu raak ik mijn Tommy ook nog kwijt.'

Tara zweeg. Kats verdriet was bijna te zwaar om te dragen, maar Tom mocht daar niet de dupe van worden. Ze vertrouwde erop dat Kat dat ook wist en zuchtte van opluchting toen Kat langzaam knikte. 'Doe het maar,' zei ze zacht, 'voor mijn jongen, voor Tom.'

'Dat vind ik dapper van je,' zei Tara, 'ik regel het. Misschien kan er ook een einde aan je nachtmerries komen.' Ze sloot haar ogen en zag opeens haarscherp voor zich hoe ze als doodsbang tienjarig meisje aan de keukentafel zat van dokter Henk, kinderpsycholoog. Er stonden altijd bloemen en bij haar glas sap kreeg ze steevast een stroopwafel. Dokter Henk was een aardige man, maar hij kon het grote zwarte gat dat ze vanbinnen voelde niet weghalen.

'Ik ben mijn ouders al jong verloren,' zei ze, in het besef dat ze deze woorden nog niet eerder had uitgesproken. 'Mijn vader en moeder zijn omgekomen in een verkeersongeluk toen ik tien was. Ik zat ook in de auto en moest wachten tot ik eruit werd gehaald. Ik heb nog met mijn moeder gesproken, maar ik ben vergeten wat ze zei. Dat vind ik het ergste, dat ik niet meer weet wat mijn moeder zei in die laatste minuten dat ze nog leefde. In dromen bleef het me achtervolgen en dat doet het soms nog. Dan zie ik haar, maar kunnen we elkaar niet bereiken. Dat doet pijn.' Ze slikte, maar de brok in haar keel bleef. 'Toch leef ik mijn leven nu. Het heeft me geholpen erover te praten, met de dokter en met mijn beste vriendin. Het maakt niets ongedaan, maar op de een of andere manier stelt het je in staat je verdriet een plek te geven.' Ze opende haar ogen en zag dat Kat ze gesloten had. 'Misschien helpt het jou ook als je me vertelt wat er gebeurd is.'

Kat zuchtte diep en plantte haar vingers in de stoel, als om zich schrap te zetten voor wat komen ging.

'Goed.'

35

'Het was heet, die dag. Zomer. De kinderen speelden in de tuin. Dat deden ze al weken. Ze konden het goed met elkaar vinden, mijn drietal. Matte had een serieus karakter, altijd zo ernstig... alleen haar broers konden haar laten schateren van de lach, dat lukte niemand anders. Lex en Tommy waren een tweeling, maar zo enorm verschillend. Lex gevoelig, leergierig en een echte perfectionist, en Tommy, de allemansvriend en grappenmaker. Toen nog wel...

Het is tien jaar geleden. Ze denken dat ik gek ben en niet weet wat ik doe, maar dat is onzin. Ik weet heel precies wat er gebeurd is, tot in detail, maar ik durf er niet aan. Ik doe alles om mijn gedachten een andere kant op te sturen, om te vergeten, om niet te hoeven voelen, maar het verdriet is te groot. Ik beuk tegen de muren en zet mijn nagels in mijn gezicht, omdat dat me een pijn bezorgt die ik aankan. Fysieke pijn is niets vergeleken bij de pijn in mijn ziel. Die verscheurt me en vreet me op, tot er niets meer overblijft. Geen pijn meer, geen verdriet, enkel rust. Ik verlang ernaar, maar het mag niet. Ik moet er zijn voor Tom, voor Lex en ook voor Matte. Zolang wij leven en haar gedenken, leeft zij in ons voort.

Ik had een voorgevoel, die dag. Er hing de hele dag al iets in de lucht, er was iets mis, ik voelde het, maar heb er niet naar geluisterd. De deurbel ging en ik deed open. Dat is wat je doet. Er stond een vreemde vrouw met een foto in haar hand. Die foto hebben ze later niet terug kunnen vinden, maar hij staat in mijn geheugen gegrift. Hij veranderde de rest van mijn bestaan en dat van mijn hele gezin. Een keerpunt van totaal geluk naar een afgrond van ellende en verdriet. Waarom ze ons uitkozen, weet ik nog altijd niet. Waarom geen ander gezin? In een andere straat, een dorp verderop? Even afschuwelijk, maar dan hadden wij ons fijne leven vol liefde nog gehad. Is het kwalijk zo te denken?

Op de foto zag ik de beentjes van Lex uit de tent steken. Hij lag te slapen, tenminste, dat is wat ik aanvankelijk dacht. Ik begreep het niet. Ollie lag naast de tent, terwijl ik hem een paar minuten eerder nog had horen blaffen. Ze waren verdoofd met chloroform, zo bleek later. Een beetje is genoeg voor een lichte roes, maar ze bleven een paar uur uitgeschakeld. Ik was zo ontzettend opgelucht toen ze bijkwamen. Zo blij hun knappe snoetjes weer te zien en hun stemmen weer te horen. Matte herinnerde zich niets, die hebben ze waarschijnlijk van achter benaderd en als eerste verdoofd. Lex en Tommy wisten het nog wel. Ze zijn vastgehouden door een man en een vrouw, Tommy heeft de man in zijn hand gebeten, daar ging hij prat op... hij vertelde het vaak. Tot we er niet meer over spraken. Dat ging vanzelf, alsof we er allemaal genoeg van hadden en verder wilden. In het begin was dat fijn, maar we leefden in een schijnwereld. Schone schijn. Aan de buitenkant een prachtig gezin, even zorgeloos als altijd, maar achter die etalage vraten de rotte vlekken om zich heen. Ik wilde het niet zien, weigerde het, en Pier net zo goed. Lex, ons teerste zieltje, ging daaraan onderdoor. Zijn aanvallen werden psychoses en daar geraakte hij niet meer uit. Het is al acht maanden geleden dat ik hem voor het laatst bezocht... hij herkent me nog steeds niet.

Meestal overheerst het verdriet, maar soms overvalt me een

woede die zo sterk is dat ik muren kan breken. Dan wil ik dat ze nog een keer aanbelt, die vrouw die zo veel van me heeft weggenomen. Ik zou haar kapotmaken met alles wat ik in me heb. Niet ophouden met slaan, schoppen, krabben en bijten, tot ze in stukjes op de stoep ligt. Wraak voor mijn kinderen, die niet langer kind mochten zijn. De jongens hebben een beschrijving gegeven en de politie heeft een tekening gemaakt. Het mocht niet baten, ze zijn nooit gepakt. Ik kan alleen maar hopen dat ze spijt hebben en de rest van hun leven verteerd worden door schuldgevoel. Maar zelfs die gedachte is al te veel eer; ze zijn mijn gedachten niet waard.

De man stonk verschrikkelijk, hij zweette als een varken en in mijn dromen voel ik nog zijn warme zweetdruppels op mijn schouders vallen. Hij hing boven me om me vast te binden aan de brancard in de bus. Het ging snel want ik protesteerde niet, ik was als een schaap dat naar de slachtbank werd geleid. Doodsbang, maar in gedachten enkel bij mijn kinderen. Als ik mee zou werken, mocht ik snel weer naar hen toe. Dat herhaalde de vrouw keer op keer, alsof ze wilde aangeven dat het allemaal zo erg niet was. Ze wachtte tot ik vast lag en zelfs mijn hoofd in een klem was vastgezet. Ik kon me onmogelijk nog bewegen. Toen heeft ze mijn gezicht schoongeboend en smeerde ze me in met een taai goedje. Ik wist niet wat het was en probeerde uit alle macht kalm te blijven. Als ik meewerk, mag ik weg, ging als een mantra door mijn hoofd. Het werd een ritme, waarop ik me concentreerde. Het lukte me bij zinnen te blijven, iets waartoe ik nu niet meer in staat lijk.

Waarom iemand een masker maakte van mijn gezicht en daarvoor drie kinderen en een hond drogeerde, zal voor altijd een raadsel blijven. Als ze betrapt waren, zouden ze zeker voor lange tijd achter de tralies belanden, er stond veel op het spel.

En dat alles voor mijn gezicht. Zo knap of bijzonder is het niet, nooit geweest. En toch heeft het me deze rampspoed bezorgd. Kijk dus maar weg, dat doe ik ook, spiegels vermijd ik waar ik kan. Mijn gezicht verdient het niet gezien te worden.'

36

De verhoorkamer van de regiopolitie Sainte-Ode zag er niet uit zoals in de actiefilms die Diego graag keek. Het was geen duister hok, maar een prettig verlichte ruimte met een grote houten tafel in het midden en twee bureaustoelen aan weerszijden. Er was geen spiegelwand waarachter collega-rechercheurs konden meekijken en luisteren, in afwachting van het moment waarop de verdachte zijn mond voorbijpraatte of in woede ontstak en een bekentenis schreeuwde. De twee agenten tegenover hem aan tafel gebruikten geen geweld en probeerden hem niet te intimideren, integendeel, ze behandelden hem keurig. Hij kreeg koffie en water met een paracetamol voor de hoofdpijn die plots de kop opstak.

Desondanks voelde Diego zich waardeloos. Hij hing als een zoutzak in de stoel en had al een paar keer gevraagd om meer pijnstillers. Die zou hij na het gesprek krijgen, maar dat duurde hem te lang. Hij had pijn, maagkramp van de honger en hij stonk. Maar bovenal was hij doodmoe, het liefst zou hij in een warm bed kruipen en uren slapen. Dan hoefde hij ook niet te luisteren naar het duivelse stemmetje in zijn kop, dat hem al urenlang bestookte met de vraag hoe hij zo stom had kunnen zijn om de politie te bellen. Maar wat dan? Had hij Pols gewoon moeten laten liggen?

De zeer voorkomende agenten tegenover hem maakten de indruk dat de zaak hen boven de pet ging. Verkeersovertredingen, een enkele botsing en in het hoogseizoen misschien wat toeristen die zich misdroegen, veel meer waren ze hier niet gewend. Nu zaten ze met een moordonderzoek en een handel in opgezette dieren in hun maag. Over handen op sterk water hadden ze nog niets gezegd, maar Diego twijfelde er niet aan of de potten zouden gevonden worden. De forensische politie onderzocht het magazijn op sporen, waarna het lijk naar de patholoog-anatoom zou worden gebracht en daarna waren de dieren aan de beurt. De potten kwamen hoe dan ook boven water, en misschien wel meer dan twee.

Diego zag hoe de jonge agent hem afwachtend aankeek. Kennelijk was hem een vraag gesteld. Hij duwde zich wat rechter in zijn stoel, vouwde zijn handen voor zich op tafel en forceerde een glimlach. 'Ik vind het bijzonder vervelend, maar ik zei u al dat er sprake is van een misverstand. Ik vertelde u ook hoe mijn collega het dierenmagazijn enige dagen geleden gevonden heeft en dat ik erheen ben gegaan om haar te zoeken. Dat ik daar de uitbater van Taveerne Pols trof, is puur toeval. Ik heb niets met zijn dood te maken en zou ook niet weten wie dat wel heeft. Zodra ik het lichaam vond, heb ik u gebeld, maar meer kan ik niet voor u betekenen. Daarom zou ik nu graag naar huis gaan.' Hij perste nog een tweede glimlach om zijn lippen en hield stil.

Voordat de jonge agent kon antwoorden, kwam een derde diender de kamer in. Hij overhandigde twee memo's aan zijn collega en met een misprijzende blik op Diego verliet hij de kamer. De agent nam de tijd om de informatie te lezen, gaf de vellen papier aan zijn collega en schraapte gewichtig zijn keel.

'Zojuist is aangifte gedaan van diefstal van een scooter. Dezelfde scooter als die is aangetroffen op de plaats delict, waar u bent aangehouden. Heeft u daar een verklaring voor?'

Diego schudde zijn hoofd en hief beide handen. 'Nee, dat

moet u zo niet zien. Dat was geen diefstal, ik heb die scooter even geleend. Ik moest mijn collega zoeken en had geen vervoermiddel, ziet u, maar het was beslist mijn bedoeling dat ding weer terug te zetten.'

De agent keek hem onbewogen aan en wachtte tot hij uitgesproken was. Zonder op Diego's verweer in te gaan, legde hij een volgend feit op tafel. 'Daarnaast is zojuist uit buurtonderzoek gebleken dat u, of tenminste iemand die exact voldoet aan uw uiterlijke kenmerken, maandagavond Taveerne Pols heeft bezocht. U hebt kennelijk als laatste de taveerne verlaten. Kunt u dat bevestigen?'

Dit ging de verkeerde kant op. Diego's maag trok verder samen en dit keer niet van de honger. Hij had alle schijn tegen en kon niets verzinnen om dat te veranderen. Hij knikte kort. Ontkennen dat hij in het café was geweest, had geen zin, een van de gasten of omwonenden had hem kennelijk al uitgebreid omschreven.

'De heer Pols is blijkens de lijkschouwend arts om het leven gekomen in de nacht van maandag op dinsdag. Daarmee bent u de laatste persoon die met de heer Pols gezien is, voordat hij om het leven kwam. Dat betekent dat we u officieel moeten aanhouden. Gezien het tijdstip vervolgen we het verhoor morgenochtend. Dan kunt u desgewenst een advocaat inschakelen. U brengt hier de nacht door, ik zal u naar een cel begeleiden.'

De agent stond op, schoof zijn stoel naar achteren en liep naar Diego toe. Hij wilde hem bij de arm pakken, maar dat liet Diego niet gebeuren. De schreeuw kwam uit zijn tenen en bundelde alle emoties die hij de afgelopen dagen had opgekropt. Hij sprong uit zijn bureaustoel, tilde hem op en smeet hem met een draaiende beweging tegen de agent, die acuut neerviel en verbouwereerd naar zijn pistool greep. Diego sprong naar de deur, maar werd bij zijn benen gegrepen door de tweede agent. Hij verloor zijn evenwicht, smakte met zijn schouder tegen de deurpost en dat bleek de genadeklap. Hij zeeg neer en verzette zich niet langer toen de jonge agent hem, met meer venijn dan strikt noodzakelijk, de handboeien omdeed.

37

Met een stapel dagboeken in haar rugzak en haar stok om op te steunen verliet Tara het huis van Tom en Kat. Tom en Boris waren nog niet teruggekeerd, maar ze kon niet langer wachten. Ze wilde naar de bungalow, naar Huub en naar Diego, al was het alleen maar om Kats verhaal te vertellen. Nu de vrouw eenmaal besloten had te praten, leek het hek van de dam. In een laken gewikkeld was ze Tara voorgegaan naar de kamer van Pier, de ruimte die Tara eerder voor de logeerkamer had aangezien. Uit de bureaulade haalde ze vijf dagboeken tevoorschijn. Na de overval had een arts haar aangeraden haar gevoelens van zich af te schrijven en dat had ze trouw gedaan, tot ze dacht dat ze wel zonder kon. Ze gaf de boeken aan Tara en met een zacht 'dank u' trok ze zich terug in haar kamer.

Tara's bus stond nog op zijn plek. Opgelucht stak ze haar sleutel in het slot, maar dat bleek niet nodig: de deur was niet op slot. Met een ruk trok ze het portier open, stapte naar binnen en inspecteerde de laadruimte, die was leeg. De bus zag eruit zoals ze hem had achtergelaten, op één ding na: op de chauffeursstoel lag haar telefoon. De batterij was leeg, maar verder leek hij in orde. Verbijsterd keek ze om zich heen, op zoek naar iemand die haar in de gaten hield, maar ze was alleen. Geen spoor van de jongens die haar hadden neergeslagen, en Tom en Boris waren er ook niet. Ze nam plaats en activeerde de centrale vergrendeling. Het was geweldig dat ze haar telefoon weer terug had, maar meer verrassingen kon ze niet gebruiken. De hechtingen in haar hoofd begonnen al te trekken, de wandeling was eigenlijk te veel geweest.

Toch wachtte haar niet veel later een tweede verrassing: haar bungalow was een stinkende puinhoop. Er was gekotst in en naast de wc, uit de openstaande prullenbak in de keuken steeg een vieze walm omhoog en op de slaap- en badkamervloer slingerden besmeurde kledingstukken. Ze sloeg alle details in zich op en nam zich voor Diego flink de les te lezen. De staat van de bungalow werd echter overschaduwd door een grotere teleurstelling, een die schuurde in haar maag: Huub was er niet. Ze had zich verheugd op zijn enthousiaste begroeting en daarop zou ze moeten wachten. Dat Diego precies het moment van haar thuiskomst uitkoos om Huub uit te laten, irriteerde haar mateloos. Vloekend gooide ze de rugzak op de bank. Ze stak haar telefoon in de oplader en liet in de keuken een emmer vollopen met heet water. Eerst de boel schoon, in die zure lucht kon ze niet nadenken. Daarna moest ze een afspraak regelen met een dokter en een tandarts en pas dan kwamen de dagboeken aan de beurt.

38

Rillend van de kou lag Diego de volgende ochtend op zijn brits. De dunne deken was te klein om hem volledig te bedekken en zijn voeten leken bevroren. Met niet meer dan een dienblad met wat flauwe macaroni, een sinaasappel en een flesje water was hij ingesloten voor de nacht. De eerder zo vriendelijke agenten bleken lang zo sympathiek niet meer, nu hij een van hen had aangevallen. Zijn roep om meer dekens werd niet gehoord. De macaroni en het fruit verdwenen in een holle kies en daarna was hij van vermoeidheid in slaap gevallen. Tot hij midden in de nacht wakker werd van de kou en slapen niet meer lukte.

In gedachten liep hij de gebeurtenissen van het afgelopen etmaal nog eens na. En al moest hij toegeven dat zijn gedrag geen schoonheidsprijs verdiende, ergens voelde het toch ook goed dat ze beet hadden. Hun journalistieke instinct klopte als altijd, alweer hadden ze een zaak bij de kladden die het daglicht niet kon verdragen. Een zaak waar een verhaal in zat. Hoeveel mensen deden niet zo'n survivalweekend en genoten van de prachtige Ardennen, zonder te voelen wat er onderhuids speelde? Enkele duizenden op jaarbasis, schatte hij in. Voor Tara en hem gold dat niet, nou ja, vooral voor Tara. Haar antenne voor onregelmatigheden was ijzersterk en dat leverde veel boeiende verhalen op, maar bracht haar ook in problemen. Waar zou ze zijn? Het afgebroken telefoongesprek verontrustte hem al, maar nu hij Pols dood had gevonden, vreesde hij ronduit voor Tara's veiligheid. Hij moest haar spreken, maar kon zonder zijn telefoon, die tijdens zijn aanhouding in beslag was genomen, niets beginnen.

Hij duwde zichzelf van het smalle bed en schoof in zijn slippers naar de deur. Urenlang bonzen en schreeuwen, zoals hij in films wel eens zag, bleek niet nodig. Al na een paar minuten ging de deur open. Een grijze agent met een enorme snor beval hem achteruit te stappen. Diego gehoorzaamde en zag hoe de man een dienblad met een sandwich en koffie op het bed zette.

'Ik moet iemand bellen,' zei Diego dwingend.

'Heb geduld,' baste de man en hij gebaarde naar de sandwich. 'Eerst eten, dan praten.' Daarop verdween hij. De sleutel kraakte in het slot.

Diego vouwde zijn handen om de warme koffiebeker en liet de damp zijn gezicht verwarmen. De vertrouwde geur gaf het sprankje hoop dat hij nodig had. Als hij zich koest hield en de vragen dadelijk normaal beantwoordde, kwam het vast goed. Ze hadden niets om hem vast te houden, zelfs al was hij de laatste die met Pols was gezien. Hij zou zijn excuses aanbieden voor zijn gedrag van gisteravond en dan moest het klaar zijn zodat hij Tara kon bellen. Misschien was ze inmiddels gewoon weer terug in de bungalow en vroeg zij zich op haar beurt af waar hij uithing.

Met hernieuwd vertrouwen at hij de boterham en nam hij kleine slokjes koffie, om er zo lang mogelijk mee te doen. Hij liet zich tegen de muur zakken en hoorde hoe er achter hem iets ritselde. Verbaasd trok hij een witte envelop uit zijn achterzak. In een flits zag hij hoe het ding met tape tegen de voordeur van de bungalow was geplakt. Hij had er geen aandacht aan geschonken omdat hij vermoedde dat het om een reclamefolder van het bungalowpark ging en daarna was hij het hele ding vergeten. Plots nieuwsgierig stak hij zijn pink in de rand en opende hij de envelop. De foto bezorgde hem kippenvel. Huub was niet weggelopen, maar weggelokt, meegenomen door een oude bekende van hem en Tara. Een man op de vlucht, die ze nooit meer dachten tegen te komen. Hij draaide de foto om en las twee handgeschreven regels:

WAT JE ZAAIT ZUL JE OOK OOGSTEN. NU WEET JE WAT HET IS OM ALLEEN TE ZIJN.

39

Volledig verkleumd en met wallen tot op haar kin struinde Tara door het bungalowpark. Toen Diego en Huub de vorige avond wegbleven, was ze gaan zoeken. De hele nacht had ze het park doorkruist, gewapend met haar stok, een zaklamp en haar telefoon voor het geval Diego zou bellen. Hem kon ze niet bereiken, vreemd genoeg was zijn telefoon uitgeschakeld. In het vroege ochtendlicht gaf ze het op en moest ze concluderen dat de urenlange zoektocht niets had opgeleverd. Haar schedel gonsde en ze trilde van vermoeidheid, maar ze dwong zichzelf kalm te blijven en na te denken. Als Diego Huub niet had meegenomen, kon hij zelf ontsnapt zijn, haar slaapkamerraam stond op een kier. Misschien was hij haar gaan zoeken en in het park verdwaald. Met haar hart in haar keel inspecteerde ze ook de weg voor het park, hij zou aangereden kunnen zijn, maar de weg toonde geen sporen van een ongeval of aanrijding. Dat gaf even lucht, al wist ze niet hoe lang het duurde voor complete paniek haar zou overvallen. Ze was een taaie, daarvoor had ze al genoeg doorstaan, maar met Huub mocht niets gebeuren. Huub was haar basis, haar thuis en het enige levende wezen dat onvoorwaardelijk van haar hield. Radeloos sloeg ze met haar vuist op de slagboom van het park. Als hij hier niet was, wist ze niet meer waar te zoeken. Het geluid van haar telefoon zorgde net op tijd voor afleiding. Diego.

'Tara,' zei ze kort. Als vanzelf trok ze haar pantser op, niemand hoefde te merken dat ze bijna huilde, zelfs Diego niet.

'Gelukkig,' Diego zuchtte van opluchting. 'Waar was je nou? Ik maakte me zorgen. Luister: Pols is dood, zeer waarschijnlijk vermoord, en nu houden ze mij vast op het politiebureau. Ik heb 'm gevonden in het dierenmagazijn. Je gelooft het niet, maar ik schijn de laatste geweest te zijn die met hem gezien is, in de kroeg! Hoe dan ook, jij zou achter hem aan gaan en opeens was je verdwenen, dus... Ik heb maar kort... waar ben je?'

Tara liet Diego's geratel over zich heen komen. Het deed haar goed zijn stem te horen en het was fijn dat er iemand was die aan haar dacht. Ze kneep haar ogen samen en duwde de telefoon stevig tegen haar oor. Het kwam niet in haar op te vertellen dat ze was aangevallen en een tijdje bij Tom had gebivakkeerd. Er telde nu maar één ding. 'Ik ben bij de bungalow. Diego, Huub is weg. Ik heb de hele nacht gezocht, maar kan hem niet vinden. Is-ie bij jou?'

Diego hoorde hoe ze haar stem forceerde om haar paniek te verhullen en nam intuïtief een beslissing. 'Hij is hier niet, maar hij kan nooit ver zijn, toch? Dat park is een paradijs voor hem, hij is vast gaan dwalen. Maak je niet te druk, die komt wel weer terug. Zodra ik hier uit ben, help ik je zoeken.' Liegen ging hem makkelijk af, te makkelijk, zei Yvonne regelmatig, maar hij had geen keus. Als hij Tara over de foto vertelde, ging ze ongetwijfeld alleen op jacht en dat was in dit geval levensgevaarlijk.

De agent naast hem tikte op zijn horloge om aan te geven dat hij af moest ronden. Diego draaide zijn rug naar hem toe en boog zich over de telefoon.

'Tara, ik moet ophangen, maar ik kom zo snel ik kan. Luister je?' Met doordringende stem gaf hij haar een reeks opdrachten, deels eerder bedacht, deels ter plekke verzonnen.

Hij wist dat alleen werk haar nu overeind kon houden. 'Het is belangrijk, Tara. We zijn iets groots op het spoor. Bel Luc en informeer hem op hoofdlijnen, zeg dat we met een verhaal komen dat voor opschudding zal zorgen. Akkoord?'

Tara knikte. 'Ja.'

'Goed zo. Hou je taai, ik kom eraan.'

40

Tara deed wat Diego haar vroeg. Als ze bezig bleef, lukte het net haar angst onder controle te houden. Ze bracht Luc op de hoogte van hun bezigheden. Hij zei zeer benieuwd te zijn naar het verhaal en verwachtte hen beiden na het weekend op kantoor, net als Benno, die in loopgips weer aan de slag zou gaan. Tara ging akkoord en hing op. In een opwelling griste ze de etensbak van Huub van de grond, haalde hem door de zak met brokken en plaatste hem naast de voordeur. Even keek ze hoopvol om zich heen, maar Huub liet zich niet zien.

Meteen zette ze zich aan de volgende opdracht van Diego. Ze viste de bundel met prints en kopieën uit zijn weekendtas en spreidde ze op de eettafel voor zich uit. De uitvoerige geschiedenis van de Seniorie schoof ze opzij, ze kon het niet opbrengen de lappen Frans te lezen. In een kleinere stapel prints, met een paperclip aan elkaar bevestigd, zag ze dat Diego verschillende regels had onderstreept. Het waren knipsels uit regionale kranten van tien tot twaalf jaar geleden. Het eerste bericht trok direct Tara's aandacht en ze vertaalde snel de tekst:

Een minderjarige jongen is bij het spelen in de bossen nabij Bastogne in een smeedijzeren berenklem getrapt. Hij is met spoed naar het ziekenhuis gebracht, waar bleek dat zijn voet niet meer te redden viel en moest worden geamputeerd. De bossen zijn doorzocht op meerdere klemmen, maar die werden niet aangetroffen. De politie doet onderzoek naar de persoon die de klem moet hebben geplaatst.

Het tweede bericht beschreef de aangifte van de ouders van een minderjarige jongen tegen een arts in het ziekenhuis van Houffalize, die per abuis het verkeerde been van de jongen geamputeerd had. Het linkerbeen moest vanwege een kwaadaardige tumor boven de knie verwijderd worden, maar door onbekende oorzaak haalde de arts het rechterbeen weg. Het ziekenhuis maakte excuses en bood kosteloos protheses aan, maar daar namen de ouders geen genoegen mee, zij eisten een fikse schadevergoeding. De zaak kwam in een aantal kranten terug en in een later bericht las Tara dat de ouders de zaak verloren, er werd geen vergoeding toegekend.

Met groeiende belangstelling boog Tara zich over de knipsels. Voordat ze aan het volgende bericht begon, haalde ze uit de slaapkamer haar kaart van de Ardennen, waarop ze Bastogne en Houffalize met een groot kruis markeerde. Het derde bericht ging over het lichaam van een overleden meisje uit Saint-Hubert, dat op last van het Openbaar Ministerie werd opgegraven toen enkele weken na haar begrafenis het vermoeden rees dat ze geen natuurlijke dood gestorven was. Nader onderzoek toonde aan dat dit vermoeden klopte, maar dat was niet het belangrijkste nieuws in dit artikel, dat was een ander gruwelijk detail: na de opgraving bleek dat het meisje beide handen miste. Ze waren na haar dood verwijderd en de politie stond voor een raadsel.

Tara tekende een derde kruis op de kaart en trok de print met het laatste bericht naar zich toe. Weer een jongen, minderjarig, dit keer uit Neufchâteau. Tijdens het fietsen over de kop geslagen en bewusteloos geraakt. Toen voorbijgangers hem vonden, sloegen ze groot alarm. Niet om zijn gebroken been, op de plek van van zijn rechteroor gulpte het bloed uit een gapend gat. Het oor was afgesneden en niet meer teruggevonden.

Gefascineerd las Tara de berichten nog een keer. De zorgen om Huub zakten even naar de achtergrond. Vier bizarre incidenten in anderhalf jaar tijd, verspreid over een tamelijk uitgestrekt gebied, maar onmiskenbaar met elkaar verbonden. Kennelijk had niemand ooit de link gelegd. Uit haar rugzak pakte ze de glazen pot met de kinderhand en plaatste hem voorzichtig op tafel. Was dit een van de handen van het meisje uit Saint-Hubert? Of waren er nog meer incidenten? Diego had er vier gevonden, in kranten in deze regio, maar hoeveel zouden er zijn als het zoekgebied werd uitgebreid? Ze rilde. Diego had gelijk, dit was een groot verhaal dat na al die jaren echt naar buiten moest.

41

In de kamer van Kat heerste een serene rust. Na een waterval van woorden, die bijna twee uur had geduurd, was Kat zojuist in slaap gevallen. Tom zat naast haar stoel op de grond en Boris leunde tegen de muur. Ze wisten niet waar de kentering in haar gedrag vandaan kwam, al vermoedde Tom dat Tara, die bij wijze van afscheid een briefje op tafel had achtergelaten, er meer van wist. Sinds zij zijn moeder zo had laten schrikken, leek er iets in Kat te zijn opengebroken. Na jaren van zwijgen, kon ze nu niet anders dan praten. Over Matte, Lex en Pier, zelfs over Ollie, de hond die hij kende van familiefoto's maar die hij zich niet meer kon herinneren.

Tom keek naar zijn neef, die in gedachten leek verzonken. Hij bewonderde Boris in alles. Zijn gespierde lichaam en stalen blik boezemden ontzag in, zelfs al zei hij niets. Boris hoefde nooit te vrezen voor anderen, mensen dachten wel twee keer na voordat ze zijn pad blokkeerden en van pestkoppen had hij zijn hele leven nog geen last gehad. Het was Boris die ervoor had gezorgd dat Tara haar telefoon weer terugkreeg en dat Jeffrey en Gio voorlopig niemand meer zouden lastigvallen. Over de manier waarop hij dat voor elkaar had gekregen, zweeg Boris. Dat deed er niet toe, het was het resultaat dat telde, zo stelde hij. Een stoere vent, maar voor zijn familie de goedheid zelve, wist Tom. Zonder zijn hulp zou Kat al lang uit huis geplaatst zijn, in een inrichting zoals die waar Lex zat. Dat was het laatste wat ze wilde en daarom zorgde Boris voor haar. Al jaren kwam hij een paar keer per week langs. Met medicijnen en soms, als zijn loon was gestort, met boodschappen. Hij verzorgde de wonden in Kats gezicht met zalf en leerde Tom hoe de wasmachine en de droger werkten. Tom zou niet weten wat hij zonder zijn neef moest, die als een broer voor hem was.

'Wat kijk je?' vroeg Boris, die in de gaten kreeg dat Tom hem aanstaarde.

Tom haalde zijn schouders op.

'Dit was voor het eerst in een lange tijd dat ik je moeder zo veel heb horen praten,' zei Boris. 'Wist jij dat er een masker van haar gezicht is gemaakt?'

Tom werd rood en schudde nee. Het idee van zijn moeder vastgebonden in het busje, gaf hem buikpijn. Hij ging staan en aaide zijn uitgeputte moeder zacht over haar lange haar. Boris gebaarde naar de deur en samen liepen ze naar beneden.

'Heb je hier in huis ooit maskers gevonden, of zijn er foto's van?' vroeg Boris in de keuken.

'Nee, hoezo? Je weet toch dat hier geen portretten staan? Zichzelf wil ze niet zien en papa dacht dat het beter zou zijn ook geen foto's van Matte en Lex op te hangen. Dat zou haar te veel herinneren aan wat er gebeurd is.' Toms wangen kleurden. 'Ik denk niet dat dat heeft gewerkt.'

'Aan Pier hebben we nog nooit iets gehad.' Boris schudde meewarig zijn hoofd, om na een blik op een fronsende Tom snel van onderwerp te veranderen. 'Ik zal thuis eens zoeken. Ik heb die familiealbums al jaren niet aangeraakt.' Hij keek op zijn horloge en liep naar de deur. 'Later, Tommy, zorg goed voor jezelf en je moeder.'

Door het raam zag Tom hoe zijn neef op een drafje de straat uit rende. Hij trok een keukenstoel naar zich toe, ging zitten en legde zijn hoofd op de houten tafel.

42

Puur op wilskracht worstelde Tara zich door de ochtend. In haar bus reed ze naar Amberloup, waar ze een arts bezocht die haar hechtingen bekeek, haar tot rust maande en een recept voor extra pijnstillers voorschreef. Bij een internetshop maakte ze kopieën van een foto van haar geliefde rottweiler en die verspreidde ze in supermarkten, souvenirwinkels en cafetaria's in de omgeving. Ze checkte haar telefoon continu, in de hoop dat iemand haar belde met meer nieuws over Huub, maar het bleef stil. Wanhopig lag ze in de stoel bij een tandarts, die twee tijdelijke kronen plaatste en haar zichtbare verdriet probeerde te sussen door te stellen dat niemand straks zou zien dat het haar eigen tanden niet waren. Ze liet het zo.

Ze haalde een milkshake en een grote koffie voor de lunch. Niet omdat ze honger had, maar omdat ze wist dat ze overeind moest blijven. Wakker en alert, voor het geval Huub terugkwam en haar verzorging nodig had. Een dode kroegbaas, vermoord of niet, kon haar niets meer schelen. Luc verwachtte haar maandag weer op kantoor, maar daar moest ze niet aan denken. Alles leek onbelangrijk, nu haar maat niet bij haar was. Veel te hard reed ze terug naar het bungalowpark. Een verkeersboete nam ze voor lief, ze was best lang weggeweest en het was niet ondenkbaar dat Huub zijn weg naar huis weer had gevonden.

Ze zette de bus dwars in twee parkeervakken, sloot af en

snelde naar het huisje. Al van ver zag ze dat hij niet bij de voordeur zat. Ze bleef staan om de teleurstelling te incasseren en slofte gedesillusioneerd verder. Een totale machteloosheid maakte zich van haar meester. Pas op een paar meter van de bungalow merkte ze iets vreemds. Ze keek op en geloofde eerst haar ogen niet. Half verscholen achter de volgende bungalow, op zo'n vijftig meter afstand, stond een man naar haar te kijken. Hij was lang en slank en uit zijn kin en wenkbrauw staken twee zilveren spikes. Op zijn hoofd droeg hij een koptelefoon. Tara hapte naar adem toen ze hem herkende. Dit was Quinten Broeders, de man die haar vorig jaar op Aruba bijna de dood had ingejaagd. Hij hief beide handen in de lucht als om te tonen dat hij ongewapend was en wenkte haar toen.

Tara greep haar stok wat steviger beet en naderde hem tot tien meter afstand. Ze was niet bang dat hij haar op klaarlichte dag iets zou aandoen, maar in haar verzwakte conditie nam ze liever niet te veel risico.

'Quinten,' zei ze, om de conversatie te starten.

Met een wijsvinger tegen zijn lippen beval hij haar stil te zijn. Verbaasd keek ze toe hoe hij uit de tas om zijn schouder een stapel papieren trok. Hij sorteerde ze in zijn hand en hield ze toen een voor een voor zich uit. Tara trok wit weg toen ze de brieven herkende; het waren de brieven die haar de afgelopen maanden anoniem waren toegestuurd. Ze begreep er niets van. Had Quinten ze uit haar bungalow gestolen? Waarom? Gespannen tuurde ze naar Quinten die nu vijf brieven had getoond en uit zijn tas een van de kopieën met de foto van Huub tevoorschijn haalde. Het was alsof iemand in haar knieholtes trapte, de stok gleed weg en ze viel voorover op handen en knieën.

In een oogwenk stond Quinten voor haar neus. Gefascineerd keek hij hoe ze begon te hyperventileren en probeerde op te staan. Het lukte niet, ze was te zwak en haar ademhaling vergde haar laatste restje energie. Met uitgestrekte arm hield hij de kopie van Huub voor haar gezicht en toen ze niet reageerde, zakte hij ongeduldig door zijn knieën om op gelijke hoogte te komen.

'Mijn laatste brief en foto heb je dus niet gevonden?' vroeg hij dwingend.

Tara herkende de hoge stem met de Vlaamse tongval uit duizenden, maar was niet in staat te antwoorden. Het was alsof haar keel werd dichtgeknepen en de druk op haar hoofd verlamde haar volledig.

'Mijn laatste brief en foto heb je niet gevonden,' herhaalde Quinten, en in zijn stem klonk teleurstelling door. 'Daar is iets verkeerd gegaan, misschien had ik 'm niet op je deur moeten plakken.' Even leek hij te twijfelen, maar toen herpakte hij zichzelf. 'Het is belangrijk dat je de boodschap verstaat. Anders is alles voor niets geweest.'

Tara zakte op haar zij. Haar lijf schreeuwde om zuurstof, maar ze kon er niet bij.

Gefrustreerd boog Quinten zich over haar heen. 'Hé!' riep hij in haar oor. 'Snap je waarom ik Huub heb meegenomen? En hoe eerlijk dat is? Nu staan we quitte, zie je? Zie je dat?'

Met een laatste krachtsinspanning klauwde Tara haar nagels in de onderlip van Quinten en ze trok zo hard ze kon. Hij draaide brullend zijn hoofd weg, sprong op en trapte woest in haar zij. Dat hij daarbij een van haar ribben brak, voelde ze niet meer. Haar lichaam schokte tegen de koude grond, waar ze pas drie kwartier later door twee spelende kinderen werd gevonden.

43

Van alles wat Diego voelde, woog zijn schuldgevoel het zwaarst. Het leek alsof hij de laatste tijd zijn kont niet kon keren of het liep mis. Nu dit weer...

Bezwaard keek hij naar Tara, die als een zwak vogeltje op bed lag. Hij kreeg het telefoontje toen hij voor het bureau de bus pakte naar het bungalowpark. De politie had hem zonder veel toelichting laten gaan. Nader onderzoek wees uit dat Pols, die al jaren met hartproblemen kampte, aan een acute hartstilstand was overleden. Dat Diego als laatste gezien was met Pols, bood onvoldoende gronden om hem vast te houden. Wel werd hij verzocht beschikbaar te blijven voor vragen over het dierenmagazijn. Met de toezegging van zijn medewerking mocht Diego het bureau verlaten. Zijn opluchting was groot, maar van korte duur. Een verpleegster belde met het verzoek mevrouw Tara Linders te komen halen bij de eerstehulppost van het ziekenhuis, want ze mocht zelf niet rijden. Hij sprong uit de bus en was als een bezetene naar haar toe gerend. Eén woord fluisterde ze, suf van de morfine: Quinten. Het vrat hem op. Hij wist dat Quinten in de buurt was, hij had de foto van hem en Huub gezien, maar hij had gezwegen. Hij herinnerde zich maar al te goed hoe onvoorspelbaar Quinten zich kon gedragen. Diego's poging haar te beschermen had zich tegen hen gekeerd en daar was Tara de dupe van. Totaal uitgeput lag ze bij te komen van de tweede mishandeling in een week.

Hij schoof een extra deken over haar heen en vulde een glas water, dat hij op het nachtkastje zette. De dokter zei dat hij Tara moest laten slapen omdat er nu geen beter medicijn was dan rust, zowel voor haar gebroken rib als voor haar herstellende hoofdwond. Dat begreep hij vanzelfsprekend, maar toch kuchte hij een paar keer net iets te hard. Toen ze verschrikt haar ogen opende, pakte hij opgelucht haar hand.

'Hé, ben je daar weer,' zei hij zacht.

Ze draaide haar gezicht naar hem toe en schonk hem een slaperige glimlach. Tot zijn verbazing brandden de tranen achter zijn ogen. Na alle ellende van de afgelopen dagen was het heerlijk bij iemand te zijn die zijn aanwezigheid wel op prijs stelde.

Hij gaf haar een voorzichtig kneepje. 'Je hebt me laten schrikken. Wat is er gebeurd?'

Ze sloot haar ogen en toen ze weer opkeek, werd hij geraakt door de mix van verdriet en woede in haar blik. 'Quinten heeft Huub,' zei ze met een klein stemmetje. De brok in haar keel maakte het bijna onmogelijk te spreken. 'Hij heeft me brieven gestuurd. Ik wist alleen niet dat ze van hem waren. En de laatste heb ik schijnbaar gemist, daarom kwam hij naar me toe. De tekst in de brieven was niet te volgen, het leken citaten uit een of ander boek en steeds ging het over eenzaamheid.' Ze slikte en beet in haar onderlip. 'Dat was het punt dat hij wilde maken. Ik snap het nu: ik heb zijn broer van hem afgepakt, door mij zit Vincent voor jaren in de bak en is Quinten alleen. Daarom heeft hij Huub... gestolen... Nu staan we quitte.'

Diego voelde een steek in zijn hart. Hij streek met zijn duim over Tara's hand en moest zich bedwingen haar niet beet te pakken en zijn lippen tegen haar voorhoofd te drukken, maar hij wist dat ze dat niet toe zou staan. Hij had medelijden nu de anders zo stoere en afstandelijke Tara volledig hulpeloos voor hem lag en dat besefte hij goed. Het laatste wat hij wilde was de zoveelste vergissing begaan, dus hij dwong zichzelf rechtop te gaan zitten en zijn verstand te laten spreken.

'Luister eens, Tara, Quinten is een zwaar autistische vent die niet met mensen om kan gaan, maar ik denk niet dat hij dieren kwaad doet. Dat past op de een of andere manier niet bij hem. Ik kan me voorstellen dat hij Huub ergens gevangen houdt en dan is het aan ons hem op te sporen. We vinden hem, dat beloof ik.' Hij kneep nog eens in haar hand en stond op om haar het glas water aan te reiken. 'Neem nog een pijnstiller en rust dan maar eens flink uit. Ik slaap in het stapelbed in de kamer hiernaast. Een nacht doorslapen zal ons allebei goed doen. Morgen verder, oké?'

Ze knikte kort en zag hoe hij het licht uitknipte en de kamer verliet. Een kille huivering kroop vanuit haar tenen naar boven, tot haar hele lijf bevroren leek. Het was lang geleden dat ze zich zo eenzaam voelde. Quintens missie was geslaagd.

44

Vanuit het niets stond Eddie voor hem. Boris vloekte en het scheelde maar weinig of hij had hem een hengst gegeven.

'Verdomme Eddie, doe dat niet!'

'Hoezo? Vermoord je me anders? Je hebt er nu ervaring mee,' sneerde Eddie terug. Zijn mond grijnsde, maar zijn ogen stonden kil. Hij knikte naar een donker portiek een paar meter verderop en met tegenzin liet Boris zich meevoeren. Het was stil op straat. Twee lantaarns verlichtten de rij kleine huisjes, waarin de meeste mensen het avondeten al achter de kiezen hadden en op de bank tv-keken.

'Wat bedoel je?' vroeg Boris, met een lichte trilling in zijn stem. Hij was bang dat hij het antwoord wel kon raden, maar had tijd nodig om zich erop voor te bereiden.

'Ze hebben Pols gevonden.'

De woorden raakten Boris als een mokerslag. Dat het lichaam zo snel was opgespoord, had hij nooit verwacht. Het ondergrondse magazijn leek de perfecte verstopplaats. Behalve Pols en hijzelf wist niemand van die plek, tenminste, dat had Pols steeds beweerd. Een leugen, zo bleek nu. Zijn keel werd gortdroog en zijn hart sloeg op hol, maar dat liet hij niet merken. Zichzelf in de kaarten laten kijken was het domste wat hij nu kon doen. Hij moest eerst zien te achterhalen hoeveel Eddie wist.

Eddie rochelde en spoog op de vloer. 'Laat die pokerface

maar varen, vriend. Pols is gisteren onder verdachte omstandigheden in het bos gevonden en ademen deed hij niet meer. Een hartstilstand heeft hem de das omgedaan, maar hoe die is uitgelokt en wie hem in het bos verstopt heeft, weet niemand. Nou ja, niemand...' Met glinsterende ogen van bewondering keek hij Boris aan. 'Jij was het, toch? Tegen mij kun je het zeggen. Ik wist altijd al dat je het in je had.'

Boris ontweek de vraag. 'Hoezo een hartstilstand? Wie zegt dat?'

Eddie lachte zacht. 'Connecties jongen, dat weet je toch? Voor mij blijft niets geheim. Er is een Hollander voor opgepakt, die bij hem in de kroeg zat, maar die hebben ze ook weer laten gaan. Gebrek aan bewijs. Nu zitten ze met de handen in het haar, dus de kans is groot dat dit met een sisser afloopt. Toch lijkt het me slim als jij je even gedeisd houdt.' Eddie liet zijn blik over Boris glijden en stapte dichterbij. 'En ik wil mijn pistool terug.'

Eddies woorden stelden Boris iets gerust. Een hartstilstand verklaarde het snelle en onverwachte overlijden van Pols. Er kleefde geen bloed aan zijn handen en dat luchtte onverwachts op. Hij had gedacht er klaar voor te zijn. Het uitdelen van 'waarschuwingen' ging hem zo makkelijk af dat een volgende stap lonkte. En toch voelde het niet lekker, toen Pols als een lappenpop in zijn armen hing. Boris zakte tegen de muur achter zich en wreef met zijn handen door zijn gezicht. Hij wist dat Eddie hem scherp in de gaten hield, maar dat kon hem niets meer schelen. Belangrijker was dat hij geen schuld had, dat niets in zijn richting wees en dat de politie op een dood spoor zat. Hij sprong op en dit keer was het Eddie die schrok.

'Niet verschieten, Eddie, niets aan de hand. Dat ding krijg je terug, ik moet het even ophalen.' Hij liep al weg, maar draaide zich nog een keer om. 'Ik heb het niet gebruikt, soms is het leuker creatief te zijn.' En met een knipoog verliet hij het portiek, Eddie in verwarring achterlatend.

45

De volgende ochtend was Diego al vroeg actief. Zoals hij had voorspeld, deed de nachtrust hem goed. Hij voelde zich een stuk fitter en de blaren op zijn voeten waren geheeld. Zelfs de herinnering aan zijn ijskoude verblijf in de cel leek minder zwaar. Na een verkwikkende douche kocht hij broodjes, kaas en verse jus d'orange bij de kampwinkel. Hij dekte de tafel en toen de geur van versgezette koffie door de bungalow trok, klopte hij op Tara's deur. Niet veel later zaten ze samen aan tafel.

'Ik heb de brieven nog eens goed bekeken,' begon Tara, zoals gewoonlijk direct to the point. 'En ik heb de zinnen ingetikt in Google. Het zijn citaten uit *Alleen op de wereld*, het boek van Hector Malot. Stom dat ik dat niet eerder zag. Alleen op de wereld, dat is Quinten, en daarvan geeft hij mij de schuld.' Ze nam een slok en voelde hoe de cafeïne haar brein deed ontwaken. 'Postzegels ontbraken, hij heeft de brieven zelf door mijn brievenbus gedaan. Hij heeft uitgevogeld waar ik woon en me wekenlang in de gaten gehouden. Ongelofelijk dat ik daar niets van heb gemerkt. Hij is zelfs binnen geweest om een foto van mijn moeder uit het album te stelen. Dat moet hij gedaan hebben toen ik en Huub er niet waren. Alweer een boodschap...'

'Hoe bedoel je?' vroeg Diego.

'Hij wilde mijn eenzaamheid benadrukken. Ik heb geen ouders meer, geen familie. Hij wil dat ik zijn ellende voel en minstens net zo eenzaam ben als hij. Daarom moest Huub ook weg.'

Diego knikte begrijpend. 'Geven de brieven aanwijzingen over zijn verblijfplaats?'

'Nee, maar hij moet in de buurt zijn. Hij is al heel lang dichtbij om me in de gaten te houden. Ik weet haast zeker dat hij er nog is. Nu zijn plan geslaagd is wil hij ervan genieten. Hij wil me zien lijden.'

Met een klap liet Diego zijn vlakke hand op tafel vallen. 'Dan moeten we hem geven wat hij wil.'

'Hè?'

'We pakken hem terug met zijn eigen spel. We lokken hem hierheen en als hij toehapt, slaan we toe.'

46

De bos dieprode rozen was gigantisch. Een kleinere bos was prima geweest, maar Diego was blij dat hij eindelijk iets recht kon zetten en koos doelbewust de grootste bos in de winkel. In de Volkswagenbus reed hij terug naar het park, waar hij de bloemen aan Tara overhandigde, om niet veel later met zijn weekendtas over zijn schouder de bungalow te verlaten. Op het trekkersveld brak hij zijn tentje af en hij checkte uit bij de receptie. Zonder om te kijken wandelde hij in de richting van de dichtstbijzijnde bushalte.

Een half uur later kwam Tara met de bloemen en een foto van Huub naar buiten. Ze koos de hoofdweg door het bungalowpark, die over een heuvel en langs de laatste huisjes leidde naar een afgelegen open plek in het bos. Enkele parkbezoekers keken vreemd op toen ze de zwartgeklede vrouw met stok en rozen voorbij zagen komen, maar Tara staarde strak voor zich uit en groette niemand. Ze concentreerde zich op het plan en probeerde ondertussen de pijn in haar ribben te negeren. De pijnstillers haalden de scherpste randjes eraf, maar bij iedere inademing schoot een pijnscheut door haar rechterzij. In het midden van de open plek legde ze de bloemen neer en zocht ze een aantal geschikte takken. Het kostte moeite om niet om zich heen te kijken, maar ze bleef gefocust. Het kruis van takken was al snel klaar. Ze plaatste het plechtig tegen een boom, prikte de foto van Huub ertegenaan en legde de rozen eronder.

Daarna knielde ze neer en boog ze haar hoofd. Zo bleef ze zitten.

Hoe lang het duurde voor Quinten zich zou laten zien, konden ze vooraf moeilijk inschatten. Na een klein uur kreeg Diego, die binnendoor naar de open plek was gelopen, hem in de smiezen. In de schaduw tussen twee sparren stond hij naar Tara te kijken. Als Quinten zijn arm niet had uitgestrekt om met zijn mobiel een foto te maken, had Diego hem misschien niet ontdekt. Maar hij was er, zoals voorspeld, om toeschouwer te zijn van Tara's verdriet. In een boog sloop Diego door de bosrand. Het lukte hem ongezien achter Quinten uit te komen. Nu kwam het eropaan; hij haalde nog een keer diep adem en rende toen zo hard hij kon op Quinten af om met zijn volle gewicht tegen diens rug te beuken. Samen vielen ze tegen de grond, waar Quinten in shock bleef liggen. Diego sprong op en spoot een flinke dosis pepperspray in zijn gezicht. Quinten gilde het uit en probeerde het spul met woeste gebaren uit zijn ogen te wrijven, wat de pijn juist heviger maakte. Diego liet hem een paar minuten razen en plantte toen zijn schoen stevig op Quintens schouder.

'Lang niet gezien, amigo,' zei hij, met veel gevoel voor drama.

Quinten lag meteen stil, zijn handen hield hij voor zijn gezicht.

'Luister, dat jij je zo alleen voelt, is klote voor je,' vervolgde Diego, 'maar dat hebben je broer en jij zelf veroorzaakt. Daar moet je niet een ander de schuld van geven. Dat is nogal kinderachtig, vind je niet?'

Quinten zweeg.

'Dus je stopt met het volgen van Tara. Je blijft uit haar buurt. Dat is een. En ten tweede vertel je ons nu waar de hond is, anders spuit ik de rest van dit busje in je ogen. Het is nog lang niet leeg.' Om zijn woorden kracht bij te zetten stampte hij zijn voet nog steviger tegen de schouder van de man, die als een kind begon te kermen.

'Ik zie niks, ik word blind,' piepte hij.

'Stel je niet aan,' dreigde Diego. 'Je hebt drie tellen!' Maar nog voor hij begon te tellen, hief Quinten een hand op. Zijn gezicht was vuurrood en nat van het traanvocht. Langzaam stak hij de hand in zijn broekzak om er een sleutel uit te trekken. Tara, die de scène van de zijlijn had gevolgd, dook zo snel haar ribben het toelieten naar voren en griste de sleutel uit zijn hand. Het was er net zo een als zij had, maar dan met nummer 26, vooraan in het park. Steunend op haar stok, liep ze naar de bewuste bungalow. Ze geloofde niet in een god, maar bad nu tot alles wat haar wilde horen dat Huub nog leefde.

Zodra ze het huisje in het vizier kreeg, liet ze de stok vallen en rende ze eropaf. Ze draaide de deur open en stormde naar binnen. In een te kleine, ijzeren kooi in de woonkamer stond Huub. Zijn rug drukte tegen het traliewerk aan de bovenkant van de kooi en er kleefde poep aan zijn poten, maar hij leefde en blafte als een bezetene toen hij zijn baasje zag. Tara rukte de kooi open en viel hem huilend om zijn hals.

Pas toen ze zichzelf weer onder controle had, belde ze Diego. 'Hij is er,' zei ze, nahijgend van de inspanning. 'En hij is oké.'

47

In een hoek van zijn stoffige kelder vond Boris de kartonnen doos die daar al stond sinds zijn intrek in dit huis. De inhoud ervan was de enige link met het verleden, waarvoor hij zich jarenlang had afgesloten. Terugblikken was niet alleen zinloos, het deed ook te veel pijn. Met behulp van oma Carmelita was het hem gelukt zijn sportopleiding af te maken en werk te vinden dat bij hem paste. Fysieke inspanning bood de afleiding die hij zo hard nodig had. Hij bleef op de been, wat zijn oma een 'godswonder' noemde. Het verlies van een moeder en vier broers is meer dan genoeg reden om gek van te worden, maar hij had het gered. Als Kat niet over het masker was begonnen, zouden de dozen hoogstwaarschijnlijk nog jaren onaangetast in de kelder hebben gestaan. Maar er was iets in hem losgemaakt wat hij niet negeren kon. En daarom installeerde hij zich op de vloer van de woonkamer met de familiealbums in een grote cirkel om hem heen.

De eerste serie albums had zijn moeder gemaakt. Het waren voornamelijk foto's van het gezin, twee trotse ouders met vijf zoons. Drie ervan, waaronder Boris, met de donkere uitstraling van hun Spaanse vader, en twee jongens zo blond als hun moeder. Hij herinnerde zich Carmelo en Esteban het beste. Carmelo was zijn oudste broer en Esteban kwam een jaar na Boris. Met z'n drieën voetbalden ze vaak op straat, gingen ze vissen in de beek en stalen ze een van de kippen van de oude boerderij bij het bos. Die kip moesten ze terugbrengen, met een excuusbrief en een bos bloemen voor de overlast. Ze schaamden zich dood, maar deden het toch. Boris werd warm van de herinnering en glimlachte licht. Van de kleintjes, Pancho en Juanito, wist hij niet veel meer; als achtjarig jochie interesseerde hij zich niet bijzonder voor de peuter en de baby in het gezin. Als hij geweten had dat hun leven samen maar zo kort zou zijn, was hij misschien alerter geweest. Maar hoe kon hij vermoeden dat het noodlot bij hen aan zou kloppen, en al zo vroeg? Het was nu twaalf jaar geleden dat een uitslaande brand in zijn ouderlijk huis een einde maakte aan het leven dat hij kende.

Al weken stond er een groot kruis op de kalender: die zaterdag gingen Boris en papa samen op pad. Bolivar hield van het buitenleven en trok er graag op uit. Hij vertelde vaak over zijn jeugd in het Spaanse Andalusië, waar hij trektochten had gemaakt met zijn vader. Die traditie wilde hij voortzetten in België, waar hij was komen wonen voor zijn grote liefde Livia. Bij zijn oudste zoon ving hij bot, Carmelo was geen fan van de pittige wandelingen die zijn vader minutieus uitstippelde op de kaart. Na het buitenspelen trok hij zich liever terug in zijn kamer om op zijn gitaar te pingelen. Boris daarentegen, was een echte natuurliefhebber. Al op jonge leeftijd ging hij met zijn vader mee de bossen in en maakten ze lange tochten. Zo ook die dag. Vroeg in de ochtend namen Bolivar en Boris de bus naar Bastogne om via een aantal gecombineerde routes door het bos terug te lopen naar hun woonplaats Houffalize. Het was een prachtige wandeling, waarbij ze op een paar punten door rivieren waadden, als echte ontdekkingsreizigers op avontuur.

In de laatste kilometer kwamen twee mannen hen tegemoet gerend. Wat ze zeiden, wist Boris niet meer, maar de loodzware uitdrukking in hun gezichten stond voorgoed in zijn geheugen gegrift. De mengeling van ernst, paniek en medelijden deed ook zijn vader verbleken. En vanaf toen werd alles anders. Ze renden en zagen al van ver de rookpluimen boven de plaats waar ooit hun huis stond. De brandweer had de brand onder controle, maar op verschillende plekken laaide het vuur nog op. Achter de stevige armen van enkele politieagenten zagen Boris en zijn vader dat de voorgevel en een deel van het dak waren ingestort. Veel meer dan drie zwartgeblakerde muren en een berg puin was er niet over. Het beeld was te absurd om te bevatten. Boris klampte zich aan zijn vader vast, maar die leek buiten zinnen. Bolivar schreeuwde en vocht met de agenten die hem tegenhielden. Hij viel op de grond en klauwde zijn handen in het zand, zich voorttrekkend naar zijn huis, zijn vrouw en kinderen. Boris begreep toen niet wat Bolivar al vreesde; nooit waren ze meer compleet.

De oudste jongens werden op de eerste verdieping gevonden. Resten van buskruit deden vermoeden dat ze in huis met vuurwerk aan het knutselen waren geweest. In de schuur stonden een paar dozen te wachten tot oudejaarsavond. Waarschijnlijk hadden ze wat naar binnen gesmokkeld om een grotere 'bom' te maken, net als andere jongens in de straat, die met oud en nieuw de show wilden stelen. Livia en de twee kleinsten lagen onder het gesprongen zolderraam, in de kamer van baby Juanito. Mogelijk wilde moeder de kinderen redden, maar kon ze door de brand, die in mum van tijd door het hele huis woedde, niet meer naar beneden en zaten ze als ratten in de val. Volgens de brandweer had de rook ze binnen enkele minuten bedwelmd en duurde hun lijden niet lang.

Met een klap sloeg Boris het album dicht. Hij rilde van afschuw en stopte de albums van zijn moeder zo snel hij kon terug in de doos. Het zou zo makkelijk zijn nu weg te zakken in ellende, maar dat wilde hij koste wat kost voorkomen. 'Recht-op Boris!' baste hij door de kamer. Het waren de woorden van zijn oma, die hem ontelbare keren overeind hadden gekregen. En ook nu troffen ze doel. Hij rechtte zijn schouders, veegde ruw de tranen van zijn wangen en trok twee oudere albums naar zich toe. Deze had zijn vader meegenomen uit Spanje en bevatten foto's van zijn familie in Andalusië. Als kind moest Boris de albums gezien hebben, want hij herinnerde zich vaag een paar beelden die hij nader wilde bekijken.

Achter in het tweede album vond hij wat hij zocht. De vier zwart-witfoto's van zijn vader benamen hem de adem en even stond zijn wereld stil. Hij haalde ze uit het album en stak ze met trillende vingers in zijn achterzak.

48

'Wat een week.' Diego trok een blikje cola open en zette het tussen zijn prints en aantekeningen op de ronde eettafel. Zijn tent lag ingepakt in Tara's bus. Hij had er niet één nacht in geslapen, voor hij hem afbrak en zogenaamd vertrok, om Quinten om de tuin te leiden. En deze laatste nacht, voordat ze terugreden, kwam het niet eens in hem op het ding weer op te zetten. Het voelde natuurlijk om hier te zijn, in de bungalow bij Tara, en daar waren geen woorden of afspraken voor nodig.

Tara zat op de grond tegen de muur en aaide Huub, die op haar benen lag. Na een grondige schrobbeurt in bad was hij niet meer van haar zijde geweken. Quinten had hem voldoende voer en water gegeven, maar de krappe kooi had de hond duidelijk geen goed gedaan. Hij was stiller dan normaal en piepte zodra Tara de kamer verliet. In gedachten nam ze de gebeurtenissen van die middag nog eens door. Diego had het liever anders gezien, maar toen Huub terecht was, lieten ze Quinten gaan. Op de een of andere manier voelde het niet goed hem aan te geven bij de politie. Huilend van de pepperspray en bang voor Diego's woede, leek het een groot kind. Een eenzaam en zoekend kind. Zijn grote broer Vincent zorgde voor hem en vertelde wat er moest gebeuren. Nu Vincent in de bak zat, zwierf Quinten doelloos rond. Niemand die naar hem omkeek, niemand die hem vertelde wat te doen. Zijn eenzaamheid raakte Tara, omdat ze zich er zo goed in herkende. Ergens kon ze zelfs begrijpen dat Quinten haar hetzelfde wilde laten voelen. Bovendien had hij Huub niets aangedaan. Daarom liet ze hem gaan. Zijn leven was al tragisch genoeg, een politiestraf zou niets veranderen.

Ze keek naar de tafel waar Diego over zijn aantekeningen gebogen zat. Hij had gelijk, het was een hectische week geweest. De zoektocht naar Huub dreef al het andere tijdelijk naar de achtergrond, maar nu hij terug was, hadden Diego en zij meer dan genoeg om over na te denken. Bij de pizza's in de eenvoudige bistro op het park had ze uitvoerig over haar verblijf bij Tom en Kat verteld en Diego deed zijn politieavontuur nog eens uit de doeken. Nu genoten ze van de rust in de bungalow, hun tijdelijke thuis.

'Heeft Yvonne nog gebeld?'

Diego boerde binnensmonds en knikte. 'Ik kreeg eerder al een foto van Nona en Max in het zwembad. En vanmiddag mailde Yvonne me kort dat ze het naar hun zin hebben daar. Maandag komen ze weer terug. Ze heeft niet gevraagd of ik dan langskom, maar we moeten praten, dat is wel duidelijk. Hier worden we geen van beiden gelukkiger van.'

'Weet je wat je wilt dan?' vroeg Tara, zonder oordeel in haar stem te laten doorklinken.

Diego zuchtte. 'Ik hou van ze, alle drie, daar is geen twijfel over. Maar een gezin, het gezinsleven... ik kan het niet. Hoe erg ik dat ook vind. Ik ben er gewoon niet voor gemaakt. Die dwingende regelmaat, die vaste patronen, dat totale gebrek aan vrijheid en spontaniteit...' Hij schudde vertwijfeld zijn hoofd. 'Ik voel me continu schuldig, omdat ik nooit voldoe. En misschien is het vreselijk, maar zo wil ik niet leven.'

Even was het stil in de kamer tot Diego abrupt op een ander onderwerp overstapte. 'Ik zie dat je mijn research hebt doorgenomen. Wat vind je ervan?'

Tara's ogen lichtten op. 'Ik denk dat je echt iets te pakken hebt.' Ze schoof Huub opzij en ging naast Diego aan tafel zitten. 'Vier situaties in anderhalf jaar tijd, waarin lichaamsdelen van kinderen zijn weggenomen, allemaal in deze regio. Dat kan geen toeval zijn.'

'Exact.'

Tara pakte de kaart waarop ze de locatie van de incidenten had aangekruist. 'Bastogne, Houffalize, Saint-Hubert, Neufchâteau,' somde ze op en ze trok met pen een ruit om de vier plaatsen heen. Vervolgens zette ze een vijfde kruis in het midden van de ruit. 'En weet je wat hier staat?'

Diego bestudeerde de ruit en grijnsde toen hij Tara begreep. 'Onze privékliniek?'

'Bingo. Met het magazijn waar we de kinderhand hebben gevonden. Ik heb erover nagedacht en denk dat het de moeite waard is om naar het personeelsbestand van de kliniek te kijken, gedurende de periode waarin de lichaamsdelen zijn verdwenen.'

'Top,' reageerde Diego enthousiast. 'Ik check internet.'

'Heb ik gedaan, daar vind je niks. Maar misschien hebben we meer geluk in de bieb waar jij geweest bent? Die bibliothecaris heeft zijn nut al eens bewezen. We checken hier morgen uit en rijden naar La Roche. En daarna gaan we langs Tom, ik moet nog een belofte inlossen.'

49

Die nacht kon Boris de slaap niet vatten. Er knaagde iets vanbinnen en wat hij ook deed, het liet hem niet los. Een warm bad ontspande hem niet, een koude douche had geen effect en zelfs de tien geprevelde weesgegroetjes boden geen soelaas. Toen de kerkklok zeven uur sloeg, stapte hij uit bed om een ontbijt te maken. Werken was het laatste waar hij zin in had, maar die ochtend startte een survivalweekend, dat hij zou begeleiden. Twintig studenten Internationaal Recht, allemaal jongens, vergezeld door hun vaders. Het stak hem. Zijn eigen vader was ervandoor gegaan, juist op het moment dat Boris hem het hardst nodig had, toen zijn wereld instortte en elke vorm van houvast letterlijk in rook opging. In plaats van zijn zoon de hand te reiken en stevig vast te houden, dwaalde Bolivar af. Hij zocht zijn heil in kroegen, op straat, in de kerk, in het park, zelfs op de basisschool van zijn kinderen, tot hij daar vriendelijk doch dwingend werd verzocht weg te gaan. Hij was overal, behalve thuis, in het kleine appartement dat hem na de brand was toegewezen, bij zijn enig overgebleven zoon.

Boris herinnerde zich hoe hij probeerde zijn vader te bereiken. Hij was pas acht jaar, maar vindingrijk en creatief. Zo zette hij zijn wandelschoenen en die van zijn vader 's avonds voor het slapengaan al klaar; samen wandelen was altijd leuk geweest en misschien knapte papa ervan op, maar de volgende ochtend stonden de schoenen weer in de kast en was zijn vader nergens te bekennen. Hij hing tekeningen aan de muur om het stille appartement mee op te vrolijken en plukte een zwerfkatje van de straat om thuis te verzorgen, maar zijn vader reageerde amper. Toen vader niet alleen overdag maar ook 's nachts wegbleef, greep oma Carmelita in. Ze verliet haar zonnige *finca* aan de Spaanse kust om in de Ardennen voor Boris te zorgen. Ook deed ze alles wat in haar vermogen lag om vat te krijgen op haar zoon, maar dat werkte averechts. Zodra die in de gaten kreeg dat Boris in goede handen was, voelde hij zich vrij om langer weg te blijven; eerst een paar dagen, toen meerdere weken, tot hij helemaal niet meer thuiskwam. Dat was inmiddels twaalf jaar geleden.

Oma liet Boris wel eens foto's zien van zijn familie, zijn moeder en zijn broers. Ze vertelde vrolijke verhalen over haar bezoeken aan hun huis in de Ardennen en hoe ze dan onthaald werd met koffie, cake en kinderliedjes. Het was belangrijk mooie herinneringen te koesteren, legde ze uit, om zijn familie levend te houden. Boris begreep dat niet. Het was fijn even over hen te praten en zijn moeder en broers dichtbij te voelen, maar ook des te pijnlijker om daarna te beseffen dat die tijd voorgoed voorbij was. Met het verstrijken van de jaren vermeed hij die gesprekjes met zijn oma. En na haar overlijden, hij was toen achttien jaar, haalde hij de familiefoto's van de muur. Hij moest vooruit, hij wilde een eigen leven opbouwen en daarbij hielp het niet om constant aan zijn jeugd herinnerd te worden. Dat was ook de reden dat hij zijn achternaam veranderde. Hij had het zijn oma niet aan willen doen, maar na haar dood hield niets hem meer tegen. Zijn naam stond niet alleen voor het verdriet om het verlies van zijn familie, het was ook een directe link met de man die hem had laten barsten. Daarom was de dag waarop de naam Boris Rokx in zijn paspoort werd gezet een nieuw begin met hoop op betere tijden.

En precies die hoop werd de kop ingedrukt toen hij gisteravond in het familiealbum de foto's zag. Ze hadden een gedachte vrijgemaakt, een donker vermoeden dat hem niet meer losliet. Hij kon er niet van slapen en van de pap bij het ontbijt kreeg hij geen hap door zijn keel.

50

De Bibliothèque Communale de La Roche-en-Ardenne bleek die zaterdag maar tot half een geopend voor publiek. De middag was gereserveerd voor een besloten bijeenkomst, met als gevolg dat Tara en Diego, die halverwege de ochtend binnenkwamen, als bezetenen door hun computerschermen scrolden, op zoek naar ontbrekende stukjes van de puzzel. Het einde van hun week Ardennen naderde en, al spraken ze het niet uit, ze waren er beiden op gebrand met resultaten thuis te komen. De bibliothecaris had hun een enorme dienst bewezen door in het regionaal archief een overzicht van medewerkers van de privékliniek op te zoeken. Het was een lijst van de volledige periode waarin de kliniek actief was, dus eerst selecteerde Diego de medewerkers die er werkten ten tijde van de bizarre incidenten uit de krantenberichten. Dat leverde een reeks van zevenenveertig namen op die ze onderling verdeelden. Nu googelden ze de namen om aanwijzingen te vinden, een stukje informatie dat hen verder hielp.

'Dit is onbegonnen werk,' verzuchtte Tara na een half uur speuren. Voor deskresearch was ze veel te ongeduldig, veel liever ging ze zelf de straat op. 'Ik heb vijf namen gecheckt en allemaal komen ze zo veel voor in deze streek, dat ze honderden hits geven. Op het eerste gezicht staat er niets bijzonders bij.'

'Geef maar aan mij,' zei Diego afwezig. Hij zat aan het scherm gekluisterd en maakte aantekeningen in zijn notebook. Zonder weerwoord overhandigde Tara hem haar lijst. Diego was een kei in digitaal speurwerk en het zou niet de eerste keer zijn dat ze een verhaal rondkregen dankzij zijn oog voor detail.

Zelf viste ze de dagboeken van Kat uit haar rugzak. Door alle consternatie rondom Huub had ze er nog maar een klein deel van gelezen. In een net handschrift beschreef Kat haar dagelijkse leven, waarin ze tevergeefs probeerde haar gezin bijeen te houden. Pier was geen prater en Lex gleed langzaam van haar weg. Kat bracht hem naar de beste psychiaters en dat leek te helpen. Mogelijk was er een kans van slagen geweest, als Matte haar wanhoopsdaad niet had uitgevoerd. In de weken na de dood van haar dochter schreef Kat niet. Pas drieënhalve maand later pakte ze de pen weer op. Haar handschrift werd slordiger en ook haar taal veranderde. Alsof de Kat van vroeger in een hoekje weggekropen was en een ander deel van haar de regie had overgenomen.

Een volgend dagboek begon met een tekening. In potlood had Kat vijf engelen geschetst, een vrouw en vier jongens met halo's en vleugels, boven een brandend huis. Op de bladzijden erna beschreef Kat het drama dat zich in het gezin van haar zus had voltrokken, iets meer dan twee jaar voordat rampspoed haar eigen gezin trof. Tara las het met afgrijzen. Hoeveel ellende kon een mens verdragen?

'Ik heb iets!'

Verstoord keek Tara op. Diego's enthousiasme voelde even heel misplaatst, maar toen ze zijn verheugde blik zag, legde Tara de dagboeken opzij. Nieuwsgierig ging ze naast hem zitten.

'De naam van een van de medewerkers komt ook voor in een oud politiebericht. Dit is de link die we zochten,' zei Diego opgetogen.

'Wat voor bericht dan? Weer een afgehakte hand of voet?'

Diego schudde zijn hoofd. 'Nee, dit is veel beter. Deze man is opgepakt voor illegale handel in dieren... opgezette dieren, om precies te zijn. Zie je? Hij werkte als verpleger in de kliniek en was betrokken bij dierenhandel. Het lijkt me heel waarschijnlijk dat hij toegang had tot het ondergrondse magazijn, de plaats waar jij de hand vond. Deze man weet er hoe dan ook meer van, Tara. We moeten hem vinden.'

'Eens. Hoe heet-ie?'

Diego liet haar de lijst van medewerkers zien, waarop hij een naam had omcirkeld. 'Geen doorsnee naam voor deze contreien: B. Rodriguez.'

51

Behoorlijk hyper belde Tara bij Tom aan. Zij en Diego waren zojuist de bibliotheek uitgejaagd, de bibliothecaris had hun een half uur extra gegund, en beiden voelden ze de kick van een grote vondst. Omdat er in de bieb geen tijd meer was, had Diego tijdens het rijden het internet verder afgestruind. Hij stond erop alle medewerkers door de zoekmachine te jagen, al schatte hij de kans op nog een klapper niet hoog in. Zelf wilde ze eerst langs Tom. Ze had hem en Kat een paar dagen niet gezien en ze maakte zich onbewust zorgen. Als Kat nog steeds weigerde te worden opgenomen, moest er een verpleegster in huis komen. Tara had toegezegd hulp te regelen en die belofte wilde ze nakomen, voor Kat, maar vooral voor Tom. Dat het zorgen hem goed afging, had Tara zelf ondervonden, maar voor zijn moeder was meer nodig dan een boterham, een pilletje en wat zalf op haar gezicht.

De deur werd geopend door een man die ze niet kende. Door zijn lengte moest hij bukken om zijn hoofd niet te stoten tegen de deurpost. Met een norse blik keek hij op haar neer. 'Ja?'

Tara stapte iets achteruit. Dit kon bijna niemand anders zijn dan Pier en die gedachte stemde haar direct vijandig. Haar ogen kleurden op slag een stukje donkerder, maar het lukte haar vooralsnog beleefd te blijven. 'Goedemiddag, ik kom voor Tom. Is hij thuis?'

De man schudde zijn hoofd en wilde de deur al sluiten, maar had niet gerekend op Tara's voet. Verbaasd keek hij van de schoen naar Tara, die verontschuldigend lachte. 'Sorry, u weet niet wie ik ben, maar ik heb hier deze week een paar dagen gelogeerd. Tom en Kat kennen me.' Ze trok de rugzak van haar rug. 'Ik heb hier nog spullen van Kat die ik terug kom brengen.'

Pier wilde de zak aanpakken, maar Tara hield hem stevig vast. Even stonden ze in een ongemakkelijk bevroren pose, tot de man toegaf. Hij liet los en ging opzij. 'Kom dan maar binnen.'

Tara liep snel door de woonkamer naar de eetkamer, waar Kat met een mok thee aan tafel zat. Pas toen Tara een stoel bijschoof, keek ze op. Haar gezicht was minder rood en de korsten van het krabben leken kleiner. Om haar schouders lag een groot wit laken, dat op haar borst met een broche was vastgezet.

'Tara,' zei ze zacht. Haar stem klonk vriendelijk.

Pier kwam de kamer binnen en ging achter zijn vrouw staan. 'Je hebt hier gelogeerd?' vroeg hij.

'Je zoon heeft me geholpen toen ik moest herstellen van een ongeluk,' vatte Tara kort samen. 'Toen heb ik ook Kat ontmoet. Ze gaf me haar dagboeken en die heb ik gelezen.' Pier kleurde, trok met een ongecontroleerde beweging een stoel naar achteren en nam ook plaats aan tafel. Tara keek hem nu strak aan.

'Om maar met de deur in huis te vallen: dit kan zo niet. Tom doet zijn best, maar u kunt niet van hem verwachten dat hij voor zijn moeder zorgt. Hij moet naar school en hier moet een verpleegster komen.'

Pier zette grote ogen op. 'Wie denkt u...' begon hij, maar voordat hij verder kon gaan, klopte Kat een paar keer op tafel.

'Ze heeft gelijk, Pier, laat mij maar.' Ze trok het laken wat strakker om zich heen en richtte zich tot Tara. 'Ik heb nagedacht over wat je zei en ben het met je eens. Hoe moeilijk ik het ook vind, het is niet goed om Tom thuis te houden. Toen Pier gisteren thuiskwam, hebben we met z'n drieën besloten dat er hulp in huis moet komen. We gaan ons melden bij de arts die me eerder heeft behandeld.'

Piers lange lijf leek een stukje kleiner te worden toen hij zijn schouders liet zakken en zijn hoofd vooroverboog. De woorden van Boris schoten door Tara's gedachten en ze begreep nu waarom hij Pier een slappe zak noemde. Door zijn postuur wekte hij een andere eerste indruk, maar als het eropaan kwam, kon je niet op deze man rekenen.

'Ik begreep dat je op een booreiland werkt,' zei ze op harde toon. 'Hoe lang voor je weer weggaat?'

'Vier weken,' antwoordde Pier gedwee.

'Dan kan Tom maandag gewoon weer naar school en is er genoeg tijd om professionele hulp te regelen.' Ze keek om zich heen. 'Komt Tom zo terug? Ik wilde hem nog bedanken.'

'Ik hoop het wel,' zei Kat langzaam, ze schoof wat in haar stoel en staarde naar haar kortgeknipte nagels. 'Hij was niet blij met ons besluit... hij wil niet terug naar school. Na ons gesprek liep hij boos weg en hij is niet meer teruggekomen.'

52

Tara stond voor het raam en keek Pier na, die op zoek ging naar Tom. Kat vermoedde dat hij bij Boris had geslapen, dat deed hij vaker als zijn vader thuis was, en na enig aandringen kreeg ze Pier zover dat hij ging kijken. Met zijn handen in de zakken van een jack dat hem te klein was, wandelde hij de straat door. Alsof hij boodschappen ging doen, in plaats van uit te kijken naar de zoon die hij maanden achtereen moest missen, dacht Tara. Van Kats keuze voor deze lapzwans begreep ze niets, maar ze hield haar mond toen Kat naast haar kwam staan en haar hand pakte.

'Jij wilt Tom bedanken, Tara, maar het is andersom: wij zijn jou dank verschuldigd. Jouw komst heeft dingen in gang gezet, goede dingen. Perfect wordt het nooit meer, maar een beetje beter dan hoe het was... dat is al heel mooi.' Ze kneep zacht in Tara's hand en schonk haar een warme glimlach.

Tara beantwoordde haar glimlach en trok haar hand terug. Wat ongemakkelijk liep ze om de keukentafel heen, raapte haar rugzak van de grond en haalde er de dagboeken uit. 'Ik geef ze je weer terug, Kat, en dan ga ik. Het is jammer dat ik Tom niet meer zie. Wil je zeggen dat ik geweest ben?'

'Natuurlijk. Waar ga je heen, terug naar Nederland?'

Het was een eenvoudige vraag, waarop het antwoord minder makkelijk bleek. Luc en Benno verwachtten Diego en haar maandagochtend op de redactie maar veel liever bleef ze hier, in de Ardennen, om verder te speuren. Nu ze een concrete naam hadden gevonden, kwam de oplossing van het vraagstuk dichterbij en was weggaan wel het laatste wat ze wilde.

'Zegt de naam Rodriguez jou iets?' vroeg ze in een opwelling.

Kat keek haar verbaasd aan. 'Je bedoelt Boris?'

'Boris?' herhaalde Tara, niet-begrijpend. 'Die heet toch Rokx?'

'Nu wel. Hij heeft zijn naam veranderd toen hij achttien jaar was, maar zijn geboortenaam is Rodriguez. Hij is mijn neef, de zoon van mijn zus, dat wist je toch?'

Tara stond perplex. Ze voelde dat dit iets groots was, maar ze kon er nog niet helemaal bij. 'Boris is B. Rodriguez? Maar dat kan niet...' Haar hersenen kraakten terwijl ze naar het keukenraam liep en Diego in haar bus zag zitten. Met een ruk draaide ze zich om naar Kat. 'En je zwager, de vader van Boris, hoe heet die?'

Kat trok haar wenkbrauwen op. Ze begreep niet waar Tara heen wilde, maar voelde aan dat het belangrijk was. 'Ook Rodriguez, Bolivar Rodriguez.'

De deur klapte tegen de muur toen Tara naar buiten stormde en Kat verschrikt achterliet.

53

Pier keek vreemd op toen hij bij terugkomst nog een onbekende in zijn keuken aantrof. Wat onwillig gaf hij Diego een hand, waarna hij plaatsnam aan tafel. 'Hij is er niet,' zei hij tegen Kat. 'En Boris is zelf ook weg. Zijn auto zie ik nergens, hij zal wel aan het werk zijn.'

'Maar waar is Tom dan? En waar heeft hij vannacht geslapen?' vroeg Kat, de paniek hoorbaar in haar stem.

Met een schaapachtige blik staarde Pier voor zich uit. Tara kon hem wel slaan, maar hield zich in. De sprint naar Diego van zo-even had haar ribben geen goed gedaan. Door de felle steken in haar zij deed elke ademhaling pijn en ze wist dat ze even rustig moest blijven zitten om bij te komen. Dus nam ze eerst een slok van de thee die Kat voor hen had neergezet. 'Maak je niet te druk. Waarschijnlijk heeft Tom wel bij Boris geslapen vannacht, maar is hij weggegaan toen Boris ging werken. Als je wilt, rijden we dadelijk een rondje met mijn bus om hem te zoeken.'

Kat knikte dankbaar, maar bleef er niet gerust op. 'Bel jij Boris op zijn werk?' vroeg ze aan Pier. 'Misschien weet hij waar Tom naartoe is gegaan.' Pier stond op en verdween naar de woonkamer.

'Goed,' zei Diego, die met ingehouden enthousiasme over Tara's ontdekking zijn beurt zat af te wachten. 'Je weet dat we met een verhaal bezig zijn, Kat, en daarin stuitten we op de naam B. Rodriguez, jouw zwager, zo blijkt. We moeten hem dringend spreken. Kun jij ons zeggen waar hij woont?'

Kat zei niets en Tara zag dat haar handen trilden. 'Gaat het nog?' vroeg ze bezorgd.

Daarop sloeg Kat haar handen voor haar gezicht en barstte ze in snikken uit. 'Ik... ik wil mijn Tommy hier,' jammerde ze. Ze kromde haar vingers en zette haar nagels in haar gezicht.

Tara schoot omhoog en greep Kats handen beet. 'Niet doen, niet doen,' suste ze zacht, 'dat is niet nodig. Tom komt heus weer terug en dan wil hij geen nieuwe krassen op zijn moeders gezicht zien. Dat snap je.'

Kat knikte huilend. Minutenlang hield Tara haar handen vast, tot het huilen in sniffen overging en de vrouw langzaam kalmeerde. Tara wisselde een blik met Diego en gebaarde veelbetekenend naar haar horloge. Hij snapte de hint, stond op en schoof zijn stoel aan.

'Wij gaan, Kat, om jou te laten rusten. Misschien kun je beter naar bed gaan,' vervolgde Tara. 'Wil je alleen nog zeggen waar je zwager woont? Daar help je ons echt mee.'

Kat veegde met haar hand haar neus af. 'Dat weet ik niet, dat weet niemand. Hij is een paar maanden na de brand met de noorderzon vertrokken. Hij was zichzelf niet meer, bleef nachten weg en liet Boris alleen thuis. Ik denk dat de brand hem een flinke tik heeft gegeven, anders doe je zoiets niet. Als ik moet gokken, denk ik dat hij in Spanje is. Andalusië, daar komt hij vandaan.' Ze keek op toen Pier de keuken binnenkwam. 'Weet Boris iets?' vroeg ze hoopvol.

Pier kuchte nerveus. 'Boris is vandaag niet op zijn werk verschenen. Zijn baas is in alle staten, want hij moet dit weekend een groep begeleiden. Ik heb zijn mobiel gebeld, maar ik kreeg de voicemail.'

Kat begon opnieuw te jammeren en dit keer was het Pier

die haar hand pakte om haar gerust te stellen. Plots boog Diego zich over de tafel naar haar toe. 'Kat, luister, dit is belangrijk. Wanneer heb je Boris voor het laatst gezien?'

De dwingende toon in zijn stem hield Kat bij de les. Ze sloot haar ogen om na te denken. 'Dat was donderdag, eergisteren.'

'En heeft hij toen iets gezegd? Was er iets wat hem bezighield?'

Kat drukte haar wang tegen Piers hand en sloot opnieuw haar ogen. 'Hij heeft helemaal niet veel gezegd, Tom ook niet. Ik was vooral aan het woord. Na zo veel jaren stilte kon ik opeens niet meer stoppen met praten. Vreemd voelde dat, maar ook fijn. Matte, Lex en Tommy... Tom...' Met wanhoop in haar ogen greep ze Tara's arm. 'Ga jij hem zoeken, Tara? Ik kan niet nog iemand verliezen. Alsjeblieft, breng jij mijn jongen thuis?'

Vertwijfeld keek Tara naar Kat, en toen naar Pier en Diego. Ze wist dat ze niets kon garanderen, maar daar had Kat geen boodschap aan. Daarom knikte ze kort. Hoe wist ze nog niet, maar dat ze deze vrouw en haar zoon zou helpen, stond vast. 'Ik ga hem halen.'

54

In de hoop dat zijn oude Peugeot het hield, scheurde Boris over de Franse autowegen. De tolwegen vermeed hij, dat kostte te veel geld, maar ook op de alternatieve routes reed het deze zaterdagmiddag lekker door. Het was een impulsief besluit geweest, waar hij vooralsnog geen spijt van had. Na de slapeloze nacht en een paar uur dralen in de vroege ochtend, had hij de knoop doorgehakt. Hij kon niet verder voordat hij wist hoe het zat. Dus vulde hij een sporttas met kleding en pillen, stak hij paspoort en portemonnee in zijn zak en vertrok hij, zonder specifiek adres in de navigatie.

Eddie zou op het werk doorgeven dat hij een tijdje in het buitenland zat. Die gaf Boris groot gelijk dat hij er even tussenuit kneep vanwege de toestand met Pols. Het enige echte obstakel bij zijn vroege vertrek was Tom. Lijkbleek en met donkere kringen onder zijn ogen had hij die ochtend opeens voor zijn deur gestaan. Tom vertelde dat zijn vader terug was van het booreiland en dat hijzelf terug naar school moest, maar niet wilde. De hele nacht had hij in een oude hut bij de rivier gezeten om te bedenken hoe hij school voorgoed kon skippen, tot het te koud werd en zijn maag rammelde van de honger. Terug naar huis wilde hij niet, dus klopte hij bij Boris aan.

Die was blij te horen dat Pier terug was. Dat maakte het iets makkelijker om Kat en Tom een paar weken los te laten. Tom had weliswaar bewezen dat hij voor zijn moeder kon zorgen, maar met Pier in huis was er tenminste een volwassene bij. Al zei dat in Piers geval ook niet alles. Boris voelde met zijn neef mee.

'Het is een rotschool,' zei Tom, terwijl hij de dubbele boterham die Boris voor hem had gesmeerd naar binnen werkte. 'De leraren trekken zich niets van ons aan en er lopen meer pestkoppen rond dan gewone jongens. Ik ga er niet naartoe, ik hoef niets meer te leren. Ik kan jou toch blijven helpen?'

Boris antwoordde niet direct en liet hem uitrazen. Hij merkte dat het al beter ging toen Tom gegeten had en was opgewarmd. 'Ik ga een tijdje weg, Tom, dus jij moet sterk zijn. Ga gewoon naar school, je hoeft niet lang meer. Geloof me, dat is echt het beste.'

Sprakeloos hoorde Tom Boris aan, de teleurstelling droop van zijn gezicht. 'Weg? Waarheen?'

'Dat kan ik nu niet zeggen. Later misschien.'

Met spijt had Boris zijn neef boos zien vertrekken. Hij zuchtte bij de herinnering, drukte het gaspedaal wat dieper in en zette een cd aan. De harde muziek leidde zijn gedachten af en voorkwam dat hij hoorde wat er in de achterbak gebeurde.

Tom schrok wakker, stootte zijn hoofd tegen de achterklep en liet zich beduusd weer zakken.

55

In de Volkswagenbus, voor het huis van Kat, was het behaaglijk warm en toch voelde Tara zich zo ongemakkelijk als wat. Ze had Kat zojuist een belofte gedaan en die wilde ze nakomen, maar ze wist niet waar te beginnen. Ze draaide het raampje open en stak een sigaret op, Diego's misprijzende blik negerend.

'Oké, actie,' zei ze kriegelig, 'wat hebben we?'

Diego reageerde direct. 'We zoeken Bolivar Rodriguez, zwager van Kat, vader van Boris, voormalig medewerker van de privékliniek, handelaar in opgezette dieren. Een Spanjaard, die tot twaalf jaar geleden in deze regio woonde en toen opeens verdween. Waarheen? Hij kan overal zitten. Andalusië lijkt waarschijnlijk, maar zeker weten we dat niet.' Met opgetrokken wenkbrauwen keek hij Tara aan.

Die trok een grimas. 'Yep. Daarbij zijn Boris en Tom ineens verdwenen. De kans is groot dat ze samen zijn, maar ook dat is niet meer dan een aanname.'

Een tijdlang dachten ze in stilte na.

'Er is een connectie die we over het hoofd zien,' begon Tara. 'Mijn prioriteit ligt bij Tom. Als we ervan uitgaan dat hij bij Boris is, moeten we zien uit te vinden waar Boris heen rijdt en waarom hij zo plotseling vertrok. Er moet iets gebeurd zijn, hij laat zijn werk heus niet zomaar schieten.'

'We kunnen een kijkje nemen in zijn huis,' opperde Diego.

'Misschien worden we daar iets wijzer? Al hoop ik wel dat-ie wegblijft, want mijn laatste ontmoeting met hem was niet bijster gezellig.'

'Als we zeggen dat we Tom zoeken, draait hij wel bij,' wist Tara. 'Die twee zijn nogal close, Boris wil ook dat het goed gaat met zijn neef.'

Diego stemde in. 'Maar dan moet er wel een raam of deur openstaan, inbreken kan ik me niet veroorloven, ik lig al onder een vergrootglas bij de politie hier.'

'Ik nog niet,' reageerde Tara stoer, maar toen daagde haar iets. Ze opende het portier en met een 'zo terug!' stak ze de straat over. Even later was ze terug met een huissleutel in haar hand. 'Van Boris,' zei ze. 'Kat bewaart hem voor noodgevallen. En dit zou er best een kunnen zijn.'

Ze startte de bus en zag in haar spiegel dat Huub achterin tevreden lag te slapen. De onrust die haar zo-even had opgejaagd, zakte voelbaar.

56

Het werd al donker toen Tara en Diego voor de benedenwoning van Boris parkeerden. Zoals verwacht deed er na het aanbellen niemand open en dus gebruikten ze de sleutel om zichzelf binnen te laten. Het eerste wat opviel was het grote portret van een oudere vrouw aan de muur. De kaarsjes in de houder ervoor waren bijna opgebrand. Op de vloer stond een doosje nieuwe voorraad. Diego keek naar de vrouw met de strenge trekken in haar gezicht.

'Zou dat zijn moeder zijn?'

Tara schudde haar hoofd. 'Ik denk zijn oma, Carmelita. Zijn moeder is omgekomen bij een brand. Dat moest ik je nog vertellen.' En in een paar zinnen praatte ze Diego bij.

Die floot zacht tussen zijn tanden door. 'Vreselijk om zo als enige over te blijven. Nu snap ik waarom hij zo'n kort lontje heeft. Als hij niet voor zichzelf opkomt, doet niemand het.' Hij keek de kamer rond. 'Laten we niet te lang blijven. Ik check de keuken, jij de woonkamer, goed?' Met een paar passen stond hij in de keuken, waar hij zich eerst concentreerde op het prikbord naast de koelkast dat met briefjes en folders was beladen.

Tara liep naar de opgemaakte twijfelaar in de hoek van de woonkamer. Ze tilde het matras op en keek onder het kussen, maar vond niets. Ook de kledingkast en het dressoir leverden geen resultaat. Boris kon met weinig spullen toe en hield niet van rommel, wat het zoeken makkelijk maakte. In een paar minuten hadden ze het appartement doorkruist en waren ze geen steek verder gekomen.

'Resten alleen het schuurtje in de tuin en de kelder,' concludeerde Diego. 'Ik dacht dat de deur in het halletje van een bezemkast was, maar het blijkt een kelder te zijn. Zal ik die maar doen?'

Tara stak haar duim op en liep naar buiten. Als ze kon kiezen, vermeed ze kleinere ruimtes en het was tof dat Diego dat begreep. Het schuurtje was op slot, maar het venster in de deur bood voldoende zicht. Veel meer dan een mountainbike waarvan een wiel ontbrak, een gereedschapskist en een opvallend grote kerststal stond er niet. De kerststal ontroerde haar; ze stelde zich voor hoe Boris kerst vierde in z'n eentje en wist precies hoe eenzaam dat voelde. De feestdagen konden haar niet snel genoeg voorbijgaan. Ze kreeg het koud en haastte zich terug het huis in. Daar trof ze Diego aan de houten keukentafel, bladerend in een fotoalbum.

'Deze albums vond ik in een doos in de kelder,' zei hij, zonder op te kijken. 'En ik denk dat onze vriend ze heel recent nog in zijn handen heeft gehad. Op andere dozen ligt een laag stof en spinrag, maar op deze niet.'

Tara ging naast hem staan om de foto's te bekijken. 'Allemaal van vroeger. Dat moet Bolivar zijn, denk je niet?' Ze wees naar een vergeelde plaat waarop een man, die ontegenzeglijk veel op Boris leek, tot zijn liezen in het water stond en trots een flinke vis omhooghield. 'Alles leidt terug naar vroeger,' zei ze peinzend. 'Na jarenlang zwijgen praat Kat weer en het gaat alleen maar over vroeger. Ze vertelt Tom en Boris over vroeger. Boris bekijkt foto's van vroeger en nu is hij weg. Hij duikt het verleden in, Diego, dat kan niet anders. Hij is naar Andalusië, de geboortegrond van zijn vader, en Tom is met hem mee.'

57

'Dat weet je niet.'

'Dat weet ik wel,' reageerde Tara fel, haar armen over elkaar.

'Nee, je vermoedt het, je weet niets zeker,' hield Diego vol. 'We hebben geen enkel bewijs dat Boris onderweg is naar Spanje. Voor hetzelfde geld duikt hij hier morgen vrolijk op. Is hij gaan vissen.'

'Daar zet hij zijn baan toch niet voor op het spel?' Tara werd pissig, ze kon het niet uitstaan dat Diego haar gedachtegang, die haar zo volstrekt logisch leek, niet volgde. 'Ik heb geen hard bewijs nodig, dit is een kwestie van gezond verstand en een sterke intuïtie. In Spanje ligt de oplossing, ik zeg het je, maar geloof vooral wat je zelf wilt.' Zonder hem te proeven at ze de hamburger die ze zojuist hadden gekocht in de snackbar bij Boris om de hoek. Leunend tegen de bus zag ze hoe Huub over een grasveldje scharrelde, aan boompjes snuffelde en zijn poot optilde voor een plas.

'Stel dat je gelijk hebt,' vervolgde Diego, 'wat is dan je plan? Onze vakantie is voorbij en we worden maandag weer fris en fruitig op de redactie verwacht, mét een verhaal en dat hebben we niet. Zullen ze blij mee zijn.'

'Ik heb niets beloofd,' zei Tara chagrijnig. 'Ik heb gezegd dat we met een verhaal bezig waren. Een week was te kort om het rond te krijgen, met een week extra kom ik een heel eind.'

Diego keek zijn collega verbaasd aan. 'Hoezo een week extra?'

‘Ik neem er nog een op,’ zei Tara op uitdagende toon. ‘En ik ga naar Spanje. Tom moet hoe dan ook terug naar huis. En wie weet loop ik Bolivar nog tegen het lijf, kan ik meteen vragen wat hij van die kinderhand weet.’

Diego’s wangen werden rood. ‘Doe niet zo ontzettend kinderachtig! Je kunt het gewoon niet hebben dat we op een dood spoor zitten.’

Tara negeerde hem en floot Huub naar zich toe. Ze opende de achterdeuren van de bus om hem binnen te laten en kroop zelf achter het stuur. Diego liet een paar minuten op zich wachten, maar nam toen verongelijkt plaats op de passagiersstoel.

58

Tegen middernacht passeerde Boris de Spaanse grens. Als hij dit tempo aanhield zou hij in de ochtend in Ronda zijn. Het graf van zijn geliefde oma leek een passend startpunt voor zijn zoektocht. Hij had het graf nog nooit gezien. Na Carmelita's overlijden haalde de familie haar lichaam terug naar Spanje. Natuurlijk was hij welkom op de begrafenis, maar hij bleef liever thuis, in zijn vertrouwde omgeving. Afscheid had hij in het ziekenhuis al genomen.

Boris hoopte dat familie van zijn oma, een broer of zus, neef of nicht, hem kon helpen om zijn vader te vinden. Toen hij zijn naam veranderde van Rodriguez naar Rokx nam hij zich voor zijn vader nooit meer een blik waardig te gunnen, maar de woorden van Kat hadden daar verandering in gebracht. Nu wilde hij niets liever dan zijn vader confronteren met zijn vermoedens. Zodat die ze weg kon nemen en hij verder kon met het leven.

Hij draaide van de weg af en stopte bij een verlopen tankstation. Het was fris. Zodra hij de Pyreneeën door was, zou het warmer worden. De sterrenhemel was prachtig en zoveel helderder dan thuis. Als zijn moeder niet zo'n heimwee had gehad, was hij misschien in Spanje geboren en had zijn leven er heel anders uitgezien. Omdat zij niet ver van huis kon, had zijn vader zijn thuisland voor België verruild. Boris wist het nog goed, dit was een van de verhalen die zijn vader graag vertelde: hoe hij voor de liefde alles achterliet. Had hij dat maar niet gedaan. Boris haalde zijn neus op. Hij draaide de dop terug op de tank en liep naar het winkeltje om te betalen.

In de achterbak probeerde Tom een comfortabele positie te vinden, maar dat lukte niet. Door de dunne mat voelde de stalen bodem verrekte hard aan. Al zijn botten deden pijn en zouden morgen ongetwijfeld heel wat plekken vertonen. Hij rilde van de kou en had enorme honger. Het flesje sportdrank uit de koelkast van Boris was allang leeg en kwam goed van pas toen hij moest plassen. Nu kon hij zich wel voor zijn kop slaan dat hij niet aan eten had gedacht. En een warmere jas of een deken was ook fijn geweest. Toch had hij geen spijt van zijn actie. Hij wilde per se niet naar school en als deze vlucht nodig was om dat zijn ouders duidelijk te maken, had hij er graag wat blauwe plekken voor over. Tom verschoof de oude sportschoenen van Boris, die al achterin lagen toen hij stiekem in de auto klom, en liet er zijn hoofd op rusten. Als hij een paar uur kon slapen, voelde hij de kou niet. Het duurde vast niet lang meer.

59

Op een parkeerplaats in de buurt van Eindhoven Airport zaten Tara en Diego zwijgend naast elkaar. De rit vanuit de Ardennen was vlot verlopen en Tara had zojuist een vlucht naar Málaga geboekt en een kennel nabij het vliegveld gereserveerd voor Huub. Huub kon er vanaf het middaguur terecht en Tara's vlucht ging om vier uur. Voor die tijd nog naar huis rijden had geen zin en daarom probeerde ze in haar bus nog wat slaap te pakken. Diego's mineurstemming maakte dat onmogelijk. Hij zat overdreven te mokken in zijn stoel en zuchtte om de haverklap. Na alweer een diepe zucht had Tara er genoeg van.

'Ga dan gewoon mee!' riep ze uit.

Diep verontwaardigd draaide Diego zich naar haar toe. 'Dat gaat zomaar niet, Tara, ik heb verantwoordelijkheden, een gezin en een baan. En mijn vakantiedagen zijn op. Denk je dat Luc en Benno me zomaar laten gaan?'

'Dan meld je je ziek,' bitste Tara. 'Het maakt me niet uit wat je doet, maar kies iets en ga daar dan voor. Niet dit gemok, omdat je eigenlijk wel wilt, maar gewoon niet durft.'

'Niet durft? Waar slaat dat nou weer op?'

'Je durft niet te kiezen, daar komt het nu eenmaal op neer. Niet voor je gezin, niet voor je vrijheid, niet voor je baan en niet voor Spanje. En daarom ben je altijd ontevreden en heb je het gevoel dat je niet voldoet. Luister, dat dóe je ook niet als je zo halfslachtig blijft doorgaan. Sta nou eens op! Weet wat je wilt, kies daarvoor en stop met zeuren!' Haar preek begon redelijk rustig, maar haar laatste woorden spoog ze bijna naar buiten. Het verraste haarzelf dat dit haar kennelijk zoveel deed. Ze stapte uit en zoog haar longen vol frisse lucht. Een passerende vrachtwagenchauffeur gaf haar een knipoog, maar liep snel door toen hij de furie in haar ogen zag.

Ook Diego sprong naar buiten en gooide het portier met een klap dicht. Hij beende om de bus heen en ging vlak voor Tara staan. Zijn donkere ogen vonkten. 'En jij dan? Kies jij wel? Kies jij er bewust voor om als een kluizenaar door het leven te gaan? Is dat echt wat je wilt? Of is dat wat je jezelf voorhoudt, omdat je bang bent om contact te maken? Je hond is alles wat je hebt, je laat geen mens dichterbij. Dus vertel mij niets over keuzes, Tara. En kijk eerst eens naar jezelf, voordat je mij bekritiseert.' En met die woorden verdween hij.

Tara liet de tirade op zich inwerken. Ze had Diego eerder boos gezien, maar nog nooit was zijn woede tegen haar gericht. Dat was naar, maar op een vreemde manier ook verhelderend. Hij had een punt: ze hield mensen op afstand, de vergelijking met een kluizenaar ging zeker op. Vroeger leek dat prima, maar sinds haar terugkeer uit Aruba viel de eenzaamheid haar steeds zwaarder. Misschien was het inderdaad tijd te veranderen en moest ze zich meer openstellen voor anderen.

Ze klom moe achter in de bus. In Diego's slaapzak, dicht tegen Huubs warme rug, viel ze al snel in slaap.

60

De bewoners van Ronda, een charmant stadje in de bergen van centraal Andalusië, sliepen nog toen Boris er in de vroege ochtend arriveerde. Het lag een kilometer of vijftig landinwaarts van de bekende Costa del Sol en daardoor trok het in de zomer veel toeristen, maar in de herfst was het er een stuk rustiger. Op een plattegrond langs de weg zocht Boris de Puente Nuevo en even later stond hij erbovenop. De Nieuwe Brug was de beroemdste van drie bruggen over de immens diepe kloof, die de stad doormidden sneed. Carmelita had niets te veel gezegd: het uitzicht was spectaculair.

Carmelita was niet in Ronda geboren, maar woonde er het grootste deel van haar leven. Ze zou er gestorven zijn, als ze haar land niet voor haar kleinzoon had verlaten. Pas nu hij zelf in Ronda stond en zag hoe prachtig het er was, begreep Boris wat zijn oma voor hem had opgeofferd. Tot tranen geroerd vouwde hij zijn handen en bad hij voor haar. Een tijdlang bleef hij staan, alleen op de brug. De eerste voorzichtige zonnestralen warmden zijn gezicht en ontspanden zijn verkrampte spieren. Hij was moe, de lange reis had veel energie gekost en hij nam zich voor eerst ergens te ontbijten voor hij verderging.

Terug bij zijn auto hoorde hij iemand roepen. Verbaasd keek hij om zich heen, tot hij begreep dat het geluid uit zijn eigen auto kwam. Er klopte iemand tegen de binnenkant van zijn achterbak en al voor hij de klep omhoogtrok, wist hij dat het zijn neefje moest zijn. Tom, die niet naar school wilde en zo boos was toen Boris gisterochtend zonder verdere uitleg vertrok. Ergens moest hij lachen om de puberale actie, maar dat liet hij niet merken.

'Wat is dit?' riep hij verontwaardigd, toen Tom moeizaam overeind kwam, zijn hand voor zijn ogen om ze tegen het zonlicht te beschermen.

'Ik zei toch dat ik met je mee wilde.' Toms stem klonk zelfverzekerd, maar zijn ogen toonden twijfel, alsof hij vreesde dat Boris zijn aanwezigheid niet zou waarderen. Hij klom uit de auto en strekte zijn stijve benen. 'Kunnen we iets gaan eten? Ik sterf van de honger.'

'En dan?' vroeg Boris. 'Ik ben hier met een reden, Tom. Je kunt niet met me mee.'

'Natuurlijk wel! Ik kan je toch helpen? Alsjeblieft Boris, ik wil echt niet terug.' Tom keek Boris smekend aan. 'Laat me blijven, ik zal je niet in de weg lopen.'

Boris liet zich overhalen. Tom in zijn eentje terugsturen, wilde hij niet. De jongen had geen fijn leven en het voelde goed hem een plezier te doen. Daarbij was het stukken leuker samen door Spanje te reizen. Alleen bij de confrontatie met zijn vader kon hij Tom niet gebruiken. Dat was iets voor hem alleen, als het hem al lukte om Bolivar te vinden.

'Goed,' besloot hij, 'maar je doet precies wat ik zeg, ook als dat betekent dat je een tijdje alleen moet blijven. Je kunt niet overal bij zijn. En je belt nu eerst je moeder, ze zal zot worden van bezorgdheid. Vertel haar dat we samen zijn en dat we snel weer terugkomen.'

61

De begraafplaats bij de kerk Santa María la Mayor was niet heel groot, maar erg onoverzichtelijk. Na het ontbijt in een klein café wilde Boris niet langer wachten. Een hotel zoeken kwam later wel, nu hij zo dicht bij haar was, moest hij eerst naar zijn oma toe. Met Tom zwierf hij een hele tijd tussen de graven door, voordat ze het sobere graf van Carmelita Rodriguez hadden gevonden. Boris knielde ervoor neer en plaatste de witte roos, die hij eerder bij een bloemenstalletje had gekocht, voorzichtig voor het stenen kruis. Op de grafzerk stonden enkel haar naam, geboorte- en sterfdatum gebeiteld. Boris streek er zacht met zijn vingers overheen en bad in stilte. Na een paar minuten stond hij op.

'Waar moet ik beginnen?' vroeg hij zich hardop af.

'Wat zoek je eigenlijk?' vroeg Tom, die achter hem stond te wachten.

Boris draaide zich naar hem toe. 'Ik ben hier omdat ik mijn vader wil spreken. Hij komt uit deze regio, maar ik heb geen idee of hij hier woont. Daarom wil ik eerst op zoek naar andere familieleden; mijn oma had twee zussen en een broer. Haar jongere zus heb ik ontmoet toen ze op bezoek kwam in België. Zij woonde destijds in deze stad en misschien heeft zij een adres van mijn vader, of een ander aanknopingspunt.'

Tom luisterde aandachtig. Hij kon zich zijn oom, de vader van Boris, niet herinneren. Hij was nog maar drie jaar toen

Bolivar verdween. 'Waarom zoek je hem?' vroeg hij.

'Dat kan ik niet zeggen,' antwoordde Boris kortaf. 'Misschien later, maar niet voordat ik dingen zeker weet. Dat is de afspraak, Tom, je mag met me mee, maar je hoeft niet alles te weten. Akkoord?'

Tom haalde zijn schouders op. 'Wat jij wilt.'

Samen liepen ze naar de uitgang van de begraafplaats toen ze bij een schuurtje een man zagen, die met een hark in de weer was. Boris liep naar hem toe en groette hem. '*Hola*. Ik zoek de familie Rodriguez. Mijn oma ligt hier begraven, maar misschien kent u haar zussen of broer? Ze komen hier vandaan.' Zijn Spaans was wat roestig, maar Carmelita had er altijd op gehamerd dat hij zijn tweede moedertaal goed moest beheersen.

De man knikte en wenkte hen naar het kantoortje bij de ingang van het kerkhof. Daar trok hij een telefoonboek uit een la, bladerde even en legde het vervolgens open op een bureau. 'Rodriguez,' zei de man tevreden.

De moed zonk Boris in de schoenen; de naam bestreek niet minder dan vier lange rijen in het boek.

62

Vanachter het glas van de terminal staarde Tara naar de binnenkomende vliegtuigen. Het afscheid van Huub viel haar zwaar. Met vragende ogen had hij haar nagestaard, niet begrijpend waarom zijn baasje hem alweer alleen liet. Het was hooguit voor een week, hield ze zichzelf voor. Ook Luc was niet blij toen ze hem belde met de mededeling dat ze langer wegbleef. Ze had recht op haar vakantiedagen dus hield hij haar niet tegen, maar het was duidelijk dat hij haar lastminuteacties niet op prijs stelde. Een goed verhaal kon veel goedmaken, wist ze, en ze zette voor zichzelf de feiten nog eens op een rij.

Even was ze in gedachten zo ver weg dat ze het beertje niet direct zag. Het was een knuffelbeest in geel en wit, met op zijn buik de tekst HELLO SUNSHINE. Pas toen Diego het beertje op en neer bewoog, zag ze dat hij naast haar stond. Ze kleurde en draaide haar hoofd af om hem dat niet te laten zien.

'Sorry voor mijn uitval,' begon Diego. 'Ik was kwaad, maar dat is over. Je had gelijk, ik vind het lastig om te kiezen en dus stel ik veel keuzes uit. Misschien lijkt dat gemakzucht, maar zo voel ik het niet. Het is soms gewoon zo verdomde moeilijk...' Hij kuchte en duwde het beertje in Tara's handen. 'Hier, een klein cadeautje om het goed te maken. Ik ga graag met je mee naar Spanje. Ik weet nog steeds niet zeker of we daar veel mee opschieten, maar er is een kans en die moeten we pakken.'

Tara keek hem aan. 'Jij had ook gelijk,' gaf ze schoorvoetend toe. 'Ik ben een kluizenaar en dat bevalt me eigenlijk steeds minder. Hoe ik dat kan veranderen, weet ik niet, maar ik ga het wel proberen.'

'Goed zo,' glimlachte Diego. 'Als je wilt, help ik je. Maar eerst naar Spanje!' Met een grijns op zijn gezicht trok hij een boardingpass uit zijn achterzak. 'Ik hoopte al dat je bij zou draaien, anders was mijn ticket voor niets geweest. Mijn spullen kunnen prima in je bus blijven liggen. Ik heb mijn paspoort en dat is het belangrijkste, een tandenborstel koop ik daar wel. En morgen app ik Luc om me ziek te melden.'

Tara lachte nu ook. 'Je hebt meer geluk dan je denkt. Kat belde net; Tom en Boris zitten in Ronda, in Andalusië. Als we in Málaga een auto huren, zijn we er binnen een uur. Kunnen we Boris vragen naar zijn plannen. En misschien weet hij waar zijn vader woont.'

63

Met niet meer dan haar rugzak als handbagage stond Tara in de rij om te boarden voor het vliegtuig naar Málaga. Ondanks de wroeging om het achterlaten van Huub, overheerste de opwinding. Er ging niets boven de adrenaline in haar lijf, die ze voelde als ze een zaak kon oplossen en er een mooi verhaal over kon schrijven. De kick werkte verslavend.

Ongeduldig gebaarde ze naar Diego, die zich in een hoek van de terminal had afgezonderd. Hij zwaaide, maar bleef staan. Tot zijn verrassing had Yvonne hem zojuist geappt met de vraag haar te bellen. Gespannen toetste hij haar nummer in.

'Hi.' Meer zei ze niet, maar het was voldoende om hem een knoop in zijn maag te bezorgen.

'Hi schat, hoe gaat het?'

'Slecht. We missen je.'

'Ik jullie ook.'

Een tijdlang bleef het stil. De knoop in Diego's maag groeide tot een complexe mix van liefde, schuldgevoel en angst die hem volledig in de ban had.

'Ik weet het niet meer, Von,' zei hij met tranen in zijn ogen. 'Ik hou zoveel van jullie, maar ik doe alles fout. Morgen komen jullie thuis en dan ben ik er niet, ik vlieg zo naar Málaga voor een verhaal. Het is echt iets groots, maar... dat wil je waarschijnlijk helemaal niet horen...'

Yvonne huilde nu ook. 'Dit is het dan,' snikte ze. 'Eigenlijk was het altijd al zo en vochten we ertegen. Maar dat heeft geen zin, het verandert niets.'

'Als ik hier klaar ben, kom ik naar huis. We zijn niet langer bezig dan een paar dagen. Dan moeten we praten en zien hoe we dit gaan doen. Oké?'

'Ben je nog bij Tara?' vroeg Yvonne. De teleurstelling in haar stem trof hem harder dan haar verdriet.

'Ja.'

Ze snoot haar neus en klonk heel wat kalmer toen ze weer begon te praten. 'Laat het weten als je langskomt en denk alvast na over hoe je Nona en Max uitlegt dat papa liever werkt dan dat hij met hen op vakantie gaat. Dag Diego.'

Nog een minuut hield hij de telefoon tegen zijn oor geklemd. Hij walgde van zichzelf. Het kostte hem de grootste moeite zich uit zijn hoekje weg te rukken en naast Tara in de rij te gaan staan.

64

Verveeld zapte Tom langs de zes zenders van de krakkemikkige televisie. De hotelkamer, een paar kilometer buiten Ronda, was de goedkoopste die ze konden vinden en dat was vooral prettig voor Boris z'n portemonnee. Warm water was er niet, er zat schimmel tegen de muren en uit de sprei op het tweepersoonsbed steeg een sterke zweetlucht op.

'Zullen we gaan eten?' vroeg Tom voor de derde keer. Na hun bezoek aan de begraafplaats waren ze naar het hotel gereden en sloeg Boris aan het bellen. Een lunch schoot erbij in en nu het einde van de middag naderde, kwam Toms lege maag in opstand. Hij zag hoe zijn neef geërgerd zijn vinger in zijn oor stak, om de stem aan de andere kant van de lijn te kunnen blijven volgen.

'*Bien, gracias*.' Boris stak de telefoon in zijn broekzak en trok met balpen een streep door de achtentwintigste 'Rodriguez' die hij die middag had gebeld. De lijst met namen in het telefoonboek bleef ellenlang. 'Weer niks. Als dit zo doorgaat, ben ik nog twee dagen aan het bellen.'

'We kunnen er ook langsrijden,' opperde Tom.

'Nee, dit is sneller,' zuchtte Boris, 'maar je hebt gelijk, het is tijd voor een pauze. Kom mee.'

Een half uur later zaten ze tegenover elkaar aan de tapas. Het restaurantje op de route van hun hotel naar de binnenstad bleek een hotspot voor Spaanse senioren. Stipt om zeven uur stroomden ze binnen. Ze omhelsden elkaar enthousiast en schoven aan de tafels om op vol volume met elkaar in gesprek te gaan. Schalen met tapas, brood en olijven gingen van hand tot hand en de wijn vloeide rijkelijk.

'Ik kan hier wel aan wennen,' grinnikte Tom. De vrolijke sfeer aan tafel kende hij niet en deed hem goed. Met smaak verorberde hij de gehaktballen in tomatensaus en toen Boris wegliep om een telefoontje aan te nemen, trok Tom ook de schaal in knoflook gebakken garnalen naar zich toe.

Pas buiten hoorde Boris wie hij aan de lijn had. Het was een van de mensen die hij eerder die middag gesproken had. Hoewel de naam Carmelita Rodriguez hem niets zei, was bij zijn echtgenote wel een belletje gaan rinkelen. Ze kende ook Carmelita's zus en meende dat die in Marbella woonde. Boris kon zijn oren niet geloven toen de man hem een adres gaf. Snel krabbelde hij het op een viltje. Hij bedankte en hing op. Als hij gisteren niet een nacht had doorgehaald, zou hij linea recta naar Marbella zijn gereden. Maar hij was doodmoe en bedacht dat Tom ook best een nacht in een normaal bed kon gebruiken. Morgenochtend was vroeg genoeg. En als zijn oudtante het adres van zijn vader wist, stond hij morgenmiddag bij hem op de stoep.

65

Tara en Diego landdden aan het begin van de avond op Aeropuerto de Málaga, de grootste luchthaven van Andalusië. Bij wijze van afleiding had Diego zich in het vliegtuig verdiept in informatie over de streek. Nu wist hij dat Andalusië de dichtstbevolkte regio in Spanje was, met Sevilla als hoofdstad en Málaga, Granada en Córdoba als belangrijke historische steden. Jaarlijks deden vele duizenden toeristen de regio aan, vooral de zuidkust aan de Middellandse Zee was geliefd. Diego was er nooit eerder geweest, maar de aangename warmte die hij voelde toen ze de luchthaven verlieten, herinnerde hem aan zijn tijd in Mexico, waar hij jaren geleden op familiebezoek ging. Hij was er hartelijk onthaald en voelde zich er zo thuis dat hij zich voorgenomen had zeker vaker terug te gaan. Dat was er nooit van gekomen en dat speet hem nu.

Tara had haar tijd in het vliegtuig gebruikt om hun research nog eens door te nemen en een plan van aanpak op te stellen. Zodra ze buiten stonden, stak ze een sigaret op en barstte ze los. 'Dit is wat we kunnen doen. We huren een auto en rijden naar Ronda. Het is belangrijk dat we eerst Tom en Boris vinden, dat heb ik Kat beloofd. Ze weet nu wel dat Tom bij Boris is, en dat stelt haar gerust, maar waarom ze daar zijn, wil Boris niet zeggen. Dat is raar. Ik vermoed dat hij, net als wij, op zoek gaat naar Bolivar. Er speelt iets in zijn verleden, waar hij meer van wil weten.' Ze inhaleerde diep en blies de rook omhoog, naar de avondhemel. 'Het liefst stal ik Tom ergens in een hotel, zodat wij onze handen vrij hebben om Bolivar te zoeken. Met Boris, wat mij betreft. Ik hou hem liever in het vizier, voor het geval hij ook hier van plan is mensen te bedreigen of knock-out te slaan.'

Diego knikte instemmend. 'Voor het adres van Bolivar kunnen we de gebruikelijke route volgen: de burgerlijke stand van de gemeente, het geboorteregister, het regionaal archief en de lokale kranten. Als dat niets oplevert, kunnen we zien of de parochiale administratie van de kerken in Ronda iets oplevert. Er zijn er drie.'

'Goed idee.' Tara nam een laatste hijs en drukte haar peuk uit in de asbak. 'We gaan hem vinden, maar we moeten voorzichtig zijn. Als hij inderdaad verantwoordelijk is voor die afgehakte handen en voeten, hebben we te maken met een psychopaat.'

66

De Costa del Sol deed zijn naam eer aan. Het was halverwege de ochtend, maar toch voelden Tom en Boris de septemberzon al op hun gezichten branden. Vanaf zee waaide een aangenaam briesje en op de boulevard van Marbella genoten de eerste overwinteraars van de zon en het uitzicht. Ze slenterden langs de winkeltjes of zaten op een bankje, zonder haast en ogenschijnlijk zonder zorgen. Boris telde de huisnummers en hield halt voor een gietijzeren hek. Hier moest het zijn. Het pand telde drie verdiepingen, die verscholen gingen achter een aantal indrukwekkende palmbomen. Het bord naast de entree gaf aan dat het een verzorgingshuis voor hulpbehoevende ouderen was.

'Ga je mee of wacht je op het strand?' vroeg Boris aan zijn neef, die in een T-shirt en een te warme spijkerbroek verlekkerd naar de zee keek. Daar hoefde Tom niet over na te denken. Hij rende het strand op, trok zijn schoenen en sokken uit en stak zijn voeten in het water. Weg van huis en van de zorgen om zijn moeder kon hij gewoon een vijftienjarige jongen zijn die genoot van de zon en het strand. Boris stak zijn duim naar hem omhoog en drukte op de bel naast de intercom.

Niet veel later begeleidde een gezette dame in een zwarte jurk hem naar de tweede verdieping. Ze vertelde dat Maria Rodriguez hier al meer dan tien jaar woonde. De laatste maanden ging het niet zo goed, ze raakte verward en huilde soms zonder aanwijsbare reden. Maar er waren ook heldere dagen bij en dan zong ze graag mee met de cd's van operazangeres Montserrat Caballé. De dame wees Boris naar een rimpelig vrouwtje in een fauteuil naast de verwarming. Hij herkende haar niet als de oudtante die hem ooit had bezocht, en wist dat dit dus de oudere zus van zijn oma moest zijn. Ze was in slaap gesukkeld. Voorzichtig tikte hij tegen haar arm, bijna bang om iets te breken.

'*Qué pasa?*' reageerde ze suf, wat is er? Haar donkere kraalogen keken hem onverwacht scherp aan. Ze observeerde hem van top tot teen, voordat ze naar de stoel tegenover haar wees.

'Ga zitten en vertel me wie je bent.' Ondanks haar krakende stemgeluid klonk het eerder als een bevel dan een verzoek. Boris gehoorzaamde en glimlachte nerveus. Oma Carmelita was een strenge vrouw geweest, maar zo te horen moest je met haar zus ook geen ruzie krijgen.

'Ik ben Boris, de kleinzoon van uw zus Carmelita, de zoon van Bolivar.'

Haar felle reactie op die laatste naam zag hij niet aankomen. Ze boog zich abrupt opzij en spoog op de grond. '*El garbanzo negro*,' zei ze met donkere stem, 'het zwarte schaap, noem zijn naam niet nog een keer, ik wil hem niet horen.'

Boris hief zijn handen ter verdediging en zakte terug in zijn stoel. Hij zag hoe de oude vrouw haar ogen sloot en een paar onverstaanbare woorden prevelde. Daarna keek ze op. 'Jou treft geen blaam, kind, het is goed dat je hier bent. Toen Carmelita nog leefde wilde ik jullie komen opzoeken in België, net als Gloria gedaan heeft, maar het is me niet gelukt.' Ze reikte naar zijn hand en toen hij die aarzelend gaf, kneep ze er zachtjes in.

'Je vader heeft Carmelita veel verdriet gedaan, maar jij hebt dat weer goedgemaakt. Ze hield van je, moet je weten, met de liefde van een moeder die haar eigen kind verloor.'

Bedroefd dacht Boris aan zijn oma. Met zijn hand nog steeds in die van Maria liet hij zijn tranen de vrije loop. De nabijheid van haar zus bracht zijn oma weer even heel dichtbij en dat voelde heerlijk warm, maar het deed ook pijn. Maria klopte op zijn hand en maakte een sussend geluid.

'Ik heb mijn vader al jaren niet gezien,' zei Boris door zijn tranen heen. 'U weet dat hij is weggegaan. Nu wil ik hem vinden. Niet om bij hem te blijven, alleen om hem iets te vragen. Het is belangrijk voor me.' Hij snoof en veegde de tranen van zijn wangen. 'Weet u waar hij woont?'

Haar antwoord voelde als een koude douche. 'Nee. Toen hij jou achterliet en ook het contact met Carmelita verbrak, heeft hij voor mij afgedaan. Ik heb hem voorgoed uit mijn leven geschrapt en als je verstandig bent, doe jij dat ook.' Ze twijfelde even, maar sprak toen toch verder: 'Alleen Andrez, mijn broer, heeft hem nog een paar keer ontmoet. Als het echt zo belangrijk voor je is, zou je hem kunnen vragen of hij weet waar Bolivar woont. Maar schiet wel op, Andrez is ernstig ziek. Ik hoop dat God hem snel komt halen.'

67

Diego kon zich wel voor zijn kop slaan. Hij had zojuist Luc geappt om zich ziek te melden en was zo stom geweest de telefoon op te nemen toen Benno hem niet veel later belde. Na een week afwezigheid ging die deze maandag met frisse moed en gipsbeen weer aan het werk en datzelfde verwachtte hij van Diego. Hij viel meteen met de deur in huis.

'Waar zit je, Martinez?'

Die vraag overviel Diego. 'Hoezo?'

'Ben je in Spanje, bij Tara?'

'Wat maakt het uit waar ik zit? Ik heb me ziek gemeld en kom terug zodra ik beter ben,' antwoordde Diego geïrriteerd. Niemand anders dan zijn chef was in staat hem zo snel op de kast te jagen.

'Ja dus,' concludeerde Benno. 'Dan lijkt het me sterk dat je ziek bent. Moet ik iemand van de arbeidsinspectie langs je huis sturen, of heeft dat geen zin?'

Diego werd kwaad. 'Verdomme Benno, ik meld me zelden ziek! Misschien mankeer ik lichamelijk niks, maar mijn relatie is op sterven na dood en daar ben ik goed stuk van. Ik pak een paar dagen om te herstellen. Is dat te veel gevraagd?'

'Je vraagt het niet, Martinez, dat is het probleem. Als je zoiets meteen zegt, kunnen wij er rekening mee houden. Nu meld je je ziek terwijl we al met onderbezetting kampen, ook omdat Tara nog een week vakantie opneemt.'

Diego zweeg. Benno had een punt, maar hij voelde geen enkele behoefte het probleem op te lossen. Hij hoorde hoe Benno op de achtergrond overlegde. 'Jullie waren in de Ardennen al met een verhaal bezig, toch? Kunnen we dat morgen plaatsen?'

'Nee. Ook daarom zijn we hier, we hopen het verhaal rond te krijgen. Als dat lukt, hebben we een klapper, geloof me. Dit nieuws gaat de wereld rond.'

'Goed,' zwichtte Benno. 'Ik accepteer je ziekmelding op psychische gronden, maar flik dit niet nog een keer. Donderdag ben je terug en dan wil ik dat verhaal hebben, vrijdag voorpagina.' Hij verbrak de verbinding.

Diego schopte hard tegen het bed van zijn kamer op de derde verdieping van Hotel Americana. Hij schoof de deuren naar het balkon verder open en keek uit over Ronda, dat na een zwoele nacht langzaam op gang kwam. Gisteravond waren Tara en hij met hun huurauto, een SEAT Leon, bij dit hotel aangekomen. Na een snelle maaltijd was er geen tijd meer om op pad te gaan. Diego kocht wat toiletartikelen en boxershorts en Tara maakte een afspraak bij een huisarts om de volgende ochtend de hechtingen uit haar hoofd te laten verwijderen. Hij keek op zijn horloge, ze zou zo terug zijn en dan moesten ze meteen aan de bak: donderdag de deadline, dat gaf hen krap vier dagen.

68

Met het adres van het hospice waar Andrez verpleegd werd in zijn zak, verliet Boris het verzorgingshuis. Hij vond het jammer dat hij Tom van het strand moest plukken, die zich met een zwerfhond en een tennisbal prima vermaakte, maar ze moesten verder. Als het via Andrez niet lukte, werd de kans dat hij zijn vader vond aanzienlijk kleiner. Maria vertelde dat haar jongste zus Gloria jaren terug al overleden was en dat maakte Andrez het enige nog levende familielid dat zou kunnen weten waar Bolivar zich ophield.

De navigatie gaf aan dat Huelva tweehonderd kilometer westwaarts lag. De route langs de kust was het kortst, maar via Sevilla ging het sneller. Het werd een mooie rit waar Tom zienderogen van genoot. Hij draaide het raampje open, liet zijn haren wapperen in de wind en wees Boris op bijzonderheden langs de weg, van de met cactussen bezaaide roestbruine zandheuvels tot de fraaie vergezichten op zee. Zijn enthousiasme werkte aanstekelijk en deed ook Boris goed. De spanningen die hij thuis voelde leken hier, in de mediterrane zon en natuur, minder sterk. Sinds lange tijd kon hij weer ademhalen en dat voelde als een bevrijding. Hij stopte bij een tankstation en trakteerde spontaan op versgebakken churros met poedersuiker.

Het witte poeder op zijn sweater leverde hem een afkeurende blik op van de gastvrouw, die hen een paar uur later het hospice in Huelva binnenliet. Hij klopte zich af en maande Tom hetzelfde te doen, voor ze de kamer van oudoom Andrez betraden. Ze schrokken van zijn aanblik. Meer dood dan levend lag de oude man in een veel te groot bed. Er was een slang aan zijn arm bevestigd en op zijn linkeroog plakte een pleister. De gastvrouw legde uit dat via de slang pijnstillers werden toegediend en dat de pleister uitdroging van het blinde oog moest voorkomen.

Met een pips gezicht bleef Tom in de deuropening staan. Boris zag het en stelde hem gerust. 'Ik doe dit wel alleen. Wacht jij maar buiten.'

Zodra Tom zich opgelucht uit de voeten had gemaakt, trok Boris een stoel bij het bed. Voorzichtig legde hij zijn hand op die van Andrez. Die reageerde niet meteen. In zijn ingevallen wangen en holle oogkassen was de dood al zichtbaar. Maria had gelijk, dit zou niet lang meer duren. Boris wreef zacht over de hand tot Andrez zijn hoofd licht bewoog. Zijn raspende ademhaling ging iets sneller en zijn wenkbrauwen rezen vragend omhoog.

'Dag oudoom, wat fijn u te ontmoeten,' zei Boris en hij legde in een paar zinnen uit wie hij was en waar hij vandaan kwam. Omdat een reactie uitbleef, herhaalde hij zijn tekst nog twee keer en dat hielp. Andrez verschoof zijn hand en pakte Boris' duim beet.

'*Familia*,' fluisterde hij schor.

Boris schoof zijn stoel nog dichterbij en boog zich naar zijn oudoom toe. Hij wilde er zeker van zijn dat de man hem begreep. 'Ik zoek mijn vader, Bolivar. Weet u waar hij woont?'

Andrez verstijfde. Het was nauwelijks merkbaar, maar zijn dunne lippen trokken strak en er verscheen een extra frons tussen zijn wenkbrauwen. Boris observeerde hem nauwlettend en voelde hoe de man zijn nagel in Boris' duim zette.

'Niet zoeken,' hijgde Andrez. '*Está loco*, hij is gek.'

'Alstublieft, ik moet hem zien, het is heel belangrijk,' drong Boris aan. De drukkende nagel in zijn duim begon nu pijn te doen, maar hij durfde zijn hand niet terug te trekken. Gespannen staarde hij naar het spinnenweb van rimpels in het gezicht van de zieke man, toen die plots begon te trillen. Boris schrok en wilde opstaan, maar dat liet Andrez niet toe. Aan zijn duim trok hij Boris dichterbij. Zijn ademhaling ging nu veel te snel en Boris wist dat hij om hulp moest roepen, maar waagde nog een laatste kans.

'Zeg het me!'

Met horten en stoten kwam het eruit: '*El pantano*, het moeras... *peligroso*, gevaarlijk...' Uitgeput zakte de man opzij, zijn hele lichaam trilde nu en Boris rende de gang op om een dokter te halen. Die was snel ter plekke en kreeg met een injectie de ademhaling van de oude man weer onder controle. Met een beslist gebaar maande de arts Boris te vertrekken. Die wierp een laatste blik op zijn oudoom en dankte hem in stilte.

69

Voor de entree van Hotel Americana stak Tara chagrijnig een sigaret op. De invallende schemer maakte een einde aan een dag waarop ze geen steek verder waren gekomen. Via Pier had ze de telefoonnummers van Tom en Boris achterhaald, maar die namen domweg niet op en dat frustreerde haar mateloos. Ofwel de jongens waren door een bizar toeval tegelijk hun telefoons kwijtgeraakt, of ze wilden niemand spreken. Het deed er niet toe, want het resultaat was hetzelfde: ze bleven spoorloos. Een lukrake rondrit door Ronda had ook niet meer opgeleverd dan de wetenschap dat het een mooi historisch stadje was, waar ze onder andere omstandigheden best wat langer wilde blijven, maar daar kon ze nu niets mee.

Ook Diego's bezoek aan het stadskantoor en diverse archieven was bijna voor niets geweest. Hij ontdekte dat Rodriguez een veelvoorkomende achternaam was in Andalusië en spoorde na lang zoeken de geboorteakte van Bolivar op. Die bewees dat Bolivar in Ronda was geboren, als enig kind van Romano en Carmelita Rodriguez, maar een actueel adres ontbrak. Een serie telefoontjes naar mensen met de naam Rodriguez hielp ook niet verder, al reageerden twee van hen verbaasd dat ze hier gisteren al over gebeld waren. Dat bevestigde in ieder geval hun vermoeden dat Boris zijn vader zocht. Een schamele oogst voor een hele dag werk. Tara zag de zoektocht al in duigen vallen toen ze Diego oppikte op het centrale plein in de stad en zijn verslag aanhoorde, maar Diego gaf de hoop niet op. In de auto terug naar het hotel zat hij stil op iets te broeden en eenmaal binnen trok hij zich terug achter de computer in de lobby.

Tara drukte net haar tweede sigaret uit toen Diego met een veelzeggende grijns naar buiten kwam.

'Wat?' vroeg Tara kribbig. Voor geintjes en geheimen was ze niet in de stemming, Diego kon beter meteen zeggen wat voor geweldig nieuws hij had.

Diego voelde dat haarfijn aan, maar kon het niet laten haar nog even te pesten. 'Ik zou wel wat tapas lusten, jij? Dan vertel ik je bij het eten wat ik heb gevonden.'

Tara's ogen vonkten. 'Ik hoef geen tapas, vertel het nu maar.'

'Goed. De archieven hielpen me niet verder en als ik alle Rodriguezen in deze stad moet bellen, ben ik volgende week nog bezig. Dus heb ik iets beters bedacht.' Hij pauzeerde even voor het dramatisch effect. 'We wisten al dat Bolivar was opgepakt in verband met de illegale handel in opgezette dieren. Ik heb gekeken of er in deze regio een bedrijf is dat zich met opgezette beesten bezighoudt, en raad eens? Er zit er een even buiten Ronda, in het plaatsje Antequera. Ik heb ze net gebeld. De man die opnam werkte er nog niet zo lang, maar morgen is de eigenaar aanwezig, ene Mario. Die moeten we hebben.'

'Kleine kans,' weifelde Tara, 'maar een poging waard. Oké, morgenvroeg rijden we ernaartoe. En nu? Ik vind het zonde een hele avond te verspillen.'

'Dat doen we ook niet,' zei Diego geheimzinnig. 'Kom maar eens mee.'

70

In de Real Maestranza de Caballería-stierenarena was het een drukte van belang. Toeristen en lokale bewoners bevolkten zij aan zij de tribunes van deze authentieke *plaza de toros*.

'Uit 1785,' wist Diego. 'Hier ligt de bakermat van de stierengevechten zoals we die nu kennen. De legendarische Pedro Romero brak hier met de traditie van het stierenvechten te paard en ging het gevecht aan op de grond. Nu is deze arena als museum open voor publiek en kun je er alleen in de maand september gevechten bijwonen. Ik zag vandaag de aanplakbiljetten in de stad. We hebben geluk.'

Tara luisterde maar half. Ze had nooit eerder een stierengevecht bijgewoond en had dat graag zo gelaten. De lol van het verwonden of doden van een dier ontging haar volledig. Ze was meegegaan in de verwachting dat Diego haar meenam naar iets dat met Boris, Tom of Bolivar te maken had, en dat speet haar nu. Diego keek zijn ogen uit en applaudisseerde hard toen trompetgeschal aangaf dat de show begon. Een nog jonge zwarte stier werd de arena in geleid en niet veel later volgde de *torero*, gekleed in een met goudbrokaat afgezet kostuum. Het publiek juichte hem toe en daarmee was Tara's grens bereikt.

'Ik kijk even rond,' schreeuwde ze, om boven het lawaai uit te komen. Ze rende de trappen op en was blij toen ze de betrekkelijke rust van de galerij achter de tribune bereikte. Niet alleen het stierengevecht maar ook de mensenmassa maakte haar ongemakkelijk en dit leek een prima plek om aan beide te ontsnappen, in ieder geval voor een tijdje.

Juist toen ze de toiletruimte wilde ingaan, werd haar aandacht getrokken door een man die haar bekend voorkwam. Hij liep een stuk verder in de galerij, die niet al te best verlicht was, en ze zag alleen zijn achterkant, maar dat was kennelijk genoeg om haar kippenvel te bezorgen. Zijn lange gestalte, de spijkerbroek, het T-shirt... Nee, dit kon niet waar zijn, dacht ze, maar toch zette ze een sprintje in om hem beter te bekijken. De galerij boog om de arena heen en werd alleen onderbroken door een ruime hal, die zowel in- als uitgang was. Verbaasd dat ze hem daar niet zag, rende ze door, tot ze weer bij de toiletten stond. Weg, wist ze, hij moest via de hal naar buiten zijn gegaan. Maar waarom? Het gevecht was net begonnen.

Peinzend liep ze de damestoiletten in. Ze had zich vast vergist, het zou ook heel onwaarschijnlijk zijn, maar toch zat het haar niet lekker. Ze waste haar handen met koud water en bestudeerde haar knappe gezicht in de spiegel, toen haar oog viel op een poster die tegen een van de wc-deuren achter haar was geplakt. Het was een aankondiging van een feest in een van de grote discotheken aan de costa, op iets meer dan een half uur rijden van Ronda. De dj op de foto droeg een glimmend pak met pantermotief en leek heel sterk op Robin, de gastheer van een feest dat ze op Aruba had bijgewoond. Ze hield niet van feesten, maar had zich laten overhalen door Marieke. Dat had ze beter niet kunnen doen. Ze sloot haar ogen bij de herinnering.

Het was warm en voor het eerst in tijden droeg ze een jurk. Tientallen feestgangers bevolkten de tuin die door fakkels en lampionnen werd verlicht. Ze lachten, dansten op de opzwepende muziek en wierpen elkaar broeierige blikken toe. Marieke stortte zich direct na aankomst in het feestgedruis en zelf zocht ze haar heil bij de bar. Twee cocktails hielpen haar te ontspannen en toen sprak hij haar aan. Een knappe vent, mysterieus en overtuigend. Hij haalde een drankje voor haar en al snel stonden ze te zoenen. Dat hij GHB *in haar mojito had gedaan, ontkende hij later niet eens. Achter een schuurtje verkrachtte hij haar. Ze verzette zich en schreeuwde dat ze niet wilde, maar hij was te sterk en de drugs maakten haar lichaam slap. Opeens werd alles zwart. Ze viel bewusteloos neer en hij liet haar voor oud vuil achter. Toen ze de volgende ochtend wakker werd, zei de gastvrouw die haar in een logeerbed had gelegd dat ze geveld moest zijn door een epilepsieaanval en dat een gezond ontbijtje vast zou helpen.*

Ze draaide de kraan opnieuw open, vulde haar handen met water en doopte haar gezicht erin. Met hulp van Diego was het gelukt de klootzak voor langere tijd te laten opsluiten en dat verzachtte de pijn, maar het litteken op haar ziel was er nog altijd.

Twee vrouwen kwamen luid kletsend de toiletruimte in en plantten hun tassen op de wastafels naast Tara. Ze ontweek hun nieuwsgierige blikken, trok een papieren handdoekje uit de dispenser en droogde haar gezicht af. Terug op de galerij stak ze een sigaret op. Dat was verboden, maar er was niemand die haar zag. Ze inhaleerde een aantal keren diep en werd haar emoties weer de baas. Met het pantser stevig om haar hart en twee grote bekers cola liep ze even later terug de arena in.

71

Terug bij het hotel wist Tara dat haar vermoeden klopte. Aan haar kamerdeur hing met plakband een envelop, haar naam in zwarte blokletters erop. Ze sloeg een kreet van afgrijzen en trok de envelop met een ruw gebaar van de deur.

'Wat doe je?' schrok Diego, die niets wist van haar achtervolging in de arena.

'Quinten!' riep Tara verontwaardigd. 'Die vent spoort echt niet. Ik dacht hem net al te zien, in de arena, maar ik wist het niet zeker. Hij is in Spanje, Diego! Hij moet ons gevolgd zijn.'

Diego rukte de envelop uit Tara's handen en scheurde hem open. Met een dikke frons in zijn voorhoofd staarde hij naar een foto van Quinten met in zijn armen een rottweilerpup. Tara draaide de foto om en samen lazen ze de boodschap, die dit keer slechts uit één woord bestond: BEDANKT.

Diego vloekte hartgrondig. 'We hadden hem nooit moeten laten gaan! Dat zei ik toch? Die brieven aan jou waren al reden genoeg om hem psychisch te laten onderzoeken en met de ontvoering van Huub ging hij helemaal over de schreef. Nu dit weer!'

'Ik dacht dat ik hem begreep,' sputterde Tara tegen, 'maar dit gaat inderdaad te ver. Bizar dat hij ons vanuit de Ardennen hierheen is gevolgd. Hoe wist hij waar we naartoe gingen?'

Ze liepen Tara's hotelkamer in en Diego smeet de deur achter hen dicht. 'Ik had die foto van Huub meteen aan de politie moeten geven. Ik zat er toen toch.' De woorden waren zijn mond nog niet uit, of hij wist dat hij een blunder had begaan. Hij beet hard op zijn onderlip en hoopte tegen beter weten in dat Tara hem niet had gehoord.

Tara hoorde hem heel goed, maar begreep het niet meteen. Pas toen ze zich omdraaide en zijn schuldbewuste gezicht zag, viel het kwartje. 'Toen Quinten me aanviel op het bungalowpark, vertelde hij dat ik zijn laatste foto had gemist,' begon ze langzaam. 'Ik wist toen niet wat hij bedoelde, maar jij blijkbaar wel? Heb jij die foto gevonden en het niet aan mij verteld? Waarom niet?' Ze klonk rustig, maar de furie in haar ogen beloofde weinig goeds.

Diego stak beide handen in de lucht. '*Guilty as charged*,' zei hij met een geforceerde grimas. 'Sorry, ik dacht dat ik er goed aan deed. Je was zo overstuur vanwege Huub... als je wist dat Quinten in de buurt was, zou je zeker achter hem aan gaan en dat wilde ik voorkomen.'

'Je had het recht niet,' brieste Tara.

'Misschien niet, maar ik beschouw mezelf als je vriend en vrienden beschermen elkaar. Je moest herstellen van een hoofdwond en een hersenschudding, of weet je dat niet meer?' riep Diego, nu ook boos. 'En had ik gelijk of niet? Hij schopte je een gebroken rib!'

'Wat kan mij dat nou schelen?' brulde Tara. 'Met die foto had ik Huub misschien al veel eerder gevonden! En haal je niets in je hoofd, wij zijn gewoon collega's, aan vrienden doe ik niet.' Met die woorden stormde ze de deur uit.

Radeloos liep Diego de kamer rond, tot hij de balkondeuren opentrok en in een van de terrasstoelen zakte. Hij wilde weg, om het even waarheen, maar weg van iedereen die hem lief was en die hij onbedoeld pijn deed: eerst Yvonne en de kinderen en nu Tara. De zoektocht naar Bolivar zou nog zijn volle aandacht krijgen, maar daarna was het klaar. Alles moest anders.

72

De ochtendnevel hing nog tussen de heuvels toen Tom en Boris slaperig in de oude Peugeot stapten. Tom nestelde zich in zijn stoel en sliep direct verder en dat kwam Boris goed van pas; voor een gesprek was hij te nerveus. Het beeld van de doodzieke Andrez spookte de hele nacht door zijn hoofd en steeds weer hoorde hij de krakende stem waarschuwen voor de 'gek', Bolivar. Ondanks een haperende wifiverbinding was het gelukt informatie op te zoeken over *el pantano*. Als hij ervan uitging dat Andrez sprak over een moeras in Andalusië, kon hij maar één plek bedoelen: Marismas del Guadalquivir, een beschermd moerasgebied in de vallei van de gelijknamige rivier. Op drie uur rijden van hun hotel lag het bezoekerscentrum, dat volgens de website vanochtend open zou zijn. Daar wilde Boris proberen zijn vader te vinden, of tenminste meer over hem te weten te komen. Mogelijk werkte Bolivar in het bezoekerscentrum of was hij parkwachter, dat zou passen bij zijn liefde voor de natuur en het buitenleven.

Tom kreunde zacht in zijn slaap. Liever had Boris hem in het hotel gelaten, maar Tom stond erop mee te gaan. Het hotel bood geen afleiding en hij zou zich er stierlijk vervelen. Daarbij had Tara al drie keer gebeld en vond Tom het maar niks dat hij haar van Boris niet te woord mocht staan. Als ze opnieuw belde, zonder zijn grote neef in de buurt, kon Tom de verleiding vast niet weerstaan om zijn heldin te spreken. In de korte tijd dat ze bij hem thuis verbleef, had ze behoorlijk indruk gemaakt. Tom hield niet op over Tara te praten: volgens hem was Kats vooruitgang volledig aan Tara te danken. Zij had Kat zover gekregen over haar gevoelens te praten en dat zette zaken in gang. Het was dankzij haar dat zijn moeder nu dagelijks werd verpleegd door een professionele kracht. Dat goede nieuws bracht Pier gisteren en daarmee viel een zware last van Toms schouders. Het negeren van Tara's oproepen voelde ondankbaar en verkeerd.

Boris begreep dat, maar vroeg om een paar dagen respijt. Ook hij liet Tara's oproepen onbeantwoord. Bij de zoektocht naar zijn vader kon hij haar bemoeienis niet gebruiken. Hij wilde zijn vader zelf zien en spreken, zonder pottenkijkers in de buurt. Het was al moeilijk genoeg om na al die jaren de confrontatie aan te gaan met de man die hem in de steek had gelaten. Al honderden keren had hij die ontmoeting in zijn hoofd beleefd. De ene keer barstte Bolivar in tranen uit, om hem een andere keer juist resoluut de deur te wijzen. Het kon alle kanten op gaan en dat benauwde Boris enorm. Tot op bepaalde hoogte hield hij de regie, maar Bolivars reactie op hun weerzien kon hij niet voorspellen.

Het was rustig op de weg en al na tweeënhalf uur rijden passeerde hij een bord dat het begin van het moerasgebied markeerde. In een bescheiden deel ervan, grenzend aan het bezoekerscentrum, waren belangstellenden welkom voor een wandeling of een picknick op een van de daartoe aangewezen plaatsen. Het overgrote deel van het moeras was echter beschermd natuurgebied en daardoor niet toegankelijk voor publiek. Een paar kilometer nadat het asfalt was overgegaan in zand, viel opeens de motor uit. Boris vloekte en Tom schrok wakker.

'Wat is er?'

Boris stopte de auto en probeerde hem opnieuw te starten, maar de Peugeot gaf geen enkel teken van leven meer. Geërgerd stapte hij uit om de motorkap te openen. Tom kwam naast hem staan en keek toe hoe Boris geroutineerd alle onderdelen controleerde. Binnen een paar minuten had hij het euvel ontdekt.

'Nou, dat wordt lopen,' sprak hij gelaten. 'De brandstofpomp heeft het begeven en dat is hier niet te fiksen.' Hij keek om zich heen en wiste het zweet van zijn voorhoofd. Zowel voor als achter hen was geen kip te bekennen. Hoe lang zou het duren voor een takelwagen zijn auto hier had weggesleept? Had de garage een geschikte brandstofpomp op voorraad of moest die besteld worden? En wanneer zou hij dan weer hier staan? Net nu hij zo dichtbij was, leek het toch nog mis te gaan. Dat mocht niet gebeuren.

'Pak jij de fles met water,' commandeerde hij, 'dan sluit ik de wagen af. We lopen naar het bezoekerscentrum, dat is niet heel ver meer. Misschien kunnen ze ons daar aan een garage helpen en anders bellen of mailen we er zelf een.'

Tom deed wat hem werd opgedragen en samen begonnen ze hun wandeltocht. 'Denk je dat je vader hier is?' vroeg Tom voorzichtig. Hij wist dat Boris niet over Bolivar wilde praten, maar zijn nieuwsgierigheid was te groot. 'Het zal wel raar zijn hem straks weer te zien?'

Boris zette aan en ging voor Tom lopen. Zijn blik verraadde niets, maar zijn hart ging als een razende tekeer.

73

Tussen de levensechte uilen, vossen en herten waande Tara zich weer even terug in het ondergrondse magazijn. Het leek al lang geleden dat ze daar ronddoolde en de kinderhand vond, zo veel was er sinds die tijd gebeurd, en toch was er pas anderhalve week voorbij. Ze streek met haar hand over de rug van een prachtig opgezette wasbeer en huiverde. Ze hield meer van dieren dan van mensen, maar opzetten was niet haar ding. Het zou niet in haar opkomen Huub na zijn dood op die manier dichtbij te houden. De techniek was verbluffend; de dieren in deze winkel waren niet van echt te onderscheiden, maar een ziel ontbrak en juist dat maakte hun aanblik zo eng.

Datzelfde kon ze ook zeggen van Diego, die als een zombie naast haar in de auto zat. Kennelijk had hij slecht geslapen, want hij sprak geen woord en hield heel de rit zijn ogen dicht. Tara liet hem in zijn sop gaarkoken, al was haar woede van de vorige avond al flink bekoeld. Diego bedoelde het goed en Huub was terecht, dat was het belangrijkste. Ze ging ervan uit dat ook Diego nog zou bijtrekken en dan hadden ze het er, wat haar betrof, niet meer over.

Een harde bel zette haar nekharen overeind. Diego schudde een ouderwetse koperen bel heen en weer en veroorzaakte een hels kabaal. Pas toen een meisje van een jaar of tien achter de toonbank verscheen, hield hij op.

'Hola,' zei Diego, die jaren geleden redelijk Spaans sprak en dat deze reis probeerde op te halen. 'Is de baas er? We willen hem spreken.'

Het meisje verdween en kwam even later terug met een kleine man in een rood satijnen peignoir. Zijn zwarte haren waren strak achterover gekamd en glommen van het vet. Zichtbaar ontevreden met de onderbreking van zijn bezigheden in de achterkamer slofte hij naar de toonbank.

'Heeft u een afspraak? Wij werken alleen op afspraak.' Zijn stem klonk even hard als chagrijnig. Het meisje achter hem verblikte of verbloosde niet, kennelijk was ze gewend aan het gedrag van deze man, waarschijnlijk haar vader.

Diego bleek evenmin onder de indruk. Hij tilde zijn kin een tikje hoger en keek arrogant op de man neer. 'Nee. Wij komen uit Nederland en zoeken een man die hier gewerkt heeft. Zijn naam is Bolivar Rodriguez.'

'Nooit van gehoord,' antwoordde de man zonder na te denken, en hij maakte aanstalten om zich om te draaien, maar daar nam Diego geen genoegen mee. Met een paar passen was hij bij de toonbank en in een handbeweging greep hij de man bij zijn peignoir.

'Niet zo snel. Of wil je dat ik de douane erbij haal? Die komt hier graag een kijkje nemen, de helft van wat hier staat is illegaal.' Diego blufte. Hij wist dat er in de illegale handel in opgezette beschermde diersoorten, huiden en schedels alleen al in Nederland miljoenen omgingen. Internationaal sloeg de douane de handen ineen om dit tegen te gaan. Over de handel in Spanje had Diego geen specifieke informatie gevonden, maar hij vermoedde dat het hier niet veel anders was.

De man keek Diego vernietigend aan. 'Denk je dat die niet weet wat hier staat? *Estúpido!* De douane is mijn beste vriend, die profiteert juist van mijn handel.' Hij rukte zich los uit Diego's greep en trok zijn opengevallen peignoir recht.

Met deze reactie had Diego geen rekening gehouden. Tara zag dat hij hulp kon gebruiken, pakte haar telefoon en begon opzichtig foto's te maken van de dieren om haar heen en van de man achter de toonbank.

'Zo. Die sturen we naar Interpol, naar *El Mundo*, *El País* en *The Times*. Daar is vast wel iemand geïnteresseerd in deze toko.' Ze sprak in het Nederlands, maar gokte erop dat de Spanjaard 'Interpol' en de namen van de dagbladen verstond.

Dat was het geval; hij had ineens geen praatjes meer en daar sprong Diego direct op in. Hij boog dreigend over de toonbank en herhaalde zijn vraag: 'Waar is Bolivar Rodriguez?'

Het meisje was even eerder naar de achterkamer verdwenen en dat zag Diego wel, maar hij sloeg er niet veel acht op. Dat had hij beter wel kunnen doen, want totaal onverwacht kwam ze weer tevoorschijn, met in haar armen een dubbelloops jachtgeweer. Trillend van de inspanning richtte ze het op Diego. Die wist niet wat hij zag. Hij deinsde achteruit, struikelde over een everzwijn en viel op de grond. Tara dook achter een rek met vogels en gilde hard: 'Niet doen!'

Daarna raakte alles in een stroomversnelling. Vanaf de grond zag Diego hoe de man het geweer van zijn dochter wilde overnemen, toen er een oorverdovende knal klonk. Volledig in paniek zette het meisje het op een brullen, terwijl haar vader zich krampachtig aan de ouderwetse kassa probeerde vast te klampen. Hij trok wit weg, liet zijn greep verslappen en zakte uit het zicht. Diego stond meteen overeind, sprong over de toonbank en knielde naast hem neer. De rechtervoet van de man lag half open en het bloed gutste eruit.

'Tara, haal dat kind hier weg!' brulde Diego. Hij trok de ceintuur uit de peignoir en bond die zo strak mogelijk om de kuit van de man, die nu kermend op de grond lag.

'Luister,' zei hij dwingend, 'ik bel een ambulance en die foto's deleten we als je me nu vertelt waar Rodriguez zit.'

Jammerend sloeg de man zijn handen voor zijn gezicht. 'Dat weet ik niet, ik heb hem al jaren niet meer gezien. Hij heeft hier niet gewerkt, het is een handelaar van wie ik soms een partij afnam. Bel nu een dokter, ik bloed dood!'

'Een adres,' hield Diego vol, 'ik moet een adres hebben.'

'Weet ik niet... hij woonde ergens achteraf, in het moeras bij de Guadalquivir...'

Diego wilde nog verder aandringen, maar daar stak Tara een stokje voor. 'We gaan,' zei ze resoluut. 'Dat meisje rent naar de buren, we moeten nu weg!'

Samen stoven ze de winkel uit. Diego startte de auto en racete de weg op. Na een paar kilometer kon hij een grijns naar Tara niet weerstaan. 'Mooie samenwerking.'

Ze grinnikte. 'Daar zijn we collega's voor.'

74

Na ruim twee uur lopen had Tom er schoon genoeg van. Het zweet gutste van zijn lijf, de waterfles was leeg en het bezoekerscentrum nergens te bekennen. Hoewel de bomen direct zonlicht tegenhielden, had hij het nog nooit zo warm gehad. De luchtvochtigheid was hier zo hoog, dat zijn T-shirt aan zijn lichaam plakte en zelfs ademhalen moeizaam ging.

'Kunnen we niet beter omdraaien?' riep hij naar Boris, die zo'n twintig meter voor hem liep. 'Ik ben kapot.'

Boris bleef staan en wachtte tot zijn neef naast hem stond. 'Het is verder dan ik hoopte,' gaf hij toe. 'Maar ik denk dat we beter kunnen doorlopen. Het centrum is hier in de buurt. Daar kunnen we drinken en de fles bijvullen. Teruglopen naar de auto duurt langer. En wie weet hoe lang we daar op hulp moeten wachten.'

Zuchtend begon Tom weer te lopen. Boris sloeg hem op zijn schouder. 'Ik ben toch blij dat je erbij bent, Tommy, beter met z'n tweeën afzien dan alleen, niet?'

Tom lachte als een boer met kiespijn en stond plots stil bij een afsplitsing; aan de linkerkant van de weg kronkelde een smaller zandpad de struiken in. Op een houten bordje wees een pijl naar het westen en erboven was een woord weggevallen.

'Zou dat niet het pad zijn naar het centrum?' vroeg Tom. 'Waarom zou er anders een bordje met een pijl staan?'

Boris twijfelde.

'We kunnen het toch proberen?' zei Tom. 'We lopen nog een half uur die kant op en als we dan niks zien, keren we om.'

'Oké,' zwichtte Boris, 'het is een poging waard.' Hij had er weinig vertrouwen in, maar begreep ook niet waarom ze het centrum nog niet zagen. De zoektocht kon best nog even duren en zelf hield hij dat goed vol, maar om Tom maakte hij zich zorgen. Die verloor veel vocht en kon het nu niet aanvullen. Als dit pad niets opleverde, hielden ze er voor vandaag mee op. Hopelijk kon de auto snel gerepareerd worden en dan kwam hij in z'n eentje terug om verder te zoeken.

Na een half uur lopen, zonder ook maar een glimp van een bezoekerscentrum, sprintte Tom ineens de struiken in. 'Ik hoor water!' riep hij enthousiast. 'We kunnen drinken, Boris!'

Boris rende hem achterna. Hij moest zijn best doen om Tom bij te houden, die met zijn tengere postuur makkelijker tussen de bebossing door schoot. De takken zwiepten in zijn gezicht en sneden in zijn armen. Met zijn hand voor zijn gezicht om zijn ogen te beschermen, sprong hij over een dikke boomwortel, toen een verzengende pijn hem volledig lamsloeg. Met een rauwe kreet stortte hij tegen de vlakte, waar hij roerloos bleef liggen.

Tom snelde terug en vond zijn neef bewusteloos op de grond. Zijn arm lag in een onnatuurlijke hoek, maar dat was niet het ergste. Boris' linkerschoen zat muurvast in een smeedijzeren apparaat, dat Tom herkende als een berenklem.

75

De adrenaline in Diego's lijf zorgde ervoor dat hij bijna de hele rit plankgas gaf. In haar telefoon had Tara het moeras gevonden dat de winkeleigenaar genoemd had en, net als Boris, leek het haar het beste naar het bezoekerscentrum te rijden om daar naar Bolivar te vragen. Halverwege de middag bereikten ze het bord dat Boris en Tom eerder die ochtend gepasseerd waren.

'Stel dat we hem vinden,' dacht ze hardop, 'hoe komen we er dan achter of hij verantwoordelijk is voor die kinderhand en die andere afgehakte ledematen in de Ardennen? Dat hij in de privékliniek werkte, midden in het gebied waar het allemaal gebeurde, kunnen we bewijzen, en dat hij voor handel in opgezette dieren is opgepakt, ook. De rest is speculatie. We vermoeden dat hij, al dan niet samen met Pols, het ondergrondse magazijn gebruikte als opslag voor zijn handel en als bewaarplaats voor de ledematen. Waar hij die handen en voeten voor nodig had, is me een raadsel.'

Ze dachten na in stilte, tot Diego die doorbrak: 'We doen wat we altijd doen, we vragen het. En als hij niet wil antwoorden, zetten we hem onder druk. Dat ging vanmorgen ook goed, al was het op het randje.'

'Onder normale omstandigheden werkt dat, voor zover je wat er vanmorgen gebeurde normaal kunt noemen, maar we moeten er rekening mee houden dat dit een vreemde vent is, die er bizarre hobby's op na houdt. Misschien reageert hij niet zoals je verwacht. Ik heb met Quinten mijn lesje wel geleerd, hem dacht ik ook te kunnen doorgronden en ik zat er helemaal naast.'

Diego knikte. 'Dat laatste briefje van hem met "bedankt", dat slaat toch op het feit dat wij zo stom waren hem te laten gaan, zonder de politie erbij te halen?'

'Ja, dat neem ik aan,' beaamde Tara, 'maar waarom er een foto bij zat met een pup erop, mag Joost weten.'

'Een rottweiler, toch? Net als Huub. Het lijkt erop dat hij jouw voorbeeld volgt. Zie je dat niet? Jij bent niet alleen, omdat je een hond hebt. Quinten kan de eenzaamheid niet meer harden, dus neemt hij ook een pup.' Diego streek met een hand door zijn haar, dat glinsterde van het vocht. 'Quintens broer was steeds zijn grote voorbeeld, sterker nog, Vincent was zijn leider. Nu die in de bak zit, zoekt hij een nieuwe leider om te volgen. Misschien ben jij dat?'

'Hou op, ik moet er niet aan denken,' gruwelde Tara. Klam van het zweet trok ze de kisten van haar voeten. Tot nu toe was de warmte in Andalusië draaglijk geweest en was het geen probleem dat de airco in de Seat niet werkte, maar hier in het moeras werd het haar bijna te veel. Ze draaide haar raampje dicht om de vochtige lucht buiten te houden en wilde Diego vragen hetzelfde te doen, toen een beweging in de struiken haar aandacht trok.

'Stop eens,' zei ze dwingend, terwijl ze zich snel omdraaide in haar stoel om door de achterruit te kunnen kijken. 'Ik zag iets, rij even terug.'

Diego stopte de auto en schrok toen hij in zijn spiegel zag wat Tara bedoelde. Uit de struiken wankelde een jongen met ontbloot bovenlijf en halflang haar. Schijnbaar uitgeput stak hij zijn ene arm in de lucht om met de andere het woud in te wijzen.

'Dat is Tom!' riep Tara. Ze gooide haar portier open en rende op blote voeten op de jongen af. Diego greep zijn flesje water en volgde. Zodra Tara bij hem was, trok Tom haar mee de struiken in, maar daar verzette ze zich tegen. Met twee handen greep ze zijn gezicht beet en dwong hem naar haar te kijken. Zijn ogen stonden hol, een zweterige uitslag bedekte zijn huid en aan een paar flinke krassen op zijn armen kleefde opgedroogd bloed.

'Wat is er gebeurd, Tom?'

'Boris... daar,' stamelde Tom en opnieuw wees hij met zijn vinger. Hij stond te tollen op zijn benen en als Diego hem niet opgevangen had, was hij neergevallen. Voorzichtig liet Diego hem op de grond zakken, waarna hij een beetje water uit de fles in Toms mond goot. Die dronk gulzig en protesteerde kreunend toen Diego het flesje terugtrok.

'Dadelijk weer een beetje, je bent uitgedroogd. Kleine slokjes werken het beste,' suste Diego op vaderlijke toon. 'Boris is hier ook, Tom? Wat is er gebeurd?'

'Boris is gevallen, we waren aan het zoeken...' wist Tom uit te brengen. 'Jullie moeten mee... er zit een berenklem om zijn voet... hij kan er niet uit... hij bloedt...'

'Een berenklem?' herhaalde Tara vol afgrijzen. Met grote ogen staarde ze Diego aan, die precies hetzelfde dacht. 'Net als in het krantenknipsel.'

Tara spurtte naar de auto, schoot in haar kisten en rende terug naar Tom, die weer op zijn benen stond en nog wat water dronk. 'Breng ons naar Boris,' commandeerde ze, 'hij moet daar zo snel mogelijk weg.'

76

Hijgend en drijfnat van de inspanning baanden de drie zich een weg door het moeras. Diego ondersteunde Tom, die wat opleefde nu hij gedronken had en er hulp voor Boris in aantocht was. Het had zeker tien minuten geduurd voor Boris, na zijn val, weer bij bewustzijn was gekomen. Hij brulde van schrik toen hij de klem en het bloed zag dat door de gaten in zijn bergschoenen naar buiten sijpelde. In blinde paniek probeerde hij de beugels los te trekken, maar zijn rechterarm werkte niet mee, die bleek door de val uit de kom geschoten. Boris twijfelde geen seconde; hij draaide in een juiste positie en ramde zijn schouder tegen de boom achter hem om daarna als een waanzinnige aan de beugels te gaan rukken. Tom volgde zijn voorbeeld, maar de gekartelde beugels gaven nog geen millimeter mee. Het was onmogelijk de klem handmatig open te wrikken en met bloedende handen moesten ze hun poging staken. Boris trok zijn shirt uit en beval Tom hetzelfde te doen. Zo strak mogelijk bond hij de shirts om zijn been, net boven de schoen. Daarna leunde hij met zijn rug tegen de boom en haalde een paar keer diep adem om te kalmeren.

'Ik moet mijn energie sparen,' zei hij met een van pijn vertrokken gezicht, 'ik blijf bloeden, maar meer dan afbinden kunnen we niet doen. Heb jij bereik?'

Tom controleerde zijn telefoon en schudde zijn hoofd.

'Ik ook niet,' wist Boris, 'bij de auto al niet meer, maar dat wilde ik je net niet zeggen. We zijn te ver van de bewoonde wereld.' Hij verschoof een beetje en liet nu ook zijn hoofd tegen de boomstam rusten. 'Luister Tom, je moet hulp halen. Loop terug naar de hoofdweg, markeer daar de ingang naar dit pad, zodat je me weer terug kunt vinden en volg dan de weg. Dat bezoekerscentrum kan niet ver zijn. Ik hoop dat er iemand Engels spreekt. Zeg dat ik in een klem zit en dat er gereedschap nodig is om dat ding open te breken. Oké? Ga.'

Met tranen in zijn ogen draaide Tom zich om. Hij zweette als een otter en zijn keel voelde aan als schuurpapier, maar het ergste was zijn angst: hij was doodsbang dat hij het bezoekerscentrum niet kon vinden, of dat hij zou verdwalen en zijn neef nooit meer levend terug zou zien. Toen hij na een wilde tocht waarbij hij geen enkel pad meer kon ontdekken bij toeval bij de hoofdweg aankwam en een auto langs zag rijden, kon hij zijn geluk niet op. Even leek de auto door te rijden, maar als een godswonder stopte die en opeens stond daar Tara. Nu liepen zij en Diego met hem mee naar Boris en zou alles goed komen. Hij was nog nooit zo opgelucht geweest.

Helaas bleek die opluchting van korte duur. Boris lag scheefgezakt tegen de boom en was opnieuw buiten bewustzijn geraakt. Tom riep zijn naam en tikte angstig tegen zijn wangen, terwijl Diego water over Boris' hoofd en in zijn nek goot. Dat hielp, Boris knipperde met zijn ogen en stak zijn duim omhoog toen hij Diego zag.

'Ik wilde je niet meer zien, maar nu ben ik er blij om,' zei hij langzaam, hoorbaar verzwakt.

Diego lachte. 'Ik ben nogal eigenwijs, dat wist je nog niet.' Hij inspecteerde de klem, die met een geschakelde ketting aan de boom was bevestigd, wrong zijn handen tussen de beugels en probeerde ze uit elkaar te trekken. Toen dat niet lukte, positioneerde hij zich aan een kant van het aftandse apparaat en beval hij Tom en Tara de andere kant beet te pakken. Met z'n drieën deden ze een ultieme poging, maar zonder succes. De wonden in Toms handen reten verder open en ook Diego's vingers bloedden toen hij op moest geven.

'Dit moet anders kunnen, maar ik weet niet hoe dit mechanisme werkt,' zei hij gefrustreerd. 'Het enige wat ik kan bedenken, is een ijzerzaag, maar die heb ik niet, ook niet in de auto.'

'Misschien in het bezoekerscentrum,' opperde Tara. Ik ren terug naar de auto en haal daar hulp. Blijven jullie hier bij Boris.' Ze sprong al op, maar Diego hield haar tegen.

'Nee, Tom kan hier niet blijven, die heeft ook verzorging nodig en meer water dan ik bij me heb. In de auto ligt nog een liter. Blijf jij bij Boris, dan loop ik met Tom naar de auto. We komen zo snel mogelijk terug met hulp.'

Tara knikte, nam de halfvolle fles van Diego over en ging naast Boris op de grond zitten. Samen zagen ze Tom en Diego in het struikgewas verdwijnen.

'Eindelijk alleen...' grapte Boris. Hij sloot zijn ogen en ademde moeizaam.

Tara goot wat water in de kom van haar hand en depte daarmee Boris' voorhoofd. Het voelde koortsig aan. 'Volhouden. Dit komt goed, op Diego kun je rekenen.'

77

De tocht terug naar de auto verliep moeizaam. Tom had het uiterste van zijn krachten gevergd en kon nauwelijks nog een voet voor de andere zetten. Het beeld van een volle fles water en een achterbank waarop hij uit kon rusten, hield hem op de been. Diego liep vooruit en deed zijn best de jongen moed in te spreken. Toen hij tussen de bladeren door eindelijk de weg in zicht kreeg, draaide hij zich naar Tom om.

'We hebben het gehaald, amigo, goed gedaan.'

Tom wilde iets terugzeggen, maar bleef ineens stokstijf staan. Met grote ogen van schrik wees hij naar Diego, die hem niet-begrijpend aankeek.

'Wat is er?' begon Diego, maar nog voor hij antwoord kreeg, werd hij vanachter tegen de grond getrapt. Hij viel met zijn gezicht in het zand en hapte naar adem toen er iemand op zijn benen ging zitten en allebei zijn armen ruw naar achter trok. In een paar tellen werden zijn handen achter zijn rug aan elkaar gebonden en verdween het gewicht weer van zijn benen.

'*Hasta*,' commandeerde een zware stem, ten teken dat Diego op moest staan. Die duwde zijn knieën onder zijn lichaam, kwam omhoog en keerde zich voorzichtig om. Voor hem blokkeerde een breedgeschouderde man de weg. Met zijn opgeblazen borstkas en gespierde bovenarmen oogde hij als een titaan, met deze man viel niet te spotten. En voor het geval dat nog niet duidelijk was, trok hij een indrukwekkend kapmes tevoorschijn. Hij hield het enkel voor zijn gezicht, maar dat was voldoende om de boodschap over te brengen: verzetten heeft geen zin en schreeuwen is geen optie. Tom jammerde zacht en ook Diego had het zwaar. Dat werd alleen maar erger toen de man een touw om Diego's middel draaide en hem naar Tom toe trok, die verstijfd van angst stond toe te kijken. Zelfs al was hij in staat te rennen, het kwam niet in hem op. Hij kon niet anders dan staren naar de man, die zo veel op Boris leek. De kaaklijn, de stevige jukbeenderen en de blauwe ogen kwamen exact overeen. Hier bestond geen twijfel, dit was Bolivar Rodriguez.

Bolivar ging vlak voor Tom staan, streek het lange haar uit diens gezicht en bestudeerde hem aandachtig. Doodsbang hield Tom zijn adem in. Hij zag hoe dezelfde staalblauwe ogen als die van Boris hem van top tot teen bekeken en huiverde toen Bolivar zijn handen pakte. Dat deed hij onverwacht zacht, bijna teder, en met verbijstering zag Tom de tranen in Bolivars ogen glinsteren.

'Carmelo,' fluisterde de man ontroerd, 'het is een wonder, je bent terug.'

Tom verstond de Spaanse woorden niet en zocht houvast in de ogen van Diego, die nauwelijks merkbaar zijn hoofd schudde. Ook hij had door dat dit Bolivar moest zijn en dat ze geen onnodige risico's moesten nemen. Tom begreep de hint en klemde zijn kaken op elkaar. Trillend van angst zag hij hoe Bolivar zijn hoofd boog en huilde, de handen van Tom vast in de zijne.

'Ik heb altijd geweten dat deze dag zou komen,' zei de man, toen hij zijn tranen had weggeslikt. 'Al mijn werk... het is niet voor niets geweest.' Met een gelukzalige glimlach keek hij op naar Tom. 'Mijn zoon, ik neem je mee. Het touw is voor je eigen bestwil, *perdóname*.'

Voorzichtig bond hij Toms handen vast. Het touw om Diego's middel wikkelde hij, met een afstand van een ruime meter, om dat van Tom. Na een paar tellen stonden ze in een treintje en kreeg Diego een duw. Die viel bijna, maar het lukte hem zijn balans te bewaren.

'Wat heeft dit te betekenen?' protesteerde Diego. 'Ik ga nergens heen voordat ik weet wat er aan de hand is.' Zijn woorden klonken stoer, maar zijn stem was weinig overtuigend. Hij wist dat hij geen partij was voor de man, in ieder geval lichamelijk niet. Daarbij was dit moeras vreemd terrein voor hem en kende Bolivar het hoogstwaarschijnlijk als zijn broekzak.

Met een tik tegen zijn achterhoofd legde die hem het zwijgen op. Protesteren had geen zin en dus gehoorzaamde Diego. Hij stak de hoofdweg over, zag met spijt zijn auto staan en liep aan de overkant het struikgewas in.

78

Na amper tien minuten trok Tom het niet meer. Zijn hele lichaam deed pijn en de angst voor alles wat er gebeurde, zoog het laatste restje energie weg. Hij zakte door zijn knieën en barstte in snikken uit. De tranen troffen Diego die zich verantwoordelijk voelde voor de jongen, en even vergat hij zijn eigen angst. 'Wat doe je hem aan?' snauwde hij tegen Bolivar. 'Het is nog maar een kind! Hij moet water hebben. Maak hem los, zo kan hij niet verder.'

Bolivar overzag de situatie en greep zijn mes. In een reflex sprong Diego tussen hem en Tom in. 'Je doet hem niks!' riep hij woest, maar dat had hij net zo goed kunnen laten. Onbewogen duwde Bolivar hem opzij, waarna hij het touw tussen Tom en Diego met één haal van het mes doorsneed. Hij boog zich voorover en hees Tom moeiteloos over zijn schouder. Daarna greep hij het uiteinde van het touw, dat om Diego's middel zat en met een bars 'Lopen!' zette hij de trein weer in gang. Nu Tom hen niet langer ophield, ging het stukken sneller.

Het werd een helse tocht, grotendeels langs een rivier. De Guadalquivir, wist Diego. Met zijn handen vast achter zijn rug kon hij zich niet beschermen tegen de takken en de doornen, om van de zwermen kleine *mosquitos* maar te zwijgen. Zijn armen bloedden en hij werd gek van de jeuk. Bolivar dreef hem langs de rivier, door dicht struikgewas en drassige klei, tot de schemer inviel en ze een gebied bereikten waar de warmte minder beklemmend leek. Een zacht zuchtje wind zorgde voor aangename verkoeling en ook het lopen ging gemakkelijker, doordat de bomen en struiken hier wat verder uit elkaar stonden. Na nog een paar honderd meter begreep Diego wat de verandering veroorzaakte en kon hij met moeite zijn tranen bedwingen. De Atlantische Oceaan was nog nooit zo welkom geweest als nu. Na alle ontberingen die hij in het moeras had doorstaan, bood de aanblik van het uitgestrekte water hem troost. Maar dat was niet alles, hij wist nu ook waar hij was, en dat gaf hem zelfvertrouwen. De Guadalquivir mondde uit in de Golf van Cádiz, een baai in de Atlantische Oceaan. Cádiz was een van de Andalusische havensteden die niet aan de Middellandse Zee grensde. Hij hoorde het Tara nog vertellen, ze had het opgezocht tijdens hun autorit naar het moeras.

Hij rechtte zijn rug en liet de zilte zeewind zijn gezicht verkoelen. Een ruk aan het touw stopte hem abrupt. Bolivar zette Tom voorzichtig neer, die, leunend tegen zijn ontvoerder, net kon blijven staan. Ook Toms huid was van onder tot boven bekrast, maar dat leek hij niet te merken. Wazig staarde hij in de verte, alsof hij in gedachten ergens anders was en zich had afgesloten voor dit ellendige avontuur. Zichtbaar ontroerd keek de man van de jongen naar de zee. Hij streek over Toms haren en wees naar een wit gebouw op een rotspartij, net boven de kustlijn en half verscholen in de bosrand. Het was het enige gebouw in de omgeving.

'Welkom, mijn zoon,' zei hij zacht. 'Ik wist dat je me ooit zou vinden. Nu zullen de anderen snel volgen, want hier zijn jullie thuis. Ik heb het speciaal voor jullie gebouwd: mijn Casa Familia.'

79

Tara stond op springen. Nerveus liep ze rondjes om de boom waar Boris tegenaan hing. Ze was zojuist het pad afgelopen naar de hoofdweg, om te zien of Diego al in aantocht was, toen ze tot haar verbijstering de SEAT zag staan. Was Diego te voet verdergegaan? Waarom in hemelsnaam? Kon Tom dat nog wel aan? Ze pijnigde haar hersenen, maar een logische verklaring kreeg ze niet bedacht. Dit voelde niet goed. Gespannen inspecteerde ze de auto. Die was op slot en op de achterbank lagen een fles water en haar capuchontrui. Langs de weg vond ze een stevige tak, waarmee ze een zijruit insloeg. Met de fles, de trui en een kleine verbandtrommel, die ze in het dashboardkastje vond, keerde ze terug bij Boris. Ze gaf hem een paar slokken water en kneep een flesje jodium leeg in de opening tussen de zijkant van zijn schoen en zijn enkel, in de hoop de wond zo goed mogelijk te ontsmetten. Die mocht niet gaan ontsteken, al vreesde ze dat dat al gebeurd was. Boris bibberde van de kou en ondanks Tara's trui om zijn schouders begon hij te klappertanden en dat was een slecht teken.

De onrust in haar buik was nu zo groot dat ze niet meer stil kon blijven staan. Ze moest wat doen. Boris kon ze hier niet helpen, er was gereedschap nodig om die verdomde klem te openen en dat had ze niet. Na een korte schemering werd het opeens snel donker in het moeras en hoorde ze geluiden die er overdag niet waren geweest. Diego zou hen toch niet de hele nacht alleen laten? Misschien was hij met Tom in een andere auto gestapt, een auto van een voorbijganger, en was er toch hulp onderweg? Ze wist het niet en de vele vraagtekens maakten haar radeloos.

'Tara.' Boris ving haar blik en wenkte haar met een lichte hoofdknik dichterbij. Snel knielde ze naast hem neer.

'Wat is er?'

'Ik houd het niet meer vol... ik voel dat ik wegzak...' hijgde hij, tussen het klappertanden door.

'Het duurt vast niet lang meer,' blufte ze. 'Diego is al een hele tijd weg. Onze auto staat er nog, dus ik vermoed dat hij bij een voorbijganger is ingestapt. Iemand die hier de weg kent. Ik denk dat ze zo komen, met het gereedschap om je los te krijgen. En dan brengen we je onmiddellijk naar een dokter.'

Boris volgde haar betoog met gesloten ogen. 'Wacht... jouw auto staat hier in de buurt?'

'Op de weg, een half uur lopen hiervandaan,' beaamde Tara. Ze hoorde hoe hoopvol zijn stem klonk en vond het vervelend hem teleur te stellen. 'Daar hebben we niets aan, Diego heeft de sleutel.' Dat laatste wist ze niet zeker meer, nu de auto er nog stond, maar daar wilde ze Boris niet mee lastigvallen.

'Wat is het?'

'Wat is wat?'

'De auto, welk merk?'

'Een SEAT Leon, hoezo?'

Boris klakte met zijn tong. 'Dan hebben we geluk. Met de bedrading in de stuurkolom krijg je hem ook aan de praat.' Hij wreef met de trui het zweet van zijn gezicht en keek haar ernstig aan. 'Luister Tara, pak die auto en rij dit moeras uit. Zodra je bereik hebt, bel je het alarmnummer. We weten niet of het Diego lukt... en dat risico kan ik niet nemen.' Het praten putte hem uit en hij pauzeerde even om op adem te komen. 'Ik leg je uit hoe je de auto moet starten. Nu kan ik het nog...'

Tara luisterde geconcentreerd en rende bij het licht van haar telefoon terug naar de hoofdweg. De bezorgdheid om Tom en Diego zette ze opzij, er moest nu eerst hulp voor Boris komen. Vastberaden de auto te starten, trok ze het portier open en veegde het gebroken glas van de stoel.

80

Doodmoe hield Diego halt voor een laag gebouwtje achter het huis van Bolivar. Bezorgd keek hij naar Tom, die het laatste stuk weliswaar zelf had gelopen maar er hondsberoerd uitzag. Hij stond te wankelen op zijn benen en zijn ogen draaiden regelmatig weg. 'Ik weet niet wat je bedoeling is, maar die jongen heeft een dokter nodig,' beet hij Bolivar toe.

Die haakte een sleutelbos van zijn broekriem, opende de deur en knipte het licht aan. Daarna richtte hij zich tot Diego. 'Het is mooi dat je je zorgen maakt om mijn zoon, maar dat is niet langer nodig. Hij is nu thuis, bij mij.' In zijn stem klonk onverholen trots door. 'Jij blijft voorlopig hier.'

Diego keek naar binnen en zag een eenvoudig gastenverblijf. De douche en het bed lonkten naar zijn vermoeide lijf, maar toch verzette hij zich. 'Je kunt ons hier niet zomaar opsluiten,' zei hij kwaad. 'Mensen zullen zich afvragen waar we zijn. Binnen de kortste keren heb je de politie op je nek.'

Bolivar negeerde de opmerking, draaide Diego om en knoopte de touwen om zijn handen en middel los. Daarna duwde hij hem hardhandig naar binnen. De sleutel knarste in het slot en toen was het stil. In één oogopslag zag Diego dat het vertrek geen tweede toegang had en het enige raam, aan de voorzijde, was beslist te smal om doorheen te klimmen. Dit was het dan. Verslagen viel hij op het bed neer. Met pijn in zijn hart dacht hij aan Tara en Boris die wachtten op hulp. Ze zouden zichzelf moeten redden, hoe dan ook. En Tom... die arme jongen... Bolivar zag hem als een van zijn zoons. De man leefde kennelijk in een andere werkelijkheid; hij verwachtte dat zijn zoons hem kwamen opzoeken, maar die waren dood. Behalve Boris, en die zat vast in een berenklem, vermoedelijk door Bolivar zelf weggezet. De ironie ontging Diego niet. Met een zucht kwam hij overeind. Hij moest een manier vinden om hieruit te komen en Tom te redden, maar hij kon het niet; elke vezel in zijn lichaam schreeuwde om rust. Morgen, besloot hij, morgen bedenk ik iets. Als Tom zijn mond hield, was hij voorlopig veilig. Bolivar had gehuild van geluk toen hij zijn 'zoon' ontmoette. Hoe bizar ook, hij zou Tom geen kwaad doen.

Diego trok de vieze kleren van zijn lijf en ging onder de douche staan. Het lauwwarme water spoelde zweet, bloed en modder van hem af, maar de zorgen bleven. In gedachten verscheen Yvonne naast hem. Het water stroomde over haar gezicht, schouders en borsten. Hij sloeg zijn armen om haar heen en ze vlijde zich dicht tegen hem aan. Zo bleven ze staan en was het goed, een eindeloze seconde lang.

81

Hoe lang Tara al met de bedrading van de SEAT bezig was, wist ze niet, maar ze hield het bijna voor gezien. Na veel gesjor en een paar gefrustreerde kicks lukte het haar de stuurkolom te openen, maar toen ontvouwde zich zo'n wirwar aan gekleurde kabeltjes, dat ze zich afvroeg wat Boris bezield had. Ze sprong naar buiten, stak een sigaret op en inhaleerde diep. De rook in haar longen bracht haar enigszins tot rust. In gedachten liep ze de uitleg van Boris nog eens door. Het was simpel, zei hij, puur een kwestie van de juiste kabeltjes met elkaar verbinden. Met een laatste zwakke glimlach had hij afscheid van haar genomen.

'Als het niet lukt, ga je lopen, rennen, tot je genoeg bereik hebt om te bellen. Je moet me helpen, Tara, ik wil nog niet dood.'

Resoluut trapte ze haar peuk uit. 'Dat gaat niet gebeuren ook.' Binnen tien minuten moest de auto starten, anders ging ze lopen. Dat voornemen had effect. Met de uitleg van Boris in haar hoofd concentreerde ze zich opnieuw op de bedrading en dit keer kreeg ze het voor elkaar. Grommend kwam de motor tot leven, ze schoot omhoog en stootte hard tegen het stuur. Bijna euforisch knipte ze de lampen aan en keerde ze de auto, terug naar waar ze vandaan kwam.

Met haar telefoon tegen het stuur geklemd, scheurde ze door het donker. Zodra ze de eerste sterren zag, wist ze dat ze het moeras achter zich liet en dat het niet lang zou duren voor ze kon bellen. Gespannen staarde ze naar het symbooltje in haar scherm en toen het een paar kilometer verder ineens fel oplichtte, stampte ze boven op de rem. Met draaiende motor toetste ze het alarmnummer in, om na een klein kwartier opgelucht weer op te hangen. Eenvoudig was het niet, want ze sprak geen Spaans en de dame aan de andere kant amper Engels, maar uiteindelijk kwam de boodschap over: er was dringend hulp nodig in het moeras. Tara zou de hulpverleners opwachten op de hoofdweg en hen naar Boris leiden.

Nu moest ze wachten. De adrenaline maakte het onmogelijk om stil te blijven zitten en daarom ijsbeerde ze om de auto. Toen plots haar telefoon begon te rinkelen, liet ze het ding haast vallen van schrik.

'Tara,' riep ze, harder dan noodzakelijk.

'Ik ben het, Kat,' klonk het nerveus.

De breekbare stem bracht Tara weer met beide benen op de grond. 'Kat, we hebben Tom en Boris gevonden, over een paar dagen zijn ze thuis.'

'Werkelijk? Wat heerlijk...' Kat kon even niets meer zeggen en toen ze weer sprak klonk haar stem een stuk lichter. 'Ik kon jullie de hele dag al niet bereiken. Jou niet, maar Tom en Boris ook niet. Het lijkt of hun telefoons zijn uitgeschakeld. Ik was zo bang dat er iets mis was.'

Tara aarzelde. Ze wilde Kat niet bang maken, maar het voelde ook niet goed om tegen haar te liegen. 'Er is iets mis, maar je moet niet schrikken. Boris heeft een ongeluk gehad. Misschien is zijn voet gebroken. Ik wacht nu op de hulpdiensten, het komt vast goed.'

'Nee toch, ik wist het wel!' jammerde Kat en ze begon te huilen. 'En Tommy dan, is die bij jou?'

'Diego is bij hem,' zei Tara. Het leek niet verstandig hier verder over uit te wijden. 'Ik ga nu, de hulpverleners zullen er zo zijn. Vertrouw me, Kat. Ik heb gezegd dat ik Tom bij je terugbreng en dat doe ik ook.'

82

Na een eeuwigheid zag Tara in haar achteruitkijkspiegel een blauw zwaailicht flitsen. Haar hart sloeg over. Sinds haar oproep waren er twee lange uren verstreken, waarin ze zichzelf had zitten opvreten van frustratie. De gedachte aan Boris in de berenklem en de pijn die hij moest lijden, terwijl zij machteloos aan de zijlijn stond, werd haar bijna te veel. Woest was ze, en dat zouden ze weten ook. Ze zette haar knipperlichten aan en rende de ambulance tegemoet.

Toen die met piepende banden stopte, sprong er een jongeman uit, die minstens even pissig leek. Zijn rood verhitte wangen contrasteerden sterk met zijn witte uniform. In rap Spaans begon hij een tirade tegen Tara, die dat niet over haar kant liet gaan en hem in het Nederlands van repliek diende. Elkaars woorden begrepen ze niet, maar uit hun gebarentaal werd duidelijk dat de ambulance naar een andere locatie in het omvangrijke moeras was gereden, dat meerdere hoofdwegen telde. De tweede ambulancebroeder, een man van middelbare leeftijd, moest tussenbeide komen om de discussie te beëindigen. Hij richtte zich tot Tara en vroeg met een zwaar accent: '*Where is the accident?*'

Met Tara bij hen in de wagen reden ze terug het moeras in. In het pikkedonker was het erg lastig het pad te vinden, vooral nu haar auto als herkenningspunt ontbrak, maar gelukkig ving het houten bord bij de ingang van het pad voldoende licht. Geroutineerd bevestigden de mannen een elastische band met een lampje om hun hoofd. Ze trokken een brancard uit de achterkant van de ambulance en snelden al naar het pad, toen Tara hen terugfloot.

'We hebben een zaag nodig,' riep ze in het Engels, 'een die door ijzer kan. Zijn voet zit vast, we moeten hem losmaken. Hebben ze dat niet doorgegeven?'

De jongste broeder werd opnieuw kwaad om het oponthoud, dus richtte ze zich tot zijn collega. '*Help me, please, we need tools, a saw*,' zei ze, overdreven duidelijk.

De man knikte, liep terug naar de wagen en griste er een compact gereedschapskistje uit. Meer was er niet, gebaarde hij, hier moesten ze het mee doen. Gedrieën rende ze de struiken in, Tara voorop. Inmiddels kende het bos voor haar geen geheimen meer. Ze stond dan ook perplex, toen ze na een klein half uur de boom van Boris bereikten en Boris er niet zat. Ze liep een stuk terug, om er zeker van te zijn dat ze in het donker de juiste weg had gekozen, maar dat kon niet anders; dit dichtgegroeide struikgewas kende geen alternatieve route. Bij het licht van haar telefoon liep ze om de boom heen; ook geen spoor van de ketting en de klem. Hoe bestond dit?

'Boris?' riep ze vertwijfeld.

De broeders staarden haar verdwaasd aan, ze begrepen niets van het vreemde gedrag van de buitenlandse vrouw. Waar was hun patiënt?

'Boris?' schreeuwde Tara nu. Haar stem echode in de nacht, maar een reactie bleef uit. Boris was met klem en al verdwenen.

83

Tom werd de volgende ochtend wakker van de zon die door het enige raam in zijn kamer op zijn gezicht scheen. Hij voelde zich geradbraakt en het kostte hem een paar minuten om zich te realiseren waar hij was. De gebeurtenissen van de vorige dag hadden zo veel van hem gevergd, dat het niet lukte alles terug te halen. Dat Diego werd neergetrapt door Bolivar zag hij tot in detail voor zich, en ook het begin van de vreselijke wandeling, waarin hij aan Diego was vastgebonden, wist hij nog, maar de laatste uren waren weg. Hij keek om zich heen. Het zonlicht verlichtte een middelgrote kamer met witte muren en een houten vloer. Behalve het stapelbed waarin hij lag, stond er een tafel met twee stoelen en een schaakbord, en in de hoek een stapel gezelschapsspelletjes. Vanaf een plankje aan de muur hield een kleine opgezette uil hem scherp in de gaten en daaronder spelden houten letters een naam: CARMELO.

Dat riep een herinnering op. Tom kwam moeizaam overeind en zag op de grond naast het bed een glas water staan dat hij in een keer leegdronk. Carmelo, zo heette de oudere broer van Boris, die was omgekomen in de brand. Had Bolivar hem gisteren niet zo genoemd? Ja, dat was het, in een flits zag hij de waarschuwende blik van Diego weer voor zich. Hij moest zijn mond houden, niet zeggen wie hij werkelijk was. Waar zou Diego zijn? Ook in dit huis? Hij stond op, werd op slag duizelig en ging weer zitten. De kamer leek een draaimolen en vanuit het niets gleed het beeld van Boris in de berenklem voorbij. Het raakte hem hard en zonder erbij na te denken sprong hij nogmaals overeind om naar de deur te rennen. Hij viel ertegenaan, wankelde terug en duwde de klink naar beneden. Op slot. In paniek bonkte hij met zijn vuisten op de deur.

'Boris! Diego!' brulde hij. 'Ik ben hier, laat me eruit!'

Zware voetstappen klonken voor zijn deur en er ging een sleutel in het slot. De deur zwaaide open en daar stond Bolivar, zijn indrukwekkende gestalte vulde bijna de hele deuropening.

'*Tranquilo*, rustig,' baste hij, terwijl hij Toms hand pakte. Die sloeg zijn ogen neer om de onderzoekende blik van Bolivar te ontwijken. De grote man zei niets en deed hem geen pijn, maar toch ging er een dreiging van hem uit die Tom deed sidderen van angst.

'Jij hebt lang geslapen,' sprak hij in gebrekkig Vlaams. Kennelijk begreep hij dat Tom zijn Spaanse woorden niet verstond en deed hij een beroep op de taal van zijn overleden echtgenote. 'Nu ga jij in bad en dan mag jij de anderen ontmoeten. Kom.'

Met zachte dwang leidde hij Tom naar een aangrenzende kamer, waar hij een bad vol warm water liet lopen. Op een houten kruk lag een stapel schone kleren, eronder een paar slippers. Tom bleef aarzelend staan, hij was niet van plan zich uit te kleden waar Bolivar bij was, maar die vertrok en draaide de deur achter zich op slot. Het was een akelig geluid, dat er bijna voor zorgde dat Tom huilend in een hoekje van de badkamer dook, maar hij wist zich te beheersen. Nu instorten is nooit meer wegkomen, hield hij zichzelf voor. Sterk blijven, Diego moet hier in de buurt zijn, die komt me halen. Als een mantra bleef hij die woorden herhalen terwijl hij zijn kleren uittrok en in bad ging zitten. Hij spoelde het vuil van zijn lichaam en waste zijn haren met shampoo. Toen hij een minuut of tien later aangekleed op de kruk plaatsnam, knarste direct de sleutel in het slot. Alsof Bolivar achter de deur had staan wachten tot hij klaar was.

Zichtbaar tevreden nam hij Tom weer bij de hand, om hem via een smalle trap naar beneden te begeleiden. Het was er donker, ramen ontbraken, en het enige licht kwam van twee enorme kaarsen op een ronde tafel. Een geur van verrotting vulde de bedompte ruimte. Zuchtend liet Bolivar Toms hand los en met een ontroerde knik maande hij hem verder te lopen. Tom kneep zijn ogen tot spleetjes om beter te kunnen zien. Aarzelend stapte hij dichter naar de tafel, maar toen bleef hij stokstijf staan. De stoelen om de tafel waren bezet: vijf jongens en een jonge vrouw zaten onbeweeglijk aan het ontbijt. Ze spraken of aten niet, knipperden zelfs niet met hun ogen. De angst greep Tom bij de keel, toen hij besefte wat hij zag: dit waren geen mensen, maar poppen, levensgroot en niet van echt te onderscheiden.

84

In het gastenverblijf, achter de hoofdwoning van Bolivar, was Diego klaar voor de strijd. Hij had goed geslapen en voelde zich fit, op een stevige spierpijn in zijn benen na. Zijn uitgespoelde kleding lag te drogen in het zonlicht dat door het kleine venster naar binnen viel en nu wachtte hij op Bolivar. Zijn stappenplan was even simpel als doeltreffend: 1. Hier weg, 2. Boris uit de klem, 3. Met hulptroepen terug om Tom te redden. Uiteraard was hier van alles op af te dingen, maar die gedachte verdrong hij resoluut. Het voelde goed een plan te hebben en zelf de regie te pakken, dat gaf energie. Hij had zeker al een liter water gedronken, uit het fonteintje in de wc, en kon niet meer stilzitten. Schijnboksend bewoog hij door de kamer. Sterker dan Bolivar was hij niet, maar wel sneller en explosiever. En hij zou het voordeel hebben van de verrassing.

Na zeker dertig keer voor het venster te hebben gestaan, zag hij Bolivar aan het einde van de ochtend eindelijk naar buiten komen. Hij was alleen, dus Tom moest ergens in het huis verblijven. Diego hoopte dat de jongen was opgeknapt en dat hij lang genoeg zijn mond kon houden. Zolang Bolivar in de waan bleef dat Tom zijn verloren zoon Carmelo was, zou Tom veilig zijn. De man was gek, maar hij hield van zijn kinderen. Diego rekende erop dat die liefde Tom zou beschermen, in ieder geval voor even. Hoe dan ook, Tom moest hier zo snel mogelijk weg, maar eerst was het zijn beurt. In zijn nog klamme kleding drukte hij zich tegen de wand naast de deur. Zodra die openging zou hij een snoekduik maken, om langs of onder Bolivar door te ontsnappen. Het vergde wat improvisatie, maar hij had zichzelf voldoende opgepept en stond op scherp.

Ingespannen luisterde hij hoe Bolivar de deur van het slot draaide en toen die open ging, schoot hij als een haas de hoek om. De volledig vrije doorgang kwam zo onverwacht, dat hij een paar meter verder op zijn buik in het zand landde. Verbaasd krabbelde hij overeind. Bolivar hield hem van een afstandje in de gaten, maar scheen er geen moeite mee te hebben dat Diego buiten stond. Opeens hief hij zijn arm en flitste er een blinkend kapmes rakelings langs Diego's oor. Die schrok zich te pletter en dook opnieuw naar de grond. Achter hem stak het mes trillend in de houten deurpost van het gastenverblijf.

'Hé, waarom doe je dat?' riep Diego verontwaardigd. Hij beefde van woede en angst en misschien was het beter af te wachten wat Bolivar wilde, maar het lag nu eenmaal niet in zijn aard om zijn mond te houden. Hij begreep wel dat vluchten er niet in zat, met het mes had Bolivar minstens een bereik van vijftig meter.

Op zijn gemak liep Bolivar naar de deurpost. Hij trok het mes uit het hout, veegde het langs zijn broek schoon en stak het in een speciale lus aan zijn riem.

'Je hebt mijn zoon hierheen gebracht en daar ben ik je dankbaar voor,' begon hij. 'Maar nu kan ik je niet meer gebruiken, dit huis is alleen voor familie.'

Diego luisterde aandachtig en hield ondertussen een scherp oog op het mes; Bolivar zou hem niet nog een keer verrassen. 'Laat me dan gaan.'

Bolivar gromde. 'Wie garandeert me dat je wegblijft? Deze plek is heilig voor me; geen vreemden, geen moderne wereld met computers, televisie of telefoon. Alleen de natuur en mijn familie, dat moet zo blijven. Hoe weet ik dat je niemand vertelt waar ik woon?' Met zijn hoofd wat schuin observeerde de man Diego, alsof hij afwoog wat voor vlees hij in de kuip had.

'Waarom zou ik dat doen? En wie zou het interesseren?' blufte Diego. 'Dat een zoon bij zijn vader intrekt, in een uithoek aan de Spaanse kust, is niet bepaald wereldnieuws.' Hij stond op en klopte het zand van zijn kleren. Nonchalant wandelde hij een stukje verder om met zijn rug naar Bolivar toe, het uitzicht op zee te bewonderen. Zijn trillende handen stak hij in zijn zakken.

'Je vriend Pols doet je de groeten.' De ingeving kwam spontaan en er was geen tijd om erover na te denken, maar hij moest iets doen om weg te komen en dus waagde hij de gok. 'Ik bezoek regelmatig zijn café in de Ardennen, mooie zaak.' De stilte die volgde was gekmakend, maar hij hield het vol om niets te zeggen; Bolivar was nu aan zet.

Diens nieuwsgierigheid was gewekt. 'Je kent Hubèrt?'

Raak. Heimelijk opgetogen liet Diego de ingehouden adem uit zijn mond ontsnappen. 'Hoe kon ik anders weten dat je in dit moeras woont? Hij wees Carmelo en mij de weg. Sympathieke vent, leuke kroeg ook, jammer dat zijn survivalbedrijf failliet is gegaan, de concurrentie is moordend.' Als een vis had Bolivar toegehapt en babbelend probeerde Diego hem nu binnen te halen. Zijn hersenen kraakten en hij pauzeerde even om tijd te winnen. Als het volgende schot geen doel trof, was zijn kans verkeken. Hij raapte een steentje van de grond en gooide het met een hoge boog naar de rotsen aan zee.

'Gelukkig leveren de beesten wat op.'

'De beesten? Na al die jaren heeft hij ze nog?' Met grote passen beende Bolivar op Diego af. Die voelde dat hij nu moest doorpakken.

'Heeft hij ze nog? Het hele magazijn staat vol! Pols heeft het me zelf laten zien. Ik denk dat hij de laatste maanden niet meer dan een paar dozen verkocht heeft. Hij moet toch ergens van rondkomen, maar de rest raakt hij niet aan. Vraag mij niet waarom...'

Bolivar fronste zijn wenkbrauwen. 'Omdat ze van mij zijn,' zei hij bedachtzaam. '*Mierda*, verdomme!' Zichtbaar verward liep hij rondjes over het erf. Diego liet hem piekeren en keilde schijnbaar doodgemoedereerd steentjes naar de zee.

'Je moet naar hem toe gaan.' De verlossende woorden kwamen onverwacht. Bolivar tikte een kiezel uit Diego's hand en greep zijn pols. 'Zeg hem dat ik die beesten niet meer hoef. De handel heeft mij meer dan genoeg opgeleverd. Als mijn oude vriend het geld zo hard nodig heeft, mag hij ze verkopen.' Hij twijfelde even, maar sprak toen verder: 'De andere spullen moet hij vernietigen.'

Diego wist dondersgoed dat hij met die laatste opmerking de potten met ledematen bedoelde en het liefst rende hij zo hard mogelijk weg, maar hij was het mes nog niet vergeten. 'Dat zou ik kunnen doen,' begon hij aarzelend, 'maar ik weet niet of ik de weg terug zo makkelijk vind. Ik moet een kompas hebben en water.'

'Dat kan je krijgen.'

'En ik barst van de honger.' Dat was bijna een brug te ver, door Bolivars ogen schoot een zweem van ongenoegen die Diego vertelde dat hij op zijn tellen moest passen.

'Het is een lange tocht,' verduidelijkte hij snel, 'maar met een kompas en wat proviand gaat het zeker lukken.'

Met een hoofdbeweging gebood Bolivar hem terug het gastenverblijf in, waar Diego op hem wachtte. Niet veel later kwam hij terug met een gevulde rugzak en een kompas. Samen staken ze de rotsen over, tot het begin van het pad dat het moeras in leidde.

'Houd noordwest aan en volg de rivier, dan kom je bij de plek waar ik jullie vond.'

Diego knikte ongeduldig. Met de vrijheid in zicht, kon hij zich bijna niet meer inhouden, maar een stevige hand van Bolivar hield hem een laatste keer tegen.

'Laat je hier nooit meer zien,' dreigde hij. 'Als je me belazert, zoek ik je op, en geloof me, dat wil je niet.'

85

Bolivar keek Diego na tot hij uit het zicht verdween en beende over de rotsen terug. Hij passeerde zijn huis en sprong zo'n honderd meter verderop via een paar grote stenen het strand op. Verscholen in de bosrand stond een simpel houten schuurtje met een puntdak. Hij gebruikte het als opslagplaats voor een kano en een kleine roeiboot en als hij zijn visnetten straks uit het water haalde, hing hij er de netten te drogen. Vandaag diende het schuurtje een ander doel en dat stemde hem euforisch. Dat hij, na zo veel jaren wachten, opeens dubbel werd beloond, ging zijn voorstellingsvermogen te boven. Zijn geloof in God had hij na de brand volledig afgezworen, maar nu begon hij te twijfelen. Blijkbaar had toch iemand het goed met hem voor.

Geruisloos naderde hij het schuurtje, om geruime tijd doodstil voor de deur te staan luisteren. Toen hij zeker wist dat het veilig was, opende hij de deur. Het aanzicht benam hem de adem en alweer welden de tranen in zijn ogen op. In de roeiboot lag de tweede zoon, die hem weer had gevonden en hij kon zijn geluk niet op: ook Boris was thuis. Ontroerd wreef Bolivar zijn tranen weg, hij was jaren niet zo emotioneel geweest. Hij wilde niets liever dan dat Boris bij Carmelo en de anderen aan tafel zat, maar daarvoor moest eerst iets gebeuren. De berenklem was oud en roestig en lag al jaren in het moeras. Het was een van de vallen die hij verspreid door het beschermde deel van het natuurgebied had neergezet en regelmatig controleerde. Van tijd tot tijd ving hij een haas, die hij zich goed liet smaken, maar de berenklem had nog nooit iets opgeleverd. Tot een luid gebrul hem gisteravond waarschuwde en bleek dat hij zijn eigen zoon gevangen had.

Van de eerste schrik bekomen, had hij besloten dat Boris kon wachten; eerst moesten Carmelo en Diego veilig worden opgeborgen. Zij gingen op weg om hulp te halen en dat kon hij niet toestaan. Toen hij na middernacht bij Boris terugkeerde, was die bewusteloos en die roodharige vrouw die hem vergezelde in geen velden of wegen te bekennen. Dat laatste baarde hem zorgen; ook zij kon hulp inroepen en een zoektocht beginnen. Het was vaker gebeurd, eens in de zoveel jaar verdwaalde er weer een domme toerist, maar nog nooit was zijn huis ontdekt en dat wilde hij beslist zo houden. Hij zou zo snel mogelijk de hoofdwegen langslopen, om te controleren of er naar Boris gezocht werd, maar eerst moest hij een ander klusje klaren.

Hij verwijderde de twee shirts van het linkerbeen van zijn zoon en sneed met zijn kapmes behoedzaam de pijp van de broek. De kuit was danig opgezwollen en rond de doorboorde schoenrand kleurde de huid zwart. In het bos al constateerde Bolivar dat de klem kapot was, het roestige mechanisme waarmee de veer kon worden gespannen, functioneerde niet meer. Gelukkig waren er andere manieren om Boris te bevrijden en wist hij precies hoe dat moest; hij had vaker met dit bijltje gehakt. Toen hij de schoen optilde om hem op het bankje van de roeiboot te leggen, werd Boris wakker. Hij kreunde van de pijn en probeerde zijn been weg te trekken, maar Bolivar hield hem tegen. Met horror in zijn ogen zag Boris hoe zijn vader een knie op zijn bovenbeen zette, een kapmes boven zijn hoofd hief en het met brute kracht in zijn been liet neerkomen.

86

Op de kruising van de hoofdweg met het zandpad dat leidde naar de plek waar Boris had gezeten, stond Tara. Het liep tegen het einde van de middag en ze tolde van vermoeidheid. Afgelopen nacht was ze met de ambulancebroeders meegereden naar het dichtstbijzijnde dorp. Op haar verzoek lieten ze haar achter bij de enige garage die het dorp rijk was, waar ze voor de deur wachtte tot die openging. Normaliter verhuurden ze er geen auto's, maar in ruil voor haar paspoort en de zestig euro in haar portemonnee, mocht ze die dag de oude Jeep van de eigenaar lenen.

Omdat de telefoons van Diego, Tom en Boris direct op voicemail sprongen, belde ze Hotel Americana. Na enig aandringen was de receptioniste bereid op Diego's deur te kloppen, maar die deed niet open en hij was afgelopen nacht ook niet in het hotel gesignaleerd. In de Jeep doorkruiste ze vervolgens het moeras en vond ze eindelijk het bezoekerscentrum, maar ook hier gold: taal noch teken van de drie mannen. Met een kaart van de omgeving, een beker koffie, een fles water en een zak koekjes verliet ze het centrum en reed naar het kruispunt, waar ze nu al een paar uur postte. Een logischer plek om te wachten kon ze niet bedenken, ze durfde te wedden dat Diego dat met haar eens zou zijn, maar toch kostte het veel moeite er te blijven staan. Het slaapgebrek en de constante zorgen om de mannen begonnen hun tol te eisen. Toen de koffie en de koekjes op waren en ze genoeg had gerookt, stapte ze met tegenzin de Jeep in, om op de achterbank toch een paar minuten slaap te pakken.

Twee uur later schrok ze wakker van een klamme hand op haar been.

'Ha schone slaapster, heb je een nieuwe koets?' sprak een stem, die ze uit duizenden zou herkennen. Verbouwereerd keek ze in Diego's lachende gezicht. Hij gaf haar een vermoeide knipoog en meteen viel er een last van haar schouders. Ze duwde zichzelf overeind en stapte de Jeep uit.

'Waar was je nou, man?' zei ze, kattiger dan ze bedoelde. 'Waar heb je Tom gelaten? En weet jij waar Boris is?'

'Boris?' Op slag verdween de lach van Diego's gezicht. 'Hoezo? Die kon toch geen kant op?'

In rap tempo brachten ze elkaar op de hoogte van de ontwikkelingen in de afgelopen uren. Tara gruwde ervan dat Tom door Boris' vader gevangen was genomen en vocht tegen een groeiend schuldgevoel.

'Kat wordt gek als ze dit hoort, Tom moet daar onmiddellijk weg.'

'Eens, we moeten erheen,' knikte Diego, 'die Bolivar is onberekenbaar. Geen idee waartoe hij in staat is, zelfs niet tegen Tom. Maar eerst Boris, hoe is hij in godsnaam losgekomen? Met die wond kan hij toch nooit ver zijn?'

'Bolivar moet hem hebben,' giste Tara. 'Die heeft hem zien liggen toen hij jou en Tom meenam, dat kan niet anders.'

Diego zweeg en herinnerde zich huiverend de laatste woorden van Bolivar: 'Als je me belazert, zoek ik je op, en geloof me, dat wil je niet.' Ondanks de warmte stond er kippenvel op zijn armen. Ruw wreef hij eroverheen, toegeven aan angst had hij nog nooit gedaan en hij zou er vandaag niet mee beginnen.

'Je hebt gelijk,' zei hij daadkrachtig, 'we moeten erheen, maar niet via het moeras, ik heb een beter idee.'

87

Diep weggedoken onder de dekens in het stapelbed van Carmelo lag Tom. Hij zweette, maar dacht er niet over zijn schuilplaats te verlaten. Onder de dekens voelde hij zich veilig. Zodra hij kon zou hij vluchten, uit deze kamer, uit dit huis, maar vooral weg van de man, die volslagen krankzinnig moest zijn. De ontmoeting met zijn 'familie' aan de ontbijttafel die ochtend speelde onafgebroken door zijn hoofd, hoe hard hij ook probeerde de herinnering te blokkeren. Het rottende fruit op tafel, het beschimmelde brood en de vliegen waren al genoeg reden om niet aan te schuiven, maar het was de zielloze blik van de poppen, die hem deed gillen van angst. De jonge vrouw was tante Livia, de zus van zijn moeder, hij herkende haar direct. En de vijf jongens moesten zijn neven voorstellen: Carmelo, Boris, Esteban, kleine Pancho en baby Juanito. Hun handen en gezichten hadden zo veel detail, dat ze op een foto niet van echt te onderscheiden zouden zijn.

Bolivar reageerde amper op zijn gegil, die had het te druk met Carmelo. Hij tilde de pop uit de stoel en legde hem voorzichtig in een hoek van de kamer. Daarna gebood hij Tom in de lege stoel plaats te nemen.

'Het is feest vandaag,' had Bolivar gezegd. 'Ik heb je geboortekaars aangestoken om te vieren dat jij opnieuw in ons leven bent gekomen.'

Machteloos was Tom gaan zitten. De penetrante geur van

rottende etenswaren deed hem kokhalzen en wanhopig sloeg hij zijn handen voor zijn gezicht. Dat had hij beter niet kunnen doen. Met een ruw gebaar duwde Bolivar Toms handen tegen de leuning van de stoel.

'Dit is je familie, Carmelo, daar sluit je je ogen niet voor! Eindelijk zijn we samen, je weet niet hoe lang ik hierop heb gewacht. Neem dit brood en eet!' Hij scheurde een stuk van het beschimmelde platte brood en stak het in zijn eigen mond. Daarna gaf hij Tom een stuk, die te bang was om niet te eten en een muizenhapje nam. Bolivar dwong hem ruim een uur te blijven zitten, tot hij weer naar zijn kamer mocht en huilend onder de dekens weg kon kruipen.

Hij twijfelde er niet aan dat Diego en Tara hem zochten en dat ze er alles aan zouden doen om hem te redden, maar hoe lang duurde dat? Hoe lang moest hij hier nog blijven? De gedachte aan een volgende sessie aan de familietafel maakte hem doodsbenauwd. Was Boris maar hier, dacht hij wanhopig en opeens ging hem een lichtje op. De kaarsen! Er hadden vijf kaarsen op de ontbijttafel gestaan, een voor elke zoon. Geboortekaarsen, noemde Bolivar ze. Tom concentreerde zich en wist het zeker: behalve zijn geboortekaars, brandde er nog een, voor het bord van Boris. Zou dat betekenen dat Boris ook hier was, ergens dichtbij? De tranen stroomden over zijn wangen, van blijdschap dit keer. Het was niet meer dan een heel klein sprankje hoop, maar daar zou hij het mee moeten doen.

88

Nog geen tien meter verderop lag Boris in een soortgelijke kamer als die van Tom, alleen stonden hier twee bedden. Boven het zijne spelden houten letters zijn naam, en volgens de letters was het bed aan de overzijde van zijn jongere broer Esteban. Esteban was zeven jaar toen hij omkwam in de brand en Boris herinnerde zich hem nog goed. Het was een wildebras, altijd in voor kattenkwaad. Hun moeder had haar handen vol aan hem, als hij een hondendrol in krantenpapier wikkelde en voor de deur van de buren in brand stak of als hij weer eens met zijn crossfiets in de sloot belandde. Dan kreeg hij straf, maar echt boos kon niemand op hem worden; met zijn charme kwam hij overal mee weg.

Het was lang geleden dat Boris aan zijn familie had gedacht, maar in deze kamer, speciaal gemaakt voor hem en Esteban, was er geen ontkomen aan. Hevig versuft van de morfine die zijn vader hem na de amputatie had ingespoten, lag hij al uren in dit bed naar de letters aan de muur te staren. In het donker kon hij ze nauwelijks nog onderscheiden. Zijn linkerbeen voelde hij niet; het lag ingezwachteld op een verhoging en zag er vreemd kort uit. Dat zijn voet miste, wist hij wel, maar het was nog niet ten volle tot hem doorgedrongen – de shock was simpelweg te groot. Hij begon deze reis om zijn vader te confronteren met een vermoeden waarvan hij hartgrondig hoopte dat het niet waar was. Die hoop was nu aan diggelen. Als

Bolivar in staat was de voet van zijn eigen zoon met een kapmes af te hakken, ging kennelijk niets hem te ver.

Zijn oma had Bolivar vervloekt, maar zover was Boris nooit gegaan. Ergens voelde het beter zijn vader niet te streng te veroordelen. De man had zijn vrouw en vier zoons verloren in een brand, wie zou daar niet kapot van zijn? Dat hij ging rond-dolen en de zorg voor zijn enige overgebleven zoon niet aankon, wilde Boris in de loop der jaren zelfs begrijpen. Behoefte aan contact had hij echter niet, dat hoofdstuk van zijn leven was voorgoed voorbij. Totdat Kat na jaren zwijgen weer ging praten en vertelde over het masker dat er van haar gezicht was gemaakt. Dat maakte een vuur in hem los dat zich niet liet blussen. Maskers maken was een ambacht van zijn opa, Bolivars vader. Als kleine jongen had hij eens zijn atelier bezocht; het was niet meer dan een vage herinnering en hij kon er niemand meer naar vragen, maar de foto's in het album bevestigden het. Ze toonden zijn opa en zijn vader met hun mouwen tot boven de ellebogen opgestroopt en hun handen in een plastic emmer. Krachtig kneedden ze een witte pasta, die aan hun onderarmen kleefde. Op de volgende foto's werd duidelijk wat ze aan het maken waren: op een werkbank lagen drie witte maskers te drogen en aan de muur hingen er twee – geverfd en voorzien van wimpers en wenkbrauwen leken ze griezelig echt.

Daarom moest hij hiernaartoe. Niets was nog belangrijk als hij niet wist of zijn vader iets te maken had met het masker van Kat. Of hij, twee jaar na de brand waarin hij zijn gezin verloor, ook het gezin van zijn schoonzus in het ongeluk had gestort. Of hij verantwoordelijk was voor de misère in die familie, met Lex in een inrichting, Mattes zelfmoord en de psychoses van Kat. Met die vraag wilde hij zijn vader confronteren en er was niets dat hem nu nog tegenhield.

89

Halverwege de volgende ochtend reed een streekbus Tara en Diego de havenstad Cádiz binnen. Tara had liever de Jeep nog even gehouden om zelf naar Cádiz te rijden, maar dat stond de garagehouder, van wie ze hem gehuurd had, niet toe. Hij kon het niet waarderen dat ze de auto veel later terugbracht dan afgesproken en verwees hen naar het openbaar vervoer. De streekbus naar Cádiz rook muf en reed tergend langzaam, maar het was een goede plek om op te warmen na een kille nacht en ze sliepen bijna de hele rit.

De sterke koffie in een kroegje aan de haven joeg de vermoeidheid uit hun lichaam. Diego vertelde wat hij had bedacht, terwijl Tara een uitsmijter at en hem zonder onderbreken aanhoorde.

'Ik snap je bedoeling,' zei ze, toen hij klaar was, 'maar denk je dat het slim is dit zonder politie te doen? Bolivar is een gevaarlijke gek, hij sluit mensen op, zwaait met messen en heeft jou al bedreigd. Als hij straks ook maar een glimp van je opvangt, weet-ie dat hij belazerd is en valt de boel in duigen. Zelfs als je plan werkt, blijft het een riskante operatie.'

Diego knikte heftig. 'Met de politie erbij is het risico juist veel groter. Ik denk dat ik de man een beetje ken, ik weet hoe je met hem om moet gaan, het is me niet voor niets gelukt daar weg te komen. De politie spreekt zijn taal niet, die speelt het spel niet mee. Als we vertellen dat hij er één, nee, waarschijnlijk twéé jongens tegen hun zin vasthoudt, gaan ze er met grof geschut op af. Daar heb je Bolivar niet mee; het is zijn terrein, hij is ijzersterk en ik weet zeker dat hij meerdere wapens bezit voor de jacht.' Hij dronk zijn kopje leeg en staarde in gedachten naar een vrachtschip dat voorbijvoer. 'Een kat in het nauw maakt rare sprongen en daar wil ik Tom en Boris niet aan blootstellen.'

Gehaast veegde hij een servet langs zijn lippen. 'Iets anders: we hebben in die uithoek geen bereik, dus we kunnen de politie niet bellen als het link wordt. Daarom stel ik voor een mail te schrijven en daar, vlak voor ons vertrek, een timer op te zetten, zodat hij automatisch verzonden wordt als we er een half uur zijn. Dat geeft ons dekking en hopelijk voldoende voorsprong om de jongens daar weg te krijgen. Oké?'

'Top.' Tara stond op en rekende af. 'Het is tijd dat we geld gaan verdienen, deze vakantie hakt er aardig in. Ik ben bijna blut.'

'Als we met dit verhaal geen vette bonus verdienen, dan weet ik het niet meer,' grinnikte Diego. 'Donderdag terug, zei Benno. Dat halen we niet, maar vrijdag de voorpagina misschien nog net.'

90

Rusteloos drentelde Tom door zijn kamer. Slapen lukte al uren niet meer. Zodra de eerste zonnestralen door zijn raam vielen, werd hij misselijk van angst en kon hij niet meer blijven liggen. Het zou vast niet lang duren totdat Bolivar hem weer kwam halen voor het ontbijt in die verschrikkelijke kelder. Hij had zijn oor al een paar keer tegen de deur gelegd, maar hoorde niets. In een opwelling drukte hij de deurklink naar beneden en die gaf zowaar mee, verbijsterd zag hij hoe de deur een stukje openzwaaide. Was die de hele tijd al open? Toen hij gisterochtend zijn kamer in rende, was hij zo overstuur geweest dat hij er helemaal niet op had gelet of Bolivar zijn deur op slot draaide. Hij ging er zonder meer van uit dat hij continu opgesloten zat. Klopte dat dan niet?

Hoewel zijn maag zich bijna omkeerde van spanning, stak hij voorzichtig zijn hoofd om de deur. Deze lange gang had hij gisteren ook gezien, maar toen gebeurde er zo veel dat veel langs hem heen was gegaan. Nu telde hij zes deuren, inclusief die van zijn slaapkamer en de badkamer, waarvan er twee op een kier stonden. Geruisloos sloop hij over de houten planken om een blik te werpen in de eerste kamer. Die moest van Bolivar zijn, want een flink tweepersoonsbed bezette het grootste deel van de ruimte. Maar het was een ander element dat verreweg de meeste aandacht trok: aan de muur boven het bed spreidde een gigantische zwarte adelaar zijn vleugels. Opgezet, wist Tom, net als de uil in zijn eigen slaapkamer, al was die gelukkig stukken kleiner.

Hij spiedde kort om zich heen en toen de kust veilig bleek, liep hij langzaam verder. Voorzichtig duwde hij de deur van de volgende kamer verder open. Het lege ledikantje en het kinderbed zetten zijn nekharen overeind. Pancho en Juanito mochten hier slapen, lieten de houten letters weten, maar dat had Tom al begrepen. Het trof hem opnieuw in wat voor obscure waanwereld Bolivar moest leven. Dit hele huis was ingericht voor overledenen, een vrouw en vier kinderen die er niet meer waren, maar die – tegen alle natuurwetten in – uit de dood werden teruggeroepen. Bolivar zag in hem zijn oudste zoon. Misschien leken ze op elkaar, dat was niet onwaarschijnlijk, maar Carmelo stierf toen hij negen jaar was en Tom was inmiddels vijftien. De brand lag twaalf jaar achter hen, Carmelo zou nu eenentwintig zijn. Was Bolivar na al die jaren de grip op de werkelijkheid zodanig verloren, dat hij alleen zag wat hij wilde zien?

Met nog twee deuren te gaan, kon Tom zijn nieuwsgierigheid niet bedwingen. Een van de twee moest de kamer van Boris zijn en er was niemand die hij op dit moment liever zou zien. Hij gunde zichzelf geen tijd om terug te krabbelen en duwde snel de vijfde deur open. Zijn mond viel open van verbazing. Dit was geen slaap- of badkamer, maar wat het wel was, kon hij niet eens benoemen. Minstens tien stellingkasten vulden de kleine ruimte en die stonden van onder tot boven vol met glazen potten van verschillende formaten. Tom begreep niet waar hij naar keek en sloop aarzelend dichterbij. Hij nam een pot uit het dichtstbijzijnde rek en hield hem op ooghoogte. Een donkere vloeistof hield iets verborgen, maar hij kon niet goed zien wat het was. Met zijn hand op het deksel keerde hij de pot, om aan de onderkant een handgeschreven etiket te ontdekken. Het priegelschrift was lastig te lezen, maar met de nodige concentratie lukte het toch: 050513NFCH-m.

Pas toen Tom de vloeistof zacht door de pot liet schommelen en het rechteroor goed zichtbaar werd, begreep hij wat hij in zijn handen had. Met een harde klap spatte de pot op de grond uiteen. Het oor rolde over de grond, tot het tegen de poot van een stellingkast tot stilstand kwam. Totaal van slag stortte Tom zich op de zesde deur. 'Boris, help!'

Zijn schreeuw echode door de lege kamer, waar de letters aan de muur zijn gelijk bewezen: dit was de kamer van Boris en van Esteban en het onderste matras van het stapelbed was duidelijk beslapen. In paniek liet Tom zich op het bed vallen en vanuit een haast kinderlijke zucht naar bescherming trok hij het kussen naar zich toe. Het potje tranquillizers aan het hoofdeinde kwam hem maar al te bekend voor. Jammerend stak hij het in zijn zak, toen zware voetstappen de trap op klosten.

Het was tijd voor zijn ontbijt.

91

Het huren van een boot bleek veel lastiger dan Diego vooraf gedacht had. Dat er in een grote havenstad als Cádiz niemand te vinden was van wie ze een boot konden lenen of die hen een dag wou rondvaren, ging zijn verstand te boven. Gefrustreerd liep hij over de steiger van de zoveelste vissersboot, die hem zojuist 'nee' had verkocht.

'We zijn te laat,' riep hij naar Tara, die op de kade stond te wachten. Ook zij had het een paar keer geprobeerd, maar ze sprak de taal niet en met Engels hoefde je hier kennelijk niet aan te komen.

'Ze zeggen allemaal hetzelfde, de meeste boten varen heel vroeg uit. Wat hier nu ligt, is in reparatie of moet straks nog op pad. Ik heb die visser net dubbel zoveel geboden als die eerste visser vanochtend, maar dat maakt geen enkel verschil. Stug volk.' Hij vloekte en keek zoekend om zich heen. 'Als we geen boot hebben, gaat heel ons plan naar de klote. Dan moeten we toch naar de politie, Tara, het kan niet anders, niets doen is geen optie.'

Tara zweeg. In de verte eiste iets haar volledige aandacht op en ineens rende ze weg. Diego keek haar verbaasd na. 'Waar ga je heen?'

'Kom!' riep ze terug. Dat hoefde ze geen twee keer te zeggen. Diego sprintte de steiger af, sprong op de kade en haalde haar moeiteloos in. Pas aan het einde van de kade stopten ze.

Diego probeerde Tara's blik te volgen, maar begreep niet wat ze van plan was.

'Er is misschien toch een oplossing,' zei ze vlak, en ze wees naar een kleine zeilboot die een meter of vijftig uit de haven in de golven dobberde. Op het voordek stond een lange, slanke man in een spijkerbroek, die hen met een verrekijker gade sloeg.

'Quinten?!' Diego kon zijn ogen niet geloven. 'Hoe weet hij dat we hier zijn?'

'Geen idee, maar hij heeft een boot.' Tara stak haar arm in de lucht en zwaaide. Toen Quinten na enige aarzeling hetzelfde deed, wenkte ze hem dichterbij.

'Dit meen je niet,' riep Diego. 'Ben je vergeten wat die vent je heeft aangedaan?'

'Hij heeft Huub ontvoerd en mijn rib gebroken,' antwoordde Tara ernstig. 'Dat ben ik niet vergeten. Net zomin als ik vergeten ben dat hij naar Spanje kwam om een briefje op mijn deur te prikken. We hebben hem laten gaan en daar is hij ons dankbaar voor. Als hij die dankbaarheid wil tonen, mag hij ons zijn boot lenen. Of heb jij een beter idee?'

Diego keek of hij water zag branden. 'Dit bestaat niet. Jij dacht eerder ook al dat je hem doorhad, en het spijt me Tara, maar je kon er niet verder naast zitten. Die man kun je niet vertrouwen.'

'We zullen zien,' zei Tara koppig en ze sloeg demonstratief haar armen over elkaar. Zwijgend wachtten ze op Quinten, die de boot met behulp van een boordmotor behendig aanmeerde en op de kade stapte. Nadat hij de boot had vastgelegd, kwam hij hen schoorvoetend tegemoet.

'Waarom volg je ons? Ik heb toch gezegd dat je uit de buurt moest blijven?' riep Diego hem toe, nog voordat hij goed en wel voor hen stond.

Quinten haalde zijn schouders op en stak ongemakkelijk zijn handen in zijn zakken. Tara voelde aan dat een subtielere aanpak nodig was en liep rustig naar hem toe. 'Quinten, voor we verder kunnen, moet je vertellen hoe je steeds weet waar ik ben. Dat is belangrijk voor me.'

Quinten bloosde. Zonder haar aan te kijken, mompelde hij iets onverstaanbaars.

'Wat zeg je?' vroeg ze niet onvriendelijk.

'Er zit een tracer in je telefoon,' herhaalde hij.

'Wat?' riep Diego verontwaardigd. Hij hief zijn handen en zocht naar woorden, maar kwam er niet uit. Tara zond hem een vermanende blik.

'Wanneer heb je die erin gestopt?'

Quinten negeerde Diego en keek Tara strak aan, schijnbaar bereid alles op te biechten. 'Toen ik de foto uit je huis haalde. Je liet je hond uit en je telefoon lag nog op tafel.'

'Oké, het is goed dat je me dit verteld hebt. We zullen de tracer straks uit mijn telefoon halen, maar eerst wil ik je iets anders vragen. Diego en ik hebben dringend een boot nodig en er is er nergens een te huur. Kunnen we de jouwe lenen?'

'Nee,' zei Quinten resoluut. 'Maar als je zegt waar je naartoe wilt, vaar ik je erheen.'

Met opgeheven hoofd wendde Tara zich tot haar collega. 'Nu of nooit,' zei ze dwingend.

Pissig trapte Diego tegen een meerpaal. Bij Quinten in een boot stappen voelde als een regelrechte nederlaag, al zou hij de laatste zijn die dat toegaf. Tegelijkertijd wist hij hoe urgent de situatie was en had hij geen alternatief, dus volgde hij Tara en Quinten naar de boot, waar een chocoladebruine pup hen kwispelend opwachtte.

92

Toms hart klopte als een bezetene toen Bolivar de kamer binnenkwam. De grote man zag er vandaag anders uit dan gisteren. Op de een of andere manier leek hij minder rustig en tevreden. Zijn ogen schoten de kamer door en hij strekte keer op keer zijn vingers. De donkere vlekken in zijn hemd verraadden dat hij flink gezweet had en al snel was de kleine kamer doordrongen van een penetrante lucht. Tom rook het, maar wist wel beter dan dat te laten merken. Hij dwong zichzelf het kussen aan de kant te schuiven en schoof wat naar voren op het bed.

'Ik wilde u wat vragen,' begon hij, met bevende stem.

Bolivar reageerde niet. Tom zag hoe zijn ogen onophoudelijk door de ruimte dwaalden, alsof hij iets zocht wat er niet was. Aarzelend kwam hij omhoog.

'Is Boris ook hier? In het echt... ik bedoel...' Hij werd vuurrood en kreeg acuut buikpijn, toen hij zich zijn vergissing realiseerde. Bolivar had hem gisteren zijn 'familie' laten zien. Voor hem waren de poppen levensecht. Tom durfde er niet aan te denken wat Bolivar zou doen als hij erachter kwam dat Tom daaraan twijfelde.

'Kom.' Bolivar stak zijn hand naar hem uit en gaf geen blijk van woede of een andere emotie. Hij wachtte tot Tom naar hem toe kwam en greep zijn pols beet. De aanraking van de klamme hand voelde als een bankschroef en dat brak Tom.

Het was te veel; vanaf het moment dat Boris in de klem stapte, had hij zich laten meesleuren in een achtbaanrit zonder einde en nu kon hij niet meer. Hij zakte door zijn knieën en trok hard aan zijn arm om zich los te trekken, maar faalde jammerlijk.

'Laat me los, ik wil weg, ik wil naar huis!' gilde hij wanhopig. Hij sloeg met zijn vrije hand op Bolivars arm, maar die gaf geen krimp. Als een standbeeld wachtte de man tot Tom was uitgeraasd, toen tilde hij hem op en nam hij hem mee de trap af. De geur van verrotting mengde zich met de zweetlucht van Bolivar en Tom deed geen moeite meer zijn walging in te houden. Hij spoog de gal uit zijn lege maag op de vloer van de duistere familiekamer en liet zich ernaast vallen, zodra Bolivar hem losliet.

Bolivar nam plaats aan tafel, waarop de geboortekaarsen van Carmelo en Boris al waren aangestoken. Hij sneed een met pluizige schimmel bedekte perzik in kwarten en stak er een in zijn mond. Vanaf de vloer zag Tom hoe hij stoïcijns de hele vrucht wegwerkte, voor hij een tweede perzik aan stukken sneed en op het bord van Boris legde. Vanaf zijn positie op de grond had Tom geen zicht op de pop, maar toen hij onder de tafel iets zag bewegen, stond zijn hart bijna stil. Hij kneep zijn ogen samen en zag nu duidelijk een been onder Boris' stoel ongecontroleerd schokken. Het korte been ernaast was in verband gewikkeld en werd door een houten krat ondersteund.

Langzaam duwde Tom zichzelf overeind. Gevangen in Bolivars blik, liep hij om de tafel naar zijn eigen stoel. Pas toen hij goed en wel zat, durfde hij te kijken: Boris zat er echt, niet de pop, maar zijn eigen neef van vlees en bloed. Zijn hoofd hing scheef, alsof hij de kracht niet had het recht te houden en zijn mond stond half open, maar zijn ogen waren helder en keken

Tom scherp aan. Murw van alle emoties kon die niet meer dan schaapachtig lachen. Hij reikte rillend over de tafel en pakte Boris' hand beet.

'Zo zie je, Carmelo,' zei Bolivar, 'jij bent al thuis, net als je broers. We krijgen een tweede kans voor een leven samen. Hier gaan we nooit meer weg.'

93

Met een ervaren zeiler als Quinten aan het roer, bereikten ze zo snel het open water dat zelfs Diego inzag dat dat anders nooit gelukt was. Hij zette zijn bedenkingen opzij en speurde met Quintens verrekijker de kustlijn af. Als zijn berekeningen klopten, dan zouden ze er een dik uur over doen om de baai te bereiken van Bolivars familiehuis.

Tara zat op het dek met haar rug tegen de kajuit en Dushi op schoot. Het speelse hondje deed haar denken aan Huub in zijn jonge jaren, toen ze in de stad was komen wonen en een huisgenoot had gezocht. Er was sinds die tijd veel goeds gebeurd. Haar baan bij de krant greep ze met beide handen aan om de donkere periode na haar opleiding achter zich te laten. Als Benno haar niet had aangenomen, was de kans groot geweest dat ze in drank en drugs was blijven hangen, maar hij schonk haar zijn vertrouwen en dat was haar redding geweest.

In de Ardennen had ze zich ronduit miserabel gevoeld, zonder te weten waarom. Het was Quinten die met zijn brieven de vinger op de zere plek legde. Hij had gelijk: ze was alleen, en daar was niemand anders dan zijzelf verantwoordelijk voor. Met haar harnas hield ze iedereen op afstand en daar werd ze niet gelukkiger van. Nu ze het zag, leek het zo simpel. Ze keek hoe Diego met Quinten de vaarroute besprak, alsof er nooit iets tussen hen was voorgevallen, en een onbekende lichtheid overspoelde haar. Het gaf lucht en dat voelde heerlijk, ze was zo ontzettend klaar met alle drama in haar leven. Ze sprong op en schaarde zich bij de mannen, die haar de route lieten zien. De baai bij Bolivars huis, de Golf van Cádiz, was dermate uitgestrekt dat het allang donker zou zijn voor ze de hele kustlijn langs waren gevaren. Daarom richtten ze zich op de monding van de Guadalquivir, die volgens Diego's inschatting niet meer dan een paar kilometer van het huis zou liggen.

Hun gezelschap deed Quinten zichtbaar goed. Als gastheer zette hij zijn beste beentje voor om het hen naar de zin te maken. Hij deelde flesjes water uit en stond toe dat Diego tijdelijk het roer overnam om in de kombuis een eenvoudige lunch te bereiden. Ze aten in de zon en een moment oogden ze als drie vrienden die zorgeloos van een picknick genoten, maar daar kwam abrupt een einde aan toen een heviger golfslag aangaf dat ze hun bestemming naderden: de monding van de Guadalquivir.

94

Met Boris zo dicht bij hem herwon Tom net voldoende moed om Bolivar opnieuw aan te spreken. Als ze hier ooit weg wilden komen, moesten ze de man te vriend houden, zoveel was hem duidelijk. De afgelopen minuten had Tom zich op Boris geconcentreerd, die hem met uiterste inspanning een trage knipoog gaf, en dat sterkte hem enorm. De rollen waren omgedraaid, besefte hij. Welk middel Boris in zijn lijf had, wist hij niet, maar het verzwakte zijn spierkracht zodanig dat hij niet eens kon praten. Dus was het aan hem, Tom, om het voortouw te nemen.

'Dit is een... mooi huis,' stamelde hij, terwijl hij Bolivar angstig gadesloeg. Die zat al een tijdje met gesloten ogen in zijn stoel, maar keek nu verrast op. De woorden deden hem zichtbaar goed, want er verscheen een glimlach om zijn lippen.

'Het is ook van jou,' zei hij, met lichte verbazing in zijn stem.

Tom dwong zichzelf de man te blijven aankijken. 'Heeft u... er lang over gedaan? Om het te bouwen?'

Bolivar ging wat rechter zitten. 'Zes jaar. Het kostte vooral veel tijd om de perfecte plek te vinden. Toen ik die hier gevonden had, ben ik begonnen met het kleine huis hierachter. Daar heb ik jaren in gewoond, terwijl ik dit huis bouwde. Elke steen, elke plank is door mijn handen gegaan.' Hij deed geen moeite om zijn trots te verhullen.

'Dat moet veel werk geweest zijn.' Nu niet overdrijven, sprak Tom zichzelf toe, houd het simpel. 'Heeft niemand u geholpen?'

Bolivar schudde resoluut zijn hoofd. 'Ik kan alles. We hebben hier niemand nodig. Het water komt uit de rivier, de energie van de zonnepanelen op het dak en van een generator, er is vis in overvloed, vers vlees uit het woud, groente en fruit uit eigen tuin en brood bak ik zelf.' Hij lachte hardop. 'Wat wil je nog meer?'

Tom forceerde een glimlach. Hij zocht naar woorden om er op subtiele wijze achter te komen of iemand anders ook van deze plek wist, maar vond ze niet.

Alsof Bolivar zijn gedachten kon lezen, gaf hij het teleurstellende antwoord zelf al. 'We zijn hier op onszelf aangewezen, jongen, er komt hier niemand. Dit is ons eigen stukje paradijs, speciaal geschapen voor het gezin Rodriguez. Zie je hoe bijzonder dat is?'

Tom liet zijn hoofd zakken om zijn teleurstelling te verbergen en Bolivar interpreteerde dat op zijn manier. 'Je hoeft niet bang te zijn,' sprak hij geruststellend. 'Jullie zijn niet gevolgd. Ik heb vannacht het moeras doorkruist en de hoofdwegen gecontroleerd; geen politie, geen reddingsbrigade, geen speurteam, *nada*, er is niemand naar jullie op zoek.'

Tom schrok toen Bolivar onverwacht opstond en zijn stoel naar achteren schoof. 'Als je zelfvoorzienend bent, is er altijd werk,' baste hij. 'Vanaf morgen gaan jullie me helpen. Ik maak een stok voor Boris, zodat hij ook vooruit kan. De spierverslappers tegen de eerste pijn zullen over een paar uur uitgewerkt zijn.' En met die woorden verliet hij de kamer.

Verslagen keek Tom naar zijn neef, die nog steeds als een zoutzak in de stoel hing. Hij greep zijn hand en boog zich naar hem toe. 'Volhouden Boris, we komen hier weg, ik vind wel een manier,' fluisterde hij, met tranen in zijn ogen.

Boris kreunde en dwong Tom met zijn blik dichterbij. 'Taa-waa,' murmelde hij. Het klonk nergens naar en toch verstond Tom hem moeiteloos.

'Tara,' herhaalde hij. Hij vouwde beide handen om die van Boris en kneep er stevig in.

95

Driehonderd meter uit de kust bestudeerde Tara door de verrekijker het huis van Bolivar. Een stevige wind zorgde voor een behoorlijke golfslag en maakte dat het huis af en toe uit haar beeld verdween. Eenmaal uitgekomen bij de monding van de Guadalquivir, duurde het niet lang voor ze het weer in zicht kregen, en dat was grotendeels te danken aan de berekeningen van Diego. Zonder zijn kompas waren ze misschien voorbij het huis gevaren, dat in de schaduw van de bosrand goed verscholen lag. Schuin achter de hoofdwoning ontdekte Tara het gastenverblijf, waarin Bolivar Diego had opgesloten, en even verder op het strand stond een kleiner schuurtje.

‘Dat schuurtje is perfect,’ zei ze peinzend en ze gaf Diego de verrekijker.

‘Ja, dat zou kunnen werken,’ beaamde hij. De spanning in zijn maag nam toe, nu ze op het punt stonden hun plan ten uitvoer te brengen. Meer dan het uitgebreid doornemen konden ze niet doen, de praktijk moest het verder uitwijzen. Het was essentieel dat hijzelf niet gezien werd en daarom rustte de eerste fase van het plan op Tara’s schouders.

‘Over drie kwartier gaat de mail naar de waterpolitie van Cádiz,’ zag hij op zijn horloge. ‘We wachten nog twintig minuten. Dan vaart Quinten honderd meter dichterbij en zwemmen we het laatste stuk. Ben je er klaar voor?’

Ze knikte. ‘Alleen... wat doen we als hij niet meekomt?’

'Hij komt wel, geloof me, familie is alles voor hem. Dit kan hij niet weerstaan. Denk eraan dat je voldoende afstand houdt, honderd meter op z'n minst. Met dat mes komt hij een eind. En dan gaan we ervan uit dat hij geen pistool op zak heeft...' Hij fronste. 'Dit is wel heel link, Tara.'

'Nu niet terugkrabbelen,' zei ze. 'Tom en Boris hebben ons nodig en één zo'n gek houdt ons niet tegen. Denk maar aan de veren in je reet die je straks van Benno krijgt.'

'Die kunnen me gestolen worden,' zuchtte Diego. Hij draaide zich naar Quinten, die zijn koptelefoon had opgezet om de stijgende spanning te ontvluchten. Zeilen kon hij als de beste, maar of hij stand zou houden tijdens de taak die hem zojuist was toebedeeld, moest nog maar blijken. Tara zag Diego twijfelen, ging naar Quinten toe en gebaarde dat hij zijn koptelefoon af moest doen.

'Je weet wat de bedoeling is?' vroeg ze. 'Geen vragen meer?'

Zonder haar aan te kijken, schudde Quinten zijn hoofd. 'Zeg het maar, als we kunnen,' zei hij, om snel zijn koptelefoon weer op te zetten. Tara herkende het gebaar van haar tijd in Aruba. Quinten had een aantal tics die verergerden als hij nerveus werd. Tegelijkertijd wist ze dat hij de opdrachten van zijn broer steeds op en top uitvoerde. Ze kon niet meer dan hopen dat voor haar opdrachten hetzelfde gold.

Ze borg haar schoenen en telefoon benedendeks op en probeerde de steen in haar maag te negeren. Tegen de reling wachtte ze het sein van Diego af, klaar om te springen.

96

Al na drie treden kon Tom niet meer. Het was hem gelukt Boris uit zijn stoel te tillen en ruggelings naar de trap te slepen, maar de tocht naar boven zou wel eens te veel gevraagd kunnen zijn. Vrijwillig in deze verderfelijke ruimte blijven, was echter helemaal ondenkbaar en dus zette hij zijn tanden op elkaar om zijn neef verder omhoog te trekken. Halverwege de trap moest hij opnieuw gaan zitten, duizelig van de inspanning. Hij had al tweeënhalve dag niet fatsoenlijk gegeten en leefde enkel op het water dat hij in de badkamer dronk. Moedeloos keek hij naar boven. De weg leek nog oneindig lang.

Onverwacht verschoof Boris zijn rechterbeen. Het ging langzaam en het deed hem zichtbaar pijn, maar hij boog zijn knie en het lukte hem zijn voet op de trede te plaatsen.

'Goed zo,' fluisterde Tom enthousiast.

Boris probeerde nu ook zijn hand zodanig neer te zetten dat hij zichzelf omhoog kon duwen, maar daarvoor was hij nog te slap. Toen zijn voet weer van de tree af gleed, gromde hij van frustratie.

'Geeft niet, het komt vanzelf.' Tom klopte Boris troostend op zijn schouder. De opleving in Boris pepte hem op en met een grote hap lucht wilde hij een nieuwe poging ondernemen, toen een vreemd geluid zijn aandacht trok. Hij spitste zijn oren en zag dat ook Boris zich concentreerde. Boven hen klonken de zware voetstappen van Bolivar, een deur die openging en het ruisen van de zee. Toen ze van veraf een vrouw hoorden roepen, liet Tom van schrik zijn greep op Boris verslappen, die daardoor weer naar beneden gleed. Zijn ingezwachtelde stomp landde hard op de stenen keldervloer en hij brulde het uit van de pijn. Tom snelde de trap af en pakte Boris beet, die de uitputting nabij leek.

'Ga!' hijgde hij. Zijn gezicht was lijkbleek en dikke zweetdruppels parelden op zijn voorhoofd.

'En jij dan?' piepte Tom. 'Ik laat je niet alleen.' Bevroren van angst klemde hij zich aan Boris vast, die zijn hoofd tegen de onderste traptree liet zakken. Door het verband om zijn been sijpelde bloed.

'Laat me...' ademde Boris zwaar.

Tom zag hoe zijn ogen wegdraaiden en raakte in paniek. 'Boris!' Hij sloeg tegen Boris' wangen en toen dat geen reactie gaf, schudde hij zijn neef wild heen en weer. Het mocht niet baten, Boris was bewusteloos.

Volkomen buiten zinnen kloste Tom de trap op. Het voelde vreselijk om zijn neef zo te laten liggen, maar hij kon niks voor hem doen. In de lange gang met de slaapkamers bleef hij staan om te luisteren, maar behalve het ruisen van de zee hoorde hij niets. Met een razende hartslag beklom hij de tweede trap, die uitkwam in een hal. De aangrenzende woonkamer en het keukentje zag hij niet eens. Het was de openstaande voordeur, die een haast magische aantrekkingskracht op hem uitoefende. Een frisse wind waaide naar binnen en de zilte zeelucht prikkelde zijn neus. Zonder verder na te denken, liep hij naar buiten. Achter hem klapte de deur in het slot.

97

Drijfnat loerde Tara naar Bolivar, die na twee keer roepen al naar buiten was gestormd. Ze had zichzelf een paar minuten gegund om na de pittige oversteek op adem te komen en had toen zijn naam geroepen. Nu kwam hij dreigend op haar af en kreeg ze het doodsbenauwd.

'Stop!' probeerde ze nerveus, maar dat was hij niet van plan. Als een stier denderde hij op haar af en veel sneller dan ze hadden bedacht, stond hij pal voor haar. Zijn ogen schoten vuur.

'Jij was bij Boris,' wist hij direct, 'wat doe je hier?'

Alles aan de man intimideerde Tara, maar ze was niet van plan dat te laten merken. Ze perste een glimlach om haar lippen en knikte hem toe.

'Ja, Boris,' antwoordde ze, 'die heb ik hier gebracht. En nu breng ik je nog een zoon, Esteban. Is dat niet geweldig?' Ze vermoedde dat hij niet alles verstond, maar de namen Boris en Esteban hadden het gewenste effect. De onverwachte boodschap verdreef de woede van zijn gezicht en zoekend keek hij om zich heen.

'Esteban?' stamelde hij ongelovig. 'Lieve God, Esteban? Waar dan? Waar is hij?'

Enthousiast wees Tara naar het schuurtje op het strand. Meer was niet nodig om Bolivar als een pijl uit een boog te zien wegschieten. Dat Diego op dat moment de achterzijde van het huis had bereikt, merkte hij niet. Gespannen keek Tara hem na. Ze keerde zich naar de zee en stak een duim omhoog naar Quinten, die het schouwspel nauwlettend in de gaten hield. Alles verliep volgens plan, constateerde ze opgelucht, tot ze Quinten driftig zag zwaaien. Hij wees naar het huis en zodra ze terugdraaide om te zien wat hij bedoelde, stokte de adem in haar keel.

Zwalkend van vermoeidheid liep Tom over het strand naar haar toe. Met een hand in zijn zij en de andere zoekend naar steun, baande hij zich een weg door het mulle zand. In shock keek Tara naar Bolivar, die de rotspartij naast zijn huis al was afgedaald. Tom zag hij daarvandaan niet, maar over een paar meter zou hij het schuurtje bereiken en ontdekken dat Tara gelogen had. Ze moest maken dat ze wegkwam, maar ze kon Tom niet laten stikken. In een fractie van een seconde nam ze een besluit. Zo hard ze kon, rende ze op Tom af.

Op het moment dat ze de jongen bereikte en hij uitgeput zijn armen om haar heen sloeg, klonk uit het schuurtje een rauwe kreet, die zowel haar als Tom door merg en been ging. Bolivar had ontdekt dat Esteban er niet was. Te bang om op te kijken, duwde Tara Tom naast zich. Met haar arm om zijn middel probeerde ze hem in balans te houden.

'Rennen, verdomme!' schreeuwde ze, en samen renden ze naar het water, dat maar niet dichterbij leek te komen. Tom leunde zwaar op Tara en maakte het haar bijna onmogelijk om overeind te blijven. Gebukt zwoegde ze door het zand, vastberaden de branding te halen.

Zo'n tweehonderd meter verderop klapte Bolivar de deur van het schuurtje dicht. Lamgeslagen door de teleurstelling die hem was aangedaan, hees hij zichzelf tegen de rotsen omhoog. Met een verwilderde blik spiedde hij het strand af, naar het duivelse wicht dat hem zijn zoon had beloofd. Zodra hij haar met Tom zag vluchten, verstarde hij kort, om vervolgens als een haas de rotsen op te klimmen. Zijn woede gaf hem vleugels en binnen een paar tellen sprong hij van de rotspartij het strand op.

'Carmelo!' brulde hij. 'Blijf hier!'

Tara struikelde het water in en trok Tom met zich mee. Ze sprong op en dwong hem met haar mee te lopen, maar de schuimende golven waren te veel voor zijn toch al wankele evenwicht en ze vielen opnieuw. Uit een ooghoek zag Tara dat Quinten naar hen toe voer. Ze wist dat hij niet te dicht bij de kust kon komen zonder de boot te laten vastlopen. Met een uiterste krachtinspanning sleurde ze Tom het water door, tot ze geen bodem meer voelde en moest zwemmen voor haar leven. Dat Bolivar ook tierend de zee in kwam, hoorde ze dondersgoed, maar ze keek niet om, er was geen tijd te verliezen. Zo hard ze kon trapte ze het water weg, terwijl ze tegelijkertijd Toms hoofd boven water hield. De jongen was echter zo van de kaart dat hij zich verzette tegen elke aanraking en Tara geen andere keuze liet dan hem los te laten.

Als Quinten op dat moment niet het water was ingedoken om hem van Tara over te nemen, hadden ze het beiden niet overleefd. Hij klemde resoluut zijn arm onder Toms kin en zwom achterwaarts terug naar de boot, waar hij de jongen met ongekende kracht een touwladder op trok. Met de hete adem van Bolivar in haar nek zag Tara het gebeuren. Ze zwom zo snel ze kon, maar de tocht door zand en water had te veel energie gevergd en ze was volkomen buiten adem. Een paar meter voor de boot voelde ze hoe een grote hand haar enkel vastgreep en haar onder water trok. Het zoute water golfde haar mond en neus in en maakte dat ze haar oriëntatie verloor. In paniek sloeg ze met haar armen in het rond, wanhopig zoekend naar zuurstof, maar de hand greep nu haar schouder en ze had geen schijn van kans.

Opeens schoot ze los en raakte haar rondmaaiende hand een voorwerp, waaraan ze zich met haar laatste krachten vastklampte. Het voorwerp bewoog en ze liet zich voorttrekken, tot twee armen haar omhooghesen en haar hard weer lieten vallen. Een pijnscheut in haar rug deed haar happen naar adem en het duurde even voor ze doorhad dat ze op de boot naast Tom lag, die met grote ogen van angst voor zich uitstaarde maar niets leek te zien.

In de golven dreef Bolivar, met een bloedende hoofdwond. De reddingsboei waarmee Quinten hem schampte, had niet alleen Bolivars wenkbrauw opengescheurd, maar zorgde er ook voor dat de man een paar seconden bij moest komen van de klap. Die paar tellen waren net genoeg om Tara met de boei naar de boot te trekken en haar in veiligheid te brengen. Terwijl Quinten de motor aanjoeg, kwam Bolivar weer bij. Tara zag zijn ogen opvlammen en deinsde achteruit toen de man met duivelse blik naar hen toe zwom. Met zijn krachtige slagen bereikte hij de boot sneller dan Quinten weg kon varen. Tara gilde toen zijn hand de reling vastgreep en stampte er zo hard ze kon met beide voeten bovenop. Op slag viel hij terug het water in en moest hij machteloos toezien hoe de boot wegvoer.

98

Van de gebeurtenissen op het strand kreeg Diego weinig mee. Toen hij Bolivar hoorde brullen omdat zijn beloofde zoon toch niet bleek te zijn teruggekeerd, sloeg hij aan de achterzijde van het huis een ruitje in. Met een steen drukte hij de vastzittende scherven uit de sponning, om zich daarna met pijn en moeite naar binnen te persen. Het was een klein raam, een grotere kerel was dit zeker niet gelukt, en Diego prees zich gelukkig met zijn pezige lijf.

In de keuken was niets te zien en ook de woonkamer verliet hij snel. Als Tom en Boris hier waren dan zou hij ze vinden en meenemen, zo ver mogelijk weg van de waanzinnige bewoner van dit huis vandaan. Het liefst met de boot via het water, maar als het niet anders kon, via het moeras. Dat was het plan en zo moest het gaan. Diego denderde de trap af en doorzocht alle kamers aan de lange gang. Net als Tom schrok hij zich wezenloos van de glazen potten met hun lugubere inhoud in de stellingkasten. Hij keek vluchtig rond, maar gunde zichzelf niet de tijd om uitgebreid rond te kijken. Het was niet zeker hoe lang Tara Bolivar af kon leiden. Ze zou gaan zwemmen zodra de man het schuurtje had bereikt, dat gaf haar voldoende tijd voor de terugtocht naar de boot. Van een veilige afstand zou ze dan met Quinten het huis in de gaten houden en de politie opwachten.

Diego sprintte de tweede trap af en struikelde onderaan bijna over Boris, die geen vin had verroerd sinds Tom hem er had achtergelaten. 'Boris,' riep Diego, terwijl hij naast hem neerzakte en met afgrijzen zijn been bekeek. 'Ik heb je, man, waar is Tom?'

Eerder dan hij hem zag, herkende Boris Diego's stem en even gloorde er weer hoop. Hij kneep zijn ogen samen om zich op Diego te concentreren.

'Weg, naar buiten...' hijgde hij, 'we hoorden Tara.'

Diego schrok en dacht een paar tellen na. 'Wacht hier.' Hij rende de twee trappen weer op, draaide de voordeur open en was er juist getuige van dat Quinten Tara het dek op hees en wegvoer. De drie personen op de boot waren al snel niet meer dan stipjes aan de horizon en dat gaf hem een dubbel gevoel. Dat Tom zelf het huis zou verlaten, hadden ze niet voorzien, en toch was het Tara en Quinten gelukt met hem weg te varen. Op zich fantastisch, maar nu was de boot weg en zat hij zelf gevangen. Hij zag hoe Bolivar, die met geheven vuisten in de branding stond, zich omkeerde en met hangende schouders terugsjokte naar het huis. Snel sloot hij de voordeur om weer naar beneden te rennen. De verwachtingsvolle blik in Boris' ogen sloeg hem bijna uit het veld. Hij stond er nu alleen voor en had geen idee hoe het verder moest.

99

'Tom is veilig,' zei Diego, toen hij zijn plekje naast Boris weer had ingenomen en zijn best deed door zijn mond te ademen om de haast tastbare geur van verrotting niet te hoeven ruiken. 'Hij zit bij Tara op de boot. Nu moeten we zien hoe we jou hier weg krijgen.'

Boris zuchtte van opluchting en prevelde een schietgebedje.

'Het slechte nieuws is dat Bolivar in aantocht is, met een pesthumeur van heb ik jou daar. Mij mag hij niet zien, dus ik moet me verstoppen...' De klap van een deur die met geweld werd dichtgesmeten, onderbrak Diego's uitleg. Met zijn wijsvinger tegen zijn lippen, keek hij indringend naar Boris, die zacht kreunend de uitputting nabij leek.

'Jij bent zijn zoon, hij doet je niks,' fluisterde Diego, tegen beter weten in. 'Hou vol, ik ben in de buurt.' Geruisloos sloop hij verder de kelder in, waar hij in het schemerduister verdween.

Met zware voetstappen op de trap kondigde Bolivar zijn komst aan. Hij sopte in zijn schoenen en het water droop van hem af, maar daar scheen hij zich niets van aan te trekken. Zonder iets te zeggen stapte hij over Boris heen, om hem onverwacht vast te grijpen en over de vloer naar de eettafel te sleuren. Boris kermde kort van pijn en schrik, tot hij opnieuw wegviel en zich door Bolivar als een zak aardappelen in zijn stoel liet gooien. Vervolgens tilde de man de pop van Carmelo van de vloer om die naast Boris in zijn stoel te duwen. De pop klapte voorover en belandde met zijn gezicht in het bord, maar Bolivar liet het zo. Onverstoord nam hij zelf plaats en met een verheven blik sloeg hij zijn familieleden gade.

In een hoek van de kelder, vanachter een grote rieten mand vol beschimmeld fruit, zag Diego het met lede ogen aan. Hij was zich wild geschrokken van de poppen aan tafel en was bijna gestruikeld over de poppen van Boris en Carmelo op de vloer. Heel even zag hij ze voor echt aan, maar toen zijn elleboog de borst van de grootste pop raakte en hij wegzakte in de zachte vulling onder de kleding, wist hij dat het geen levend wezen kon zijn. Verbijsterd bekeek hij de andere poppen, compleet met rimpels in de handen en expressie in het gezicht, en ineens begreep hij het. De berichten in de krant, de berenklem, de ledematen op sterk water... Bolivar had de handen en voeten gebruikt om zijn omgekomen familieleden na te maken en een plaats te geven in dit nieuwe thuis. Diego's mond werd gortdroog en hij sloot zijn ogen om het gruwelijke besef tot zich door te laten dringen.

Hij wist dat hij geen schijn van kans maakte om te vluchten. Er zat niets anders op dan te wachten op het juiste moment, als dat ooit zou komen. Boris moest met zijn been naar een dokter, veel langer hield hij dit niet uit. Maar hoe kreeg hij hem hier weg? Zelfs als het lukte het huis te verlaten, haalde Boris met dat been de branding niet. Diego dacht koortsachtig na, tot een plots flikkerend licht zijn nekharen overeind zette. Bolivar had het kapmes uit zijn riem getrokken en hield het voor zich in het kaarslicht. Hij plaatste het op tafel en haalde een tweede en een derde mes uit beide broekzakken. Ze waren kleiner dan het kapmes, maar zonder twijfel groot genoeg om iemand flink mee toe te takelen. Diego keek ademloos toe hoe Bolivar ze afveegde aan het tafelkleed. Starend naar zijn messen, begon de man te praten. Zijn stem klonk donkerder dan voorheen en hij leek in gedachten mijlenver weg.

'Ze noemden me een monster, in de krant. Alleen een monster zou een oor van een kind afnemen. Zo zie ik het niet. Ik neem niet meer dan ik nodig heb, en heb die grens nooit overschreden. Een hand, een voet, een oor... zij missen een beetje, maar leven verder. Mij is alles afgenomen, ik moet álles missen, dus gun ik mezelf deze droomwereld. Het enige wat me overeind houdt. Te lang was ik niet meer dan een dolende ziel, een leeg omhulsel, maar in dit huis, met mijn dierbare familie dicht bij me, kreeg het leven weer zin.'

Hij richtte zich tot Boris, die met gesloten ogen in zijn stoel hing. 'Weet je hoe moeilijk het was om kinderen te vinden die precies op jullie leken? Het zoeken heeft me de meeste tijd gekost. Eerst op leeftijd, maar dat zegt niets. Estebans handen zijn kleiner dan die van de meeste jongens van zeven, en die van jou, Boris, zijn juist groter dan gemiddeld. Voor Carmelo moest ik meisjeshanden gebruiken, hij is zo fijn en rank gebouwd. Daar begon ik mee... de handen. Voeten bleken lastiger, die kon ik vooraf zelden beoordelen. De exemplaren die ik heb, waren niet geschikt. Behalve die van Pancho. Op zijn kleuterschool zag ik een prachtig jongetje met dezelfde kromme teentjes als hij. Ik was zo gelukkig toen ik die aan mijn Pancho terug kon geven.'

Minuten bleef hij stil en klonk er enkel het gezoem van de bromvliegen boven de eettafel. Achter de mand durfde Diego amper adem te halen om zijn aanwezigheid niet te verraden. Zijn gehurkte positie begon langzaam erg oncomfortabel te worden, maar gaan verzitten was geen optie.

'De eerste pogingen in gips leken nergens naar. Mijn vader leerde me als kind al dieren opzetten en maskers maken, maar een mal vergt een heel eigen techniek. Waar maskers een karikatuur mogen zijn, zocht ik met een mal naar gelijkenis. Maskers verhullen de werkelijkheid, terwijl ik die juist wilde tonen. Want wat is er mooier dan mijn vrouw en kinderen? Van elke hand en voet die voldeed aan mijn hoge eisen, maakte ik een mal. Met behulp van foto's, die Carmelita godzijdank nog had, bracht ik daar de details in aan die zorgen voor een bijna perfecte gelijkenis. Jullie hoofden boetseerde ik uit klei, het kostte me maanden om ook die techniek onder de knie te krijgen, maar het resultaat mag er zijn. Met mijn mallen herschiep ik jullie en dat voelde als een wonder. Ik ben er nog elke dag dankbaar voor.'

De tranen stonden in zijn ogen, toen hij zijn betoog eindigde. Daarom zag hij niet direct dat Boris bewoog. Hij klemde zijn handen om de leuningen van de stoel en duwde trillend van inspanning zijn hoofd omhoog. Met ogen vol vuur keek hij zijn vader aan.

'Hufter,' schold hij ziedend. 'Niet alles was je afgepakt... ík was er, mij had je nog.'

100

Een flink eind uit de kust dobberde Quintens zeilboot in de golven. Quinten had Tom in de kombuis op een tweezitsbank gelegd, waar hij uitgehongerd op een rol biscuitjes was aangevallen. Daar had hij nu spijt van; kotsmisselijk van de deining spoog hij de koekjes in een teiltje naast de bank. Aan land zou het hem beter vergaan, maar Tara piekerde er niet over hun positie te verlaten zonder zeker te weten dat Diego en Boris veilig waren. Door de verrekijker kon ze nog net het huis in de bosrand zien, maar ze lagen te ver weg om meer te kunnen onderscheiden.

De confrontatie met Bolivar had diepe indruk gemaakt op alle drie. Terug op de boot zette Quinten onmiddellijk een koptelefoon op zijn natte haren. Tara zag hoe hij een hand aan het roer hield en de andere gebruikte om zenuwachtig tegen zijn dijbeen te tikken. Zelf rilde ze nog als ze dacht aan de kracht waarmee Bolivar haar onder water had getrokken. Zonder Quinten was het ongetwijfeld einde verhaal geweest. Ze stond op en liep naar hem toe.

'Dank je wel,' zei ze eenvoudig. 'Je hebt mijn leven gered.'

Met zijn blik strak op zee, gaf hij een korte knik. 'Politie.'

Een paar honderd meter verderop, uit de richting van de riviermonding, voer inderdaad een kleine speedboot met een blauw zwaailicht hun kant op. Tara rende naar de reling en zwaaide wild met beide armen boven haar hoofd. Het bootje maakte een grote bocht en na een paar minuten lag het naast hen. De twee mannen aan boord spiedden eerst argwanend de zeilboot af, voordat ze het woord tot Quinten richtten, maar die bleek Oost-Indisch doof en weigerde contact te maken. Hij verstond geen woord van de rappe Spaanse zinnen, maar zelfs als hij dat wel deed, was zijn reactie waarschijnlijk hetzelfde gebleven.

Tara ging naast hem staan. 'We hebben hulp nodig,' begon ze in het Engels, en ze wees naar het strand. 'In dat huis woont een gevaarlijke...' maar voor ze verder kon, onderbrak een van de agenten haar. Zichtbaar geïrriteerd wierp hij een touw naar de zeilboot en gebaarde dat het moest worden vastgemaakt. Tara knoopte het aan de reling van de boot, waarop de agent het dek op sprong, door zijn knieën zakte en door het raampje van de kombuis keek.

'Diego Martinez?' vroeg hij. Zijn geoliede haar glom in de zon en rond zijn mond verried een strak getrimd snorbaardje een hoge mate van ijdelheid.

'Nee, dat is Tom,' zei Tara ongeduldig en opnieuw wees ze naar het strand. 'Daar is Diego, met Boris, daar moeten jullie zijn. Er zijn twee mannen in levensgevaar. *Please help!*'

Onverwacht kwam de boot in beweging. Tara had niet gezien dat Quinten naar de motor was gelopen. Hij trok hem aan en zette onverstoorbaar koers naar de kustlijn. Aan het touw dreef het speedbootje met hen mee. Als door bijen gestoken kwamen de agenten in actie. De ene richtte zijn pistool op Quinten en dwong hem in de politieboot over te stappen, waar zijn collega hem in de boeien sloeg en vastzette aan de reling. Quinten onderging het lijdzaam en keek toe hoe de boten van elkaar werden losgemaakt en achter elkaar naar de kust voeren. Hij aaide Dushi, die hem gevolgd was, en glimlachte. Zijn doel was bereikt: voor het eerst in bijna twee jaar tijd maakte hij weer ergens deel van uit en dat verwarmde zijn hart. Tara en Diego hadden hem niet alleen vanwege zijn boot bij het plan betrokken, hij was ook actief deelnemer geweest in de reddingsactie van de jongen die nu in de kombuis lag. Die klus was met succes geklaard, hij had zijn meerwaarde absoluut bewezen. De tweede vent zou zo volgen en dan konden ze met elkaar – Quinten, Tara en Diego – proosten op de goede afloop. Voldaan nestelde hij zich tegen de reling van de speedboot. De handboeien deerden hem niet, hij had zich lange tijd niet zo vrij gevoeld.

Voor op het dek van de zeilboot zag Tara door de verrekijker het huis van Bolivar dichterbij komen. In een mix van Engels, Spaans en gebarentaal legde ze de agent zo goed mogelijk uit wie zich in het huis ophielden en hoe explosief de situatie was, nu Bolivar dacht dat een van zijn verloren zoons hem een tweede keer was afgenomen. De agent leek het grotendeels te begrijpen en commandeerde zijn collega op de speedboot extra mankracht in te roepen. Tara zuchtte van ongeduld. Het liefste ging ze zelf het huis binnen, maar ze wist dat dat niet zou helpen. Diego was nu op zichzelf aangewezen, hij had nog een kleine tien minuten, schatte ze. Als hij er dan niet in slaagde met Boris naar buiten te komen, zou de politie optreden, met alle risico's van dien. Hoe zou Bolivar reageren als hij hen zag en begreep dat de droom van zijn Casa Familia voorgoed voorbij was?

101

Boris' woorden troffen doel. Als een klein kind zat Bolivar te huilen en deed geen moeite zijn verdriet te verbergen. Tranen en snot dropen van zijn gezicht en pas toen Boris riep dat hij er genoeg van had, droogde de man zijn neus en wangen aan het tafelkleed.

'Ik kon het niet,' snikte hij verontschuldigend. 'Vergeef me, Boris, maar ik kon het niet. Telkens als ik naar je keek en zag hoe jij je best deed om mij blij te maken, voelde dat als een steek in mijn hart. Jij kon er niets aan doen, maar je herinnerde me continu aan de brand en aan alles wat ik had verloren. Ik kon het letterlijk niet meer aan om naar je te kijken en sloeg op de vlucht. Het spijt me zo, jongen. Bij je oma was je vast en zeker beter af.'

Boris huilde in stilte. De nabijheid van zijn vader deed hem meer dan hij vooraf had gedacht. Ondanks alle ellende, waren er ook goede herinneringen, die nu naar boven kwamen en dat verwarde hem. Het was makkelijker Bolivar voor gek te verslijten, dan hem te zien als de zwaar beschadigde man die hij werkelijk was. Omdat het nog steeds niet lukte zijn armen op te tillen, wreef hij zijn betraande wangen langs zijn schouder droog. Er was nog één ding dat hij wilde weten, één vraag die sinds het begin van zijn reis al wachtte op antwoord, en de tijd om die te stellen was nu aangebroken. Hij haalde diep adem en stootte hem eruit.

'Heb jij een mal gemaakt van Kats gezicht?'

Bolivar verstarde en zei een tijdlang niets. Toen draaide hij zijn gezicht naar de enige vrouw aan tafel, zijn echtgenote Livia, de moeder van zijn kinderen. Ze droeg een groene jurk van zijde. Om haar hals, polsen en in haar oren schitterden gouden juwelen en haar lange blonde haren glansden in het kaarslicht. Ze zou een prachtige verschijning geweest zijn, als de levenloze blik haar niet zo'n morbide uitstraling gaf.

'Mijn Livia,' fluisterde Bolivar geëmotioneerd. 'Ze was alles voor me. Ik heb haar als laatste gemaakt. Mijn techniek moest perfect zijn, voordat ik me aan haar wilde wagen. Voor haar handen volstond het niet om een mal te maken van de handen van een wildvreemde andere vrouw. En ik heb niet eens geprobeerd haar frêle gezichtje te boetseren. Elke poging zou afbreuk doen aan haar schoonheid en dat kon ik niet toestaan. Ik wilde het beste voor haar. Alleen het beste was goed genoeg, dat moet je begrijpen, Boris.'

Boris wist al voordat zijn vader het uitsprak dat zijn vermoeden klopte, maar hij moest het horen. Hij kon niets anders doen dan afwachten tot zijn vader verder zou spreken.

'Ik heb gezocht, maar dat was tegen beter weten in. Alleen Kat heeft dezelfde trekken, die kwetsbaarheid in haar gezicht die uniek is voor deze twee vrouwen. Daarom moest ik haar gezicht hebben; het kon niet anders, er moest een mal komen van Kats gezicht.'

'Natuurlijk deed ik het het liefste zelf, maar dan zou ik herkend zijn en had mijn plan geen kans van slagen. Daarom heb ik iemand gevonden, in de kliniek waar ik werkte. Ik heb haar intensief getraind en veel geld betaald om het te doen. Al die voorbereiding was het dubbel en dwars waard, want ik heb mijn vrouw weer terug en ze is beeldschoon. Ik ben Kat eeuwig dankbaar; zonder haar was dit onmogelijk. Niemand anders dan zij kwam in aanmerking voor het gezicht van mijn Livia, niemand anders dan haar tweelingzus.'

102

Daar. Het was gezegd en onverwacht luchtte het Boris op. Zijn vraag was beantwoord, zijn zoektocht volbracht. Hij liet Bolivars woorden op zich inwerken en al snel maakte de eerste opluchting plaats voor schaamte en verdriet. Hij keek op naar zijn vader, die achter Livia was gaan staan en haar haren streelde. Met pijn in zijn hart dacht Boris aan Kat, die de littekens van het trauma voor altijd met zich meedroeg. Een smeulend vuurtje in zijn binnenste laaide op en gaf hem de energie die nodig was om zijn vader te laten weten wat voor immens verdriet hij had veroorzaakt.

'Wist je dat Kat haar eigen gezicht openkrabt uit frustratie?' vroeg hij onomwonden. Spreken ging lastig, zijn dikke tong zat hem in de weg, maar dat hield hem niet tegen te zeggen wat gezegd moest worden. 'Dat ze zichzelf de schuld geeft van wat haar gezin is overkomen? Dat Lex al jaren in een psychiatrische inrichting zit en dat Matte zelfmoord heeft gepleegd omdat ze er niet mee kon leven dat ze haar broertjes niet heeft beschermd?' Hij voelde hoe zijn woede toenam en wilde gaan staan, maar kwam niet verder dan een halve buiging over tafel. Gefrustreerd klampte hij zich aan de houten tafelrand vast.

'Was dat het waard? Was die godvergeten poppenkast van jou hier zo belangrijk dat je er nog een gezin voor in de afgrond moest duwen?'

Bolivar zei niets. Hij streelde het haar van zijn vrouw en

leek zich af te sluiten voor de woorden van zijn zoon, die het nu rood voor de ogen werd.

'Geef antwoord!' schreeuwde hij. 'Dat kan je niet, hè, ouwe gek? Lafbek!' Trillend van inspanning zakte hij met zijn volle gewicht op tafel, die daardoor krakend kantelde. Glazen vielen om en de fruitschaal schoof tegen de geboortekaars van Boris. Het vlammetje raakte nog net het tafelkleed, voordat het doofde, maar toen was het kwaad al geschied. In een paar seconden stond het hele kleed in vuur en vlam en begon ook de pop van Carmelo, die voorover op tafel lag, te branden.

Dat bracht Bolivar bij zijn positieven. Hij dook zonder aarzeling boven op Carmelo om met zijn lichaam de vlammen te doven, maar bereikte er alleen mee dat de tafel nu volledig omkiepte en alle serviesgoed op de grond viel. Boris viel met stoel en al om en probeerde op zijn ellebogen naar de trap te tijgeren, maar dat ging veel te langzaam. De vlammen grepen wild om zich heen en zetten nu ook Pancho's pop in brand. Bolivar gilde en sloeg het vuur waar hij het raken kon met zijn blote handen.

In de consternatie had geen van beiden gezien dat Diego tevoorschijn sprong. Hij haastte zich naar Boris en trok hem aan zijn armen naar de trap, waar hij hem tevergeefs op zijn rug probeerde te hijsen. Hij kreeg het logge lichaam wel van de grond, maar het was simpelweg te zwaar om het hoger op te tillen, zelfs met medewerking van het minimale beetje spierkracht dat Boris op kon brengen. Hijgend vielen ze op de vloer. Het vuur zorgde inmiddels voor een flinke rookontwikkeling, die zich in een snel dikker wordende walm onder het plafond verzamelde. Omdat rechtop staan in de verstikkende rook onmogelijk was, probeerde Diego zittend de trap op te komen. Hij sjorde Boris overeind en hield hem voor zich vast. Samen schoven ze een paar treden hoger, waar de rook al bijna zo zwart was dat ze niets meer konden zien. Boris kreeg rook binnen en sloeg in blinde paniek op Diego's armen. Die zakte snel de trap weer af en rolde Boris op zijn zij.

Vlak boven de vloer was de lucht nog een paar centimeter rookvrij. Rochelend hapte Boris de lucht naar binnen. Het besef dat hij hier zonder hulp niet weg kwam en dat Diego niet sterk genoeg bleek om hem de trap op te tillen, trof hem als een mokerslag. Hij kermde van angst toen hij plots iets over zijn rug voelde gaan. Diego, die naast hem op de grond naar adem hapte, zag hoe Bolivar over hen heen de trap op sprong, met in zijn armen de pop van Livia. Een mouw van haar zijden jurk brandde al en het zou niet lang meer duren of er was niets meer van haar over en dat wilde Bolivar tegen elke prijs voorkomen. Met drie treden tegelijk sprintte hij naar boven, schijnbaar ongehinderd door de zwarte rook. In een impuls rende Diego naar de tafel, griste de kleinste pop uit de kinderstoel en vloog Bolivar achterna.

'Laat me niet alleen!' Boris gilde als een kind en sloeg zijn armen om Diego's been, maar hij had de kracht niet om hem tegen te houden. Het hoge krijsen sneed Diego door zijn ziel en toch stopte hij niet om uit te leggen wat hij van plan was. De tafel met de overgebleven poppen brandde nu als een fakkel en dat veranderde de kelder in een levensgrote oven. Als de rook Boris niet zou verstikken, zou de verzengende hitte hem de das omdoen. Er was geen tijd te verliezen.

Op de overloop zag Diego Bolivar niet en hij stormde al door naar de tweede trap, toen een afwijkend geluid zijn aandacht trok. Met Juanito ter bescherming voor zijn borst, rende hij op het geluid af. In zijn slaapkamer zat Bolivar op de vloer, leunend tegen het bed, met zijn vrouw in zijn armen. Van haar blonde haar was niets meer over en een zwartgeblakerde arm, met een gouden armband om de pols, lag voor hen op de grond. Bolivar wiegde haar zacht en zong een Spaans lied. Zijn ogen waren open, maar hij had alleen maar oog voor haar en reageerde niet toen Diego voor hem opdook.

Pas toen Diego hem een harde klap in zijn gezicht gaf en meteen daarna Juanito onder zijn neus hield, schrok hij wakker.

'Je moet je gezin redden, Bolivar!' commandeerde Diego. 'Ze hebben je nodig, breng ze in veiligheid! Eerst Boris, onder aan de trap. Sta op, nu!'

Met ogen vol ontzetting staarde Bolivar van Diego naar de baby. Hij duwde zichzelf omhoog en keek radeloos naar zijn vrouw. Diego begreep wat hij bedoelde. 'Ik breng haar en de baby naar buiten, red jij de anderen! Dit is je kans om het goed te maken, want je laat ze geen tweede keer verbranden!'

Dat bleek voldoende om de man in beweging te krijgen. Als een dolle stier verdween hij in de rook, om niet veel later weer op te duiken, met het schijnbaar levenloze lichaam van Boris in zijn armen.

'Naar boven en naar buiten!' beval Diego, die op hen had gewacht. Hij rende achter Bolivar aan, die met Boris de tweede trap op beende en hem in de hal voor de voordeur op de grond legde. Daarna sprintte hij terug, vastberaden zijn familie niet nog een keer te verliezen. Zijn gezicht was zwart van de rook en hij hoestte zo hard dat er bloed meekwam, maar zelfs al had hij zelf in brand gestaan, dan nog ging hij door. Niets of niemand hield hem van zijn doel af. Diego liet hem gaan; zijn voornaamste zorg was Boris en die gaf geen teken van leven. Hij schoof hem opzij, trok de voordeur open en schrok zich wild van de agent die met getrokken pistool voor hem stond.

'Ik ben Diego Martinez!' riep hij, met zijn handen in de lucht. 'Dit is Boris, help hem.'

Achter de agent dook een collega op, die Diego snel fouilleerde. Toen bleek dat die geen wapens droeg, maande hij hem te helpen met Boris en samen sleepten ze het lichaam het strand op. Net als zijn vader zag Boris zwart van de rook en Diego vreesde dat alles voor niets was geweest. Dat ze Tom hadden kunnen redden, maar dat ze voor Boris te laat waren geweest. Hij zakte door zijn knieën naast Boris neer en begon te huilen. De agenten draaiden het lichaam op de buik, bogen het voorover, zodat Boris' hoofd naar beneden hing en sloegen met vlakke hand op zijn rug. Na een paar keer begon hij te hoesten, eerst zacht, maar al snel steeds harder, tot zijn lijf schokte van de hoestbui die de rook uit zijn lichaam dreef. Ze legden hem voorzichtig in het zand, waarna een agent met zijn pistool voor zich het huis in snelde. De andere goot water over Boris' gezicht en lippen en gebaarde naar de collega's van de kustwacht die verderop uit een rubberen reddingsboot het water in sprongen, dat ze haast moesten maken.

Het oogwit van Boris tekende scherp af tegen het roet op zijn gezicht. Met zijn ogen zocht hij Diego en toen die zich geroerd over hem heen boog, vormde zijn mond drie woorden, die Diego versteld deden staan. Verbijsterd concentreerde hij zich op Boris' lippen, die de korte zin exact herhaalden: 'Red mijn vader.'

Diego keek achter zich. Dikke rookpluimen wolkten uit de voordeur naar buiten. Het sissende vuur had de kelder hoorbaar verlaten en de eerste verdieping bereikt. Binnenkort zou het via de trap ook door de voordeur te zien zijn en was het hele huis verloren. Opeens dook uit de rook een man op, die een handdoek voor zijn gezicht hield en een brandende baby in zijn handen. Hij wierp zich voorover in het zand en sloeg met de handdoek de vlammen uit. De kleren van het kind waren al verkoold en Diego moest het drie keer brullen voor de agent het zelf ook zag en gechoqueerd losliet. Dit was geen echt kind dat hij gered had, maar een pop.

Vertwijfeld stond Diego op, hij wees naar binnen en keek de nog nahijgende agent vragend aan. 'Er is een man binnen,' begon hij, maar de agent schudde resoluut zijn hoofd. 'We gaan niet meer terug, het vuur is overal.'

Twee mannen van de kustwacht ontfermden zich over Boris en droegen hem naar de boot. Ook Diego werd verder weggevoerd van het huis, waaruit de vlammen nu voluit naar buiten sloegen. Het was afgrijselijk te bedenken wat Bolivar overkwam, maar zijn lot, het noodlot, bleek onvermijdelijk. Ruim twaalf jaar nadat hij zijn familie had verloren in een brand, het verdriet hem tot waanzin dreef en hij tientallen slachtoffers maakte om zijn eenzaamheid te stillen, vond ook Bolivar Rodriguez zijn einde in het vuur.

Vier weken later

Het huiswerk zelf vond hij niets, maar Tom kon niets anders bedenken wat hij op dit moment liever deed dan die verdomde sommen, in de keuken bij zijn moeder en met Boris naast hem aan tafel. Hij grijnsde naar zijn neef, die zichzelf in razend tempo uit de stoel tilde en weer liet zakken totdat de spierbundels in zijn armen de grootte hadden van een opgeblazen ballon. Zijn been lag ingezwachteld op een stoel voor hem en hij kon niet wachten tot hij zijn prothese kreeg. Hij wist zeker dat hij in een mum van tijd weer rond zou lopen, maar daar bleef het niet bij.

'Ik heb het opgezocht, Tommy, en het is zeker: ons centrum wordt het eerste in deze regio voor outdoorfans met een handicap. Vanuit de wijde omtrek zullen mensen ons weten te vinden voor een aangepaste, maar uitdagende survival. We beginnen klein, maar de tamtam zal zo snel gaan dat we wegens succes moeten uitbreiden, dus zorg maar dat je je diploma haalt, want ik kan je hulp goed gebruiken.'

Tom knikte enthousiast. Na hun Spaanse avontuur was Boris als vanzelfsprekend bij hem en Kat ingetrokken. Met wat nieuwe vrienden van school, die Tom maar wat interessant vonden na alle media-aandacht, hadden ze Boris' benedenwoning leeggehaald en zijn spullen verhuisd. De muur tussen de oude kinderkamer en het aangrenzende kantoortje werd neergehaald en bood na de verbouwing voldoende ruimte voor een comfortabele stek voor Boris. Zijn aanwezigheid stemde niet alleen Tom vrolijk, het had ook een positief effect op Kat, die beter ging slapen en heel langzaam de grip op haar leven leek terug te krijgen. De verpleegster, die tijdelijk dagelijks aanwezig was geweest, kwam nu om de dag om Kat te verzorgen en een oogje in het zeil te houden, en daarmee redde Kat het prima. Pier was vorige week weer vertrokken naar zijn booreiland, maar met 'haar' jongens in huis voelde ze zich rijker en rustiger dan ze zich lange tijd had gevoeld.

Het verhaal had de kranten iets meer dan een volle week gedomineerd voor het overwaaide en ander nieuws belangrijker werd. Die week stond de telefoon niet stil en klonk aanhoudend de deurbel. Vaak verwees Tom voor alle informatie naar Tara en Diego, maar op school bezweek hij voor de aandacht en deed hij in geuren en kleuren zijn barre tocht door het moeras uit de doeken. De bewonderende blikken gaven hem genoeg zelfvertrouwen om voor zichzelf op te komen, zelfs tegen Jeffrey en Gio, die toch al meer op afstand bleven, en hij vergat waarom hij zo'n hekel had aan school. Hij ging er zelfs met meer plezier dan ooit naartoe sinds Boris en hij het plan hadden opgevat samen een bedrijf te beginnen. Het geld dat Bolivar zijn zoon naliet, zoals verrassend bleek uit het testament dat hem door een Spaanse notaris werd toegezonden, wilde Boris alleen accepteren als hij er iets goeds mee kon doen. Met een survivalbedrijf voor gehandicapte sportliefhebbers deed hij een poging de fouten van zijn vader te herstellen en daar hielp Tom heel graag aan mee.

Boris had lang met Diego gesproken over de laatste uren in het huis. Ondanks alles deed het hem pijn dat zijn vader niet meer gered kon worden. Hij luisterde bedrukt naar Diego's verslag, stelde veel vragen en kon zich uiteindelijk neerleggen bij dat wat niet meer te veranderen was. Uit een stoffig familiealbum zocht hij een portret van het hele gezin waar hij als zoon deel van had uitgemaakt: zijn vader, moeder en hun vijf zonen. Hij liet het vergroten en inlijsten en nu prijkte het, naast het portret van oma Carmelita, aan de muur in zijn kamer. Het was goed zo.

Epiloog

In een lunchroom om de hoek van de redactie dronken Tara en Diego een koffie. Een dag later dan gepland had Benno hun verhaal groots gepubliceerd en dat veroorzaakte inderdaad de verwachte wervelstorm. Van de ledematen in de potten in het huis van Bolivar was niets meer over, maar die in het magazijn in de Ardennen deden flink veel stof opwaaien. De codes onder op de potten bleken een samenstelling van de datum waarop het lichaamsdeel ontvreemd was, de plaats van handeling en de sekse van het slachtoffer. Deze informatie stelde de politie in staat een reeks onopgeloste dossiers af te sluiten en de slachtoffers uitsluitsel te geven over hetgeen hen overkomen was. Media van Groot-Brittannië tot Zuid-Amerika kochten het verhaal over de *Spanish butcher* en stonden in de rij voor een interview met de hoofdrolspelers. Benno, Luc en talloze collega's complimenteerden hen aanhoudend, tot Tara er schoon genoeg van had en hard over de redactie riep dat iedereen weer normaal moest doen. Vooral Diego moest daar erg om lachen. Dat was twee weken geleden en sindsdien hadden ze elkaar niet meer gezien. Hun afgesproken ontmoeting in de lunchroom, waar ze al honderden keren hadden gezeten, voelde geforceerd en ongemakkelijk aan.

'Geen spijt?' vroeg Tara, terwijl ze de koffie in haar mok liet schommelen en een grote slok nam.

Diego trok een grimas en schudde zijn hoofd. 'Ik kan niet anders.'

Tara knikte en zweeg. Ze voelde boosheid en verdriet, maar ook bewondering voor Diego's keuze. Met wroeging dacht ze aan haar tirade, waarin ze Diego verweet dat hij niet durfde te kiezen, dat hij nooit ergens vol voor ging. Had ze het maar niet gezegd, nu was het te laat. Diego had zijn ontslag ingediend en was sinds vandaag officieel niet meer in dienst bij de krant. Ze waren geen collega's meer en dat gaf een akelig leeg gevoel.

Diego zag haar piekeren en boog zich voorover. 'Ik weet iets wat jij niet weet,' zei hij samenzweerderig.

'Wat dan?' hapte Tara.

'Hoe Pols aan zijn einde is gekomen,' fluisterde Diego, nadat hij gecontroleerd had of er niemand meeluisterde.

'Hartproblemen,' wist Tara.

'En Boris,' voegde Diego toe. 'Hij biechtte het op toen ik hem sprak over de brand bij Bolivar. Hij was heel rustig en vroeg mijn advies. Nu hij met een schone lei wil beginnen en dat bedrijf opstart, waar ik je eerder over vertelde, kan hij geen lijken in de kast gebruiken. Het blijkt dat Pols het loodje legde toen Boris hem in de houdgreep had. Zijn hart begaf het, maar als Boris hem geen zetje had gegeven, had de man het misschien nog even uitgehouden. Het was Boris, die Pols in het ondergrondse magazijn heeft verstopt. Daar kwam hij vroeger met zijn vader. Hij vroeg of hij het aan de politie moest vertellen. Ik vond van niet.'

'Waarom niet?'

'Het doet meer kwaad dan goed,' zei Diego bedachtzaam. 'De interesse van de politie voor de dood van Pols zakte al weg toen bleek dat hij een natuurlijke dood was gestorven, al bleven de omstandigheden verdacht. Voor Pols maakt het niet meer uit en Boris heeft zijn portie ellende wel gehad, vind je niet? Ik gun die jongen een nieuwe start.'

Tara knikte. 'Je bent een vriend.'

Diego keek vreemd op. 'Voor Boris? Hij vroeg mijn advies en dat heb ik gegeven.'

'Dat bedoel ik niet.' Ze slikte en kreeg een kleur, maar keek hem strak aan. 'Jij bent mijn vriend. Ik zei eerder dat ik niet aan vrienden deed en dat we alleen collega's waren. Nu zijn we geen collega's meer, maar je bent wel mijn vriend en ik hoop dat je dat nog heel lang blijft.'

Ze keken elkaar aan en herkenden een diep wederzijds begrip dat woorden overbodig maakte. Diego stond op en legde wat munten op tafel. Tara volgde zijn voorbeeld.

'Nu op naar Mexico?'

Diego zuchtte. 'Ja, terug naar mijn roots. Over twee dagen vertrek ik.'

'Kijk je uit? En app je als er iets is?'

'Dan bel ik,' zei hij met een knipoog. Hij pakte haar hand, kneep er zacht in en liep weg.

LEES MEER VAN

Nathalie Pagie

Elin zoekt na een verbroken traumatische relatie haar heil in een nieuwe stad en een nieuwe baan. Ze wil helemaal opnieuw beginnen en haar verleden achter zich laten. Vooral Daniël, haar charmante maar ook gewelddadige ex, wil ze vergeten. Het lijkt haar aardig te lukken: haar baan is uitdagend, en ze besluit haar oude liefde voor toneel nieuw leven in te blazen door zich bij een toneelclub aan te sluiten. Als ze daar echter een oude bekende tegenkomt, wordt ze geconfronteerd met herinneringen die ze liever zou vergeten.

Elin komt voor een drastische keuze te staan: als ze niet weer het slachtoffer wil worden, zal ze het heft in eigen handen moeten nemen. Lukt het haar voor eens en voor altijd af te rekenen met haar verleden?

Verkrijgbaar als
e-book
& papieren boek

LEES MEER VAN

Nathalie Pagie

Cleo van Laerhoven gaat vijf maanden studeren aan de University of Alberta in Canada. Ze heeft het aanvankelijk enorm naar haar zin, tot een van Cleo's docentes op een ochtend dood wordt aangetroffen. De politie denkt in eerste instantie aan zelfmoord. Maar als korte tijd later ook haar assistente op gruwelijke wijze sterft, wordt er een moordonderzoek gestart en slaat de sfeer op de campus om.

En niet alleen de sfeer: na een prachtige Indian summer verdwijnt de wereld onder een dik pak sneeuw en daalt de temperatuur tot ver onder het vriespunt. Cleo raakt verstrikt in een web van intriges, waarin niemand is wie hij lijkt te zijn. Lukt het haar de Canadese kou te trotseren en de campus levend te verlaten?

Verkrijgbaar als
e-book
& papieren boek

LEES MEER VAN

Nathalie Pagie

De eigenzinnige journaliste Tara Linders vertrekt naar Aruba voor een commerciële reportage over jonge succesvolle carrièrejagers. Maar als ze een Vlaams meisje ontmoet dat in nood verkeert, stuit ze op een compleet ander verhaal.

Met hulp van haar collega Diego Martinez gaat Tara op onderzoek uit en ontdekt ze dat het eiland ook duistere kanten heeft. Samen trekken ze een grotere beerput open dan ze ooit voor mogelijk hadden gehouden: het luxe eilandleven blijkt niet meer dan een zeepbel. Als de bewoners zich tegen haar keren zal ze moeten vechten voor haar leven.

Verkrijgbaar als
e-book
& papieren boek